AK Trivia Book No. 2

図解 Cthulhu神話

도해
크툴루신화

모리세 료 편저

KB063948

AK TRIVIA BOOK

『**크툴루 신화**』란, 괴기소설가 하워드 필립스 러브크래프트와 그와 절친한 작가들 사이에서 스스로 창조해낸 암흑신이나 마술서 등의 고유명사를 서로의 작품에 등장시키는 놀이 중에 형성된 가공의 신화체계이다.

이 이야기군이 탄생한 이래 80여 년, 이제『크툴루 신화』의 팬은 세계적으로 퍼져 있으며, 소설뿐만 아니라 음악이나 영화, 게임, 만화 등 매우 다양한 매체를 통해 다수의 작품이 발표되었다.

『크툴루 신화』는 명확한 규칙이나 가이드 라인, 설정의 심판자가 존재하는 하나의 공유된 세계관이 아니라 각각의 크리에이터들이 설정을 취사선택해서 독자적인 해석을 더하고, 더 나아가 새로운 설정을 추가하는 것이 허용되는 도량 넓은 세계관을 가졌다. 한때 어거스트 덜레스나 린 카터, 샌디 피터슨 등과 같은 사람들이『크툴루 신화』의 체계화라는 대대적인 작업을 진행한 적이 있으나, 모든 이를 납득시키기에 충분한 것을 제시할 수 있었던 사람은 아무도 없다고 본다.

그러한 이유로, 취급하는 테마를 해부하고 대비하고 분석을 더할 필요가 있는 이 책과 같은 도해서적에 있어 각 항목 간에 모순이 생기는 것은 치명적인 일이며, 그렇다고 해서 무리하게 합리적으로 만들려고 했다가는『크툴루 신화』라는 최상의 식재료를 망쳐 버리게 될 것이다.『장자』의 장자 응제(應帝)편 제7장에 있는 혼돈의 얼굴에 눈과 귀를 뚫어 주었더니 죽고 말았다는 일화와도 같다.

이 책에서 도해되어 있는『크툴루 신화』는 정체를 알 수 없는 재료들이 보글보글 끓는 어둠의 냄비의 잘록하게 들어간 부분을 나름의 판단으로 이곳이다! 싶은 곳에서 절단, 그 단면에 나타난 괴기한 그림을 어떻게든 문장으로 표현해내려고 노력한 산물이다. 번역작품이란 것이 쉽게 손에 넣을 수 있는 작품으로부터의『장점 따오기』라는 점, 다른 항목과 모순이 생길 것 같은 사항에 대해서는 의도적으로 지면을 많이 할애했다는 점을 양해 바란다. 부디, 관대한 마음으로 이해해 주신다면 감사할 따름이다.

참고로, 본 서적은『크툴루 신화』가 현실이라는 시점에 서서 집필되었으며, 역사나 장소, 인물에 대한 기술은 현실의 것과 꼭 일치하지만은 않는다. 독자 여러분께서 이 이야기 중 괴이한 현상에 농락당하는 등장인물이 된 듯한 기분으로 읽어 주신다면 편저자로서 그 이상의 기쁨은 없을 것이다.

우주적인 공포의 세계에 오신 것을 환영한다.『궁극의 문』도 그대들을 환영하리라.

목 차

제 4장 영겁의 탐구

제 1 장
암흑의 신통기

크툴루 신화

Cthulhu Mythos

우주는 인류에게 호의적이지 않고, 해악마저 안겨다 주는 장소이다. 인간의 영지로는 이해하기조차 어려운 존재인 신들은 인류의 일 따위에는 신경조차 쓰지 않는다.

● 암흑의 신화체계

크툴루 신화란 혼돈이 소용돌이치는 이차원 공간에 군림하는 『외우주의 신(Outer God)』이라 불리는 고차원적인 존재나, 외우주의 암흑으로부터 태고의 지구로 날아와 인류가 탄생하기 한참 전에 이 별을 지배했던 『옛 지배자들(Great Old One)』 같은 공포스럽고도 사악한 신들과 관련된 암흑의 신화체계이다. 인류 역사의 여명기, 무 대륙이나 레무리아(Lemuria) 등의 잃어버린 대륙, 그리고 극지방에서 번영을 누렸던 문명권에서 숭배되었다는 신들과 그 제례는 사교(邪敎)가 사회에 미칠 악영향을 우려한 각 시대의 위정자나 이단을 부정하는 일신교에 의해 오래된 기록, 전승으로부터 모조리 말소되었다. 은밀하게 바다뱀이나 크라켄의 전설 등에서 그 잔재를 찾아볼 수 있을 뿐이고, 『네크로노미콘』 등의 금단의 비술서 속에 애매하게 등장하는 것을 간혹 발견할 수 있는 정도이다. 하지만 이러한 서적들조차 대부분 발간 금지나 분서 등의 탄압을 거쳐 매우 희귀한 책이 되었고, 일반적인 사람의 눈에 띄는 일은 거의 없었다. 그러던 중 1920년대 미국의 펄프 매거진(Pulp Magazine)에서 활동했던 괴기환상작가 하워드 필립스 러브크래프트와 『러브크래프트 스쿨』 등으로 불렸던 그와 교류하던 작가들이 이 암흑신화의 체계를 작품의 제재로 사용하기 시작함으로써 일부 호사가들 사이에 차츰 알려지게 되었고, 그 후 오랜 시간에 걸쳐 깊고 조용히 세계로 퍼지게 되었다.

아카데믹한 관점에서 처음으로 『크툴루 교단』이라는 말을 사용한 것은 브라운 대학의 조지 감멜 에인젤 교수라고 한다. 그 후 라반 슈뤼즈베리 박사 같은 연구가들이 『외우주의 신』이나 『옛 지배자들』에 관한 신화와 그 숭배자들의 총칭으로 『크툴루 신화』라는 용어를 사용하게 되었다. 실제로 하스터나 요그 소토스 등 지구상에서 숭배되는 신들 가운데 위대한 크툴루야말로 가장 사악하고 공포스러운 존재이며, 무 대륙이 태평양 위에 있던 시대보다도 더 오래된 태곳적부터 세계 각지에서 숭배되었다고 전해진다.

크툴루 신화를 둘러싼 작가들

하워드 필립스 러브크래프트

러브크래프트에게 영향을 미친 작가들

「꿈의 나라」 등의 환상의 세계
로드 던세이니

이차원의 광기
**알제논 블랙우드
아서 메켄
윌리엄 호프 호지슨**

영향

영향

러브크래프트와 같은 시대를 살았던 작가들(「위어드 테일즈(Weird Tales)」 출신)

「러브크래프트 스쿨」
**클라크 애쉬튼 스미스
로버트 E. 하워드
로버트 블록
프랭크 B. 롱
로버트 프라이스
헨리 커트너
프리츠 라이버**

러브크래프트와 편지를 왕래
**C.L. 무어
헨리 S. 화이트헤드**

러브크래프트에게 문장 첨삭을 의뢰
**헤이젤 힐드
제리아 비숍
아돌포 데 카스트로**

아캄 하우스를 창설하고, 스승의 작품을 출판
**도널드 완드레이
어거스트 덜레스**

압력

신화작품을 집필
C. 홀 톰슨

영향

후계자 육성

반론하고, 신화작품의 집필을 타진

러브크래프트 사후의 작가들

아캄하우스에서 활동한 작가들
**램지 캠벨
데이빗 드레이크
브라이언 럼리
게리 마이어스**

러브크래프트의 영향 아래
신화작품을 집필
**린 카터
스티븐 킹
T.E.D 클라인
마이클 셰어**

러브크래프트를 비판
(후에 재평가)
콜린 윌슨

이형의 신들

Strange Aeon

시공의 저편에 존재하는 궁극의 문. 그 너머의 대지 밑바닥에서는 거대한 몸뚱이를 가진 염매(魘魅: 저주)가 꿈틀거리고, 혼돈의 한가운데에서는 부정형의 신이 독성(瀆聖)으로 가득한 거품만을 끊임없이 일으키고 있다.

● 판데모니엄

소설의 형태로 우주적인 공포를 표현하려 했던 H.P. 러브크래프트의 말에 따르면, 광대한 우주의 공허한 사막 속에서는 인간의 법률이나 흥미, 감정 따위에는 아무런 당위성도, 의미도 없다고 한다. 우주와 그것을 지배하는 신들은 인간에게 아주 약간의 호의는 커녕 흥미조차 없고, 이 이형의 신들 앞에서 인간은 그저 농락당하고 파괴되는 무력하고 작은 존재일 뿐이다. 크툴루 신화의 근간을 이루는 이 우주관은 생물로서의 인류와 그 사회가 찰나의 현상에 지나지 않는다는 신지학(神智學)의 교의와 일맥상통하는 부분이 있다.

인류가 탄생하기 아주 오래 전에 외우주에서 강림하여 태고의 지구를 지배해 온 『옛 지배자들』은 지각의 변동이나 별들의 변화에 의해 지상에서 활동할 수 없게 되자 지구나 다른 행성의 지하에서 영원한 잠에 빠져 있다.

『옛 지배자들』은 영겁의 시간이 흘러가는 동안 묘소의 암흑 속에 드러누운 채 꼼짝도 하지 않고 의식을 유지하며, 광대한 영역을 뒤덮는 사념을 통해 감지해낸 우주의 수많은 사건들에 대해 사유를 펼치고 있다.

혈육으로 구성된 육신은 없으나 나름대로의 형태를 가진 『옛 지배자들』에 비해 우주의 중심이라고도, 바깥이라고도 할 수 있으며, 혼돈이 소용돌이치는 높은 차원의 세계에서 전 우주를 지배하는 『외우주의 신』은 신이라 불리기에 압도적으로 합당한 초자연적인 존재로, 이름을 부여 받음으로써 신성성을 얻은 에너지, 혹은 개념 그 자체이다. 총수인 아자토스는 우주의 창세 이전부터 존재하며, 팽창을 거듭하는 원초적인 혼돈이고, 2인자 격인 요그 소토스는 과거, 현재, 미래로 이어지는 시간의 흐름과 무한히 축적되어 가는 세계의 기억 그 자체이다. 『외우주의 신』의 밑에는 피리나 북으로 미친 듯이 음악을 연주하는 이형의 하수인들이 있다.

이 우주에는 또 위대한 옛것이나 『외부신』에 적대하거나, 또는 중립적인 입장에 서 있는 『고대 신들』이라는 의문에 싸인 신적 존재가 있으며, 노덴스가 그 수장, 또는 주신이라 일컬어진다.

크툴루 신화의 우주관

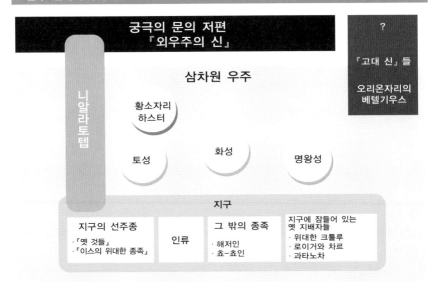

궁극의 문의 저편
『외우주의 신』

?

『고대 신』들

오리온자리의
베텔기우스

삼차원 우주

니알라토텝

황소자리
하스터

토성

화성

명왕성

지구

지구의 선주종	인류	그 밖의 종족	지구에 잠들어 있는 옛 지배자들
·『옛 것들』 ·『이스의 위대한 종족』		·해저인 ·쵸-쵸인	·위대한 크툴루 ·로이거와 차르 ·과타노차

『대지의 신들』에 대하여

'드림랜드(Dream Land)'를 무대로 한 작품들을 중심으로 『옛 지배자들』과 『외우주의 신』, 『고대 신』 등과는 또 다른 신적 존재, 『대지의 신들』이라 불리는 존재에 대해 언급되는 일이 있다. 그들은 사악한 존재는 아니지만 선량하다고도 할 수 없다. 『대지의 신들』은 니알라토텝과 노덴스의 비호 아래 꿈의 나라 카다스의 궁전에서 평온하게 지내고 있다. 니알라토텝과 노덴스는 적대적인 관계이지만 『대지의 신들』이 어째서 이 두 신의 수호를 받고 있는지는 전혀 알려져 있지 않다. 『대지의 신들』은 신들이라 불리는 만큼 복수의 신이 존재하리라 짐작된다. 하지만 그 신들의 이름은 완전히 수수께끼에 휩싸인 상태이다.

크툴루 신화 연구가이자, 그 자신도 신화작품을 집필한 린 카터에 의해 쓰인 『크툴루 신화의 신들』을 보면 거기에 등장하는 몇몇 신들의 이름이 『대지의 신들』로 언급되기는 하지만, 명확한 근거를 가진 분류는 아니므로 참고하는 정도로만 삼는 것이 좋을 것이다.

관련항목
● 하워드 필립스 러브크래프트 → No.087
● 크툴루 신화 → No.001
● 아자토스 → No.004
● 요그 소토스 → No.006
● 노덴스 → No.013

위대한 크툴루

Great Cthulhu

그는 영구히 누워 지내는 죽은 자의 모습이면서 헤아릴 수 없는 영겁의 시간 아래 죽음을 넘어서는 자. 별들이 제자리를 찾아갈 때 위대한 신은 부활을 맞이한다.

● 가장 큰 두려움의 대상인 『옛 지배자』

인류가 탄생하기 이전의 지구에 군림하던 『옛 지배자들』이라 불리는 신들 중에서도 인류로부터 가장 큰 두려움의 대상이 되는 존재가 위대한 크툴루이다.

겉 부분이 비늘 또는 고무 같은 재질의 살덩어리로 덮여, 흡사 문어를 연상시키는 머리, 뱀과 같은 촉수가 수염처럼 달린 얼굴, 갈고리 발톱이 달린 손, 박쥐의 그것과 아주 유사한 날개를 달았으며, 인간의 윤곽이 극단적이면서도 흉악하게 희화화된 듯한 공포스러운 모습으로 묘사되는 일이 많지만, 그 실체는 원하는 대로 변할 수 있는 원형질의 무정형 덩어리이며, 악의로 가득 찬 거대한 눈과 꿈틀거리면서 움직일 때마다 끊임없이 신경을 거스르는 짜증스러운 소리, 오보에와도 비슷한 표연한 음성을 가졌다.

아주 오래된 태곳적, 그 권속과 함께 암흑의 조스(Zoth) 성계를 떠나 드넓은 별들의 바다를 건너서 지구로 넘어온 위대한 크툴루는 『옛 것들(Old one)』과의 싸움 끝에 무(Mu) 대륙을 지배하게 되었으나, 천문의 변화와 그로 인해 나타난 지각변동에 의해 힘을 잃고 태평양에 수몰된 해저도시 르뤼에의 돌로 만들어진 저택에서 깊은 잠에 빠져들었다. 인류 역사의 초기에는 슈브 니구라스나 뱀신 이그(Yig) 등과 함께 고대 무 대륙에서 숭배를 받았고, 그 후에도 세계 각지의 전승에 영향을 미치며, 잉카문명을 세운 케추아족이 숭배한 전쟁의 신이나 아즈텍 제국에서 숭배된 뱀신 케찰코아틀, 남태평양의 섬들에서 발견된 신상, 호주에서 발견된 방패 등에서 그 흔적을 찾아볼 수 있다.

위대한 크툴루는 해신 다곤이나 그 권속인 『해저인』 등 수생종족들의 숭배를 받고 있으며, 인간 숭배자들도 대부분 바다와 관련된 일을 생업으로 삼고 있다. 크툴루의 광신도들은 별들의 자리가 제자리로 돌아왔을 때 오랜 잠에서 깨어난 위대한 크툴루가 르뤼에의 묘소에서 일어나 다시 한 번 지구의 지배자로 탄생하리라는 예언이 실현될 날을 위해 확고한 결의를 가지고 금단의 지식을 지키고 있는 것이다.

위대한 크툴루와 그 숭배자들

르뤼에

위대한 크툴루와 그 권속들

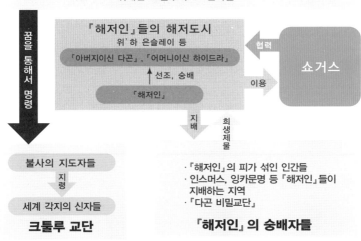

```
꿈을 통해서 명령
```

「해저인」들의 해저도시
위`하 은슬레이 등

「아버지이신 다곤」, 「어머니이신 하이드라」

↑ 선조, 숭배

「해저인」

협력

쇼거스

이용

지배

희생제물

불사의 지도자들
지령
세계 각지의 신자들

크툴루 교단

· 「해저인」의 피가 섞인 인간들
· 인스머스, 잉카문명 등 「해저인」들이
  지배하는 지역
· 「다곤 비밀교단」

「해저인」의 숭배자들

위대한 크툴루

위대한 크툴루

악몽에나 등장할 것 같은 괴물의
모습을 한 위대한 크툴루는 두족
류처럼 촉수가 달린 머리와 박쥐
같은 날개를 가진 드래곤으로 묘
사되곤 한다.

관련항목

● 「옛 지배자들」 → No.017
● 슈브 니구라스 → No.007
● 무 대륙 → No.071
● 르뤼에 → No.067

● 다곤 → No.009
● 「해저인」 → No.016
● 그 밖의 신들 → No.015

아자토스

Azatoth

광기로 가득 찬 우주의 참된 창조주. 피리와 북소리가 미쳐 날뛰듯 울려 퍼지는 가운데, 끓어오르는 혼돈의 중심에 있는 옥좌에서 기아와 따분함으로 번뇌하는 백치의 마왕.

● 『외우주의 신』들의 총수

만물의 왕으로 눈먼 자이며 백치의 신. 모든 『외우주의 신』들의 우두머리이다. 무한한 우주 공간의 중심부, 혼돈이 끓어오르는 혼돈의 소용돌이 한가운데 시간을 초월한 무명(無明)의 방. 어떠한 형태도 갖지 않는 무정형의 검은 그림자인 아자토스는 옥좌에 대자로 뻗어 누워 있는 모습으로 거품을 일으키며 팽창과 수축을 반복하면서 부정한 단어들을 끊임없이 내뱉고 있다.

아자토스가 자리한 혼돈의 옥좌 주위에는 항상 마음이 없는 무정형의 시끄러운 춤꾼들이 둘러싼 채 미친 듯이 춤을 추고, 저열하고 탁한 소리를 내는 북의 광적인 연타와 저주받은 마적(魔笛:Flute)의 가냘프고도 단조로운 음색이 늘 기아와 갈증에 시달리는 마왕 아자토스의 무료함을 달래 준다.

아자토스야말로 이름을 부르기도 어렵고 두려운 우주의 원죄 그 자체이며, 존재하는 것은 모두 그의 사고에 의해 창조되고, 역으로 그를 본 자는 존재의 근본을 파괴 당하고 만다. 그러나 아자토스 자신이 무엇인가를 하는 일은 거의 없으며, 신들의 강력한 사자인 니알라토텝이 대행자로서 그의 의사를 수행한다.

지금은 잠들어 있는, 한때 지구를 지배했던 자들이 부활할 때 아자토스 역시 무명의 렝(Leng) 고원으로 돌아간다는 예언이 있으나, 그가 나타나는 곳에는 항상 창조와 파괴가 뒤엉킨 폭발적인 혼돈만이 몰아치므로 이것을 바라고 기다리는 숭배자는 샤가이의 곤충(Insects from Shaggai) 등 아주 극소수일 뿐이다. 화성과 목성 사이의 소행성군은 소환된 아자토스에 의해 한때 그곳에 있던 별들이 파괴되고 남은 잔재이다.

메사추세츠주 아캄(Arkham) 출신의 시인 에드워드 픽맨 더비(Edward Pickman Derby)는 『네크로노미콘』 등 금단의 서적으로부터 얻은 아자토스의 이미지를 악몽과도 같은 서정시 『아자토스와 또 다른 공포(Azathoth and Other Horrors)』로 노래하며 문단에 일대 센세이션을 일으켰다.

아자토스와 『외우주의 신』

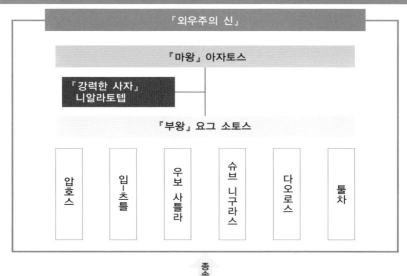

『외우주의 신』

『마왕』아자토스

『강력한 사자』
니알라토텝

『부왕』요그 소토스

| 압호스 | 입ー츠틀 | 우보 사틀라 | 슈브 니구라스 | 다오로스 | 툴차 |

종속

『외우주의 신』의 하수인

아자토스와 그 하수인

『외우주의 신』의 하수인
(Lesser Outer Gods)

신들의 곁을 지키며 피리나 북을 미친 듯이 연주하는 하수인들은 각각이 강대한 힘을 지닌 괴물이며, 결코 얕잡아볼 만한 존재가 아니다.

아자토스

폭주하는 에너지 덩어리, 아자토스. 그 형태는 삼차원 공간에서 표현될 수 있는 것이 아니라 끊임없이 팽창과 수축을 반복하고 있다.

관련항목
● 니알라토텝 → No.005
● 아캄 → No.039
● 렝 고원 → No.060
● 『네크로노미콘』 → No.025
● 화성 → No.075

니알라토텝

Nyarlathotep

『외우주의 신』의 강력한 사자이자, 그가 따르는 주인에게조차 공연히 조소를 날리는 크툴루 신화의 트릭스터.

● 천의 얼굴을 지닌 얼굴 없는 신

아자토스를 필두로 한 『외우주의 신』의 모든 의지이자 그 사자이며 대행자인 강력한 니알라토텝에게는 『기어 다니는 혼돈』, 『어둠 속에서 울부짖는 자』, 『불타는 세 개의 눈』, 『얼굴 없는 신』, 『암흑의 파라오』, 『부푼 여자』 등 천 가지의 이름과 화신이 존재하며 온갖 시공을 초월해서 나타날 수 있다고 한다. 사악한 신들이 공공연히 숭배되고, 고대 이집트의 역사에서 존재를 말소 당한 네프렌 카(Nephren-Ka)가 통치하던 시절에는 날카로운 갈고리 손톱에 대머리독수리의 날개와 하이에나의 몸뚱이를 가졌으며 삼중의 관을 쓴 얼굴 없는 스핑크스의 모습으로 알려져 있었다.

이집트에서 가장 오래된 마신인 니알라토텝은 검은 사자라고도 불리는 부활의 신이며, 이 세상의 종말이 다가왔을 때 검은 피부를 가진 얼굴 없는 남자의 모습으로 나타나 배후에 죽음을 뿌리며 성스러운 지팡이를 손에 쥐고 사막을 건너 태고에 죽었던 자들을 남김없이 부활시킬 것이라 전해진다.

니알라토텝은 그 사악한 목적을 위해 때때로 인간의 모습으로 변신해서 사람들 앞에 모습을 나타내는 경우가 있다. 사바스(Sabbath)에 나타나 마녀를 이끈다는 『암흑의 남자』나 로스앤젤레스에서 별의 지혜파를 부활시킨 나이 신부, 핵물리학자 앰브로즈 덱스터 박사, 리버뱅크스의 폐교회에서 설교를 펼친 마이클 맥시밀리언 신부 등이 니알라토텝의 화신이 아니었을까, 하는 의문을 사고 있다.

그 외의 『외우주의 신』들과 마찬가지로 니알라토텝 또한 마적을 연주하는 하수인들을 데리고 다니는 경우가 있으나, 이 하수인들은 각각 이름을 가지고 있으며, 때로는 주인 니알라토텝의 대행자 역할을 맡기도 한다.

1945년 패색이 짙은 일본에서 프랭클린 D. 루즈벨트 대통령의 주살을 목적으로 몇 가지 작전이 진행되고 있었는데, 이때 니알라토텝의 16번째 하수인인 『툴러스』라는 마물이 신참 마술사에 의해 소환된 일이 있었다고 한다.

『천의 얼굴을 가진 자』

수많은 화신을 가지고 시간과 공간에 상관없이 등장하는 『외우주의 신』의 사자 니알
라토텝은 『천의 얼굴을 가진 자』라고 불린다.

어둠 속에서 울부짖는 자   얼굴 없는 스핑크스   부푼 여자

니알라토텝 상관도

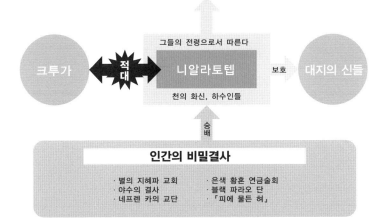

『외우주의 신』
아자토스, 요그 소토스 등

그들의 전령으로서 따른다

크투가   적대   니알라토텝   보호   대지의 신들

천의 화신, 하수인들

숭배

인간의 비밀결사

· 별의 지혜파 교회   · 은색 황혼 연금술회
· 야수의 결사   · 블랙 파라오 단
· 네프렌 카의 교단   · 「피에 물든 혀」

관련항목

- 아자토스 → No.004
- 이집트 → No.055
- 별의 지혜파 → No.103
- 리버뱅크스 → No.043

요그 소토스

Yog-Sothoth

문의 열쇠이자 수호자. 은의 열쇠로 열리는 궁극의 문을 넘어선 곳에 앉아 시공의 제한을 일절 받아들이지 않는 최강의 신성이자 『외우주의 신』 의 제 2인자.

● 저편의 존재

하나하나가 태양처럼 강렬한 빛을 내뿜는, 무지갯빛 구체의 집적물이라는 겉모습을 가진 『외우주의 신』 요그 소토스는 시공간 근저의 다시 근저, 혼돈의 중심부에서 영원히 거품을 일으키는 촉수를 가진 무정형의 괴물이다. 시간과 공간의 법칙을 초월해 어디에든 존재하며, 헤아릴 수 없이 많은 공간에 그 몸을 접하고 있다.

『네크로노미콘』 의 기술에 의하면, 요그 소토스는 『외우주의 신』 이 거주하는 외우주의 문 그 자체이며, 문의 열쇠이자 수호자이기도 한 우주의 비밀 그 자체이다. 이 문을 열기 위한 주문은 『네크로노미콘』 에 기재되어 있으나, 17세기에 간행된 라틴어판 이외의 판본에서는 가장 중요한 부분이 결락되어 있다.

요그 소토스는 실체를 갖춘 신성이며, 한때 웨이틀리 가(家)의 여성 사이에서 아이를 낳은 적도 있지만, 이 신은 동시에 하나의 개념이기도 해서 손으로 만질 수 없는 『요그 소토스라는 현상』 그 자체이기도 하다. 하나이자 전체이고, 전체이자 하나인 요그 소토스 안에서 과거, 현재, 미래의 시간도 하나이고, 『외우주의 신』 이나 오래된 옛 것들까지 포함한 우주의 모든 전재가 요그 소토스의 인식에 포함되어 있다. 혹은 요그 소토스야말로 우주의 모든 정보를 한 톨도 남김없이 기록하고 있다는 『아카샤 연대기』 일 수도 있으며, 존 디(John Dee)나 초대 랜돌프 카터 등 엘리자베스 왕조의 마술사들은 요그 소토스를 손에 넣으면 신의 자리를 손에 넣을 수 있을 것이라고까지 생각했다.

미고(Mi-go: 유고스에서 온 균사체)들은 요그 소토스를 『저편의 존재』 라 부르며 숭배하고, 프로비던스의 흑마술사 조셉 커윈은 요그 소토스를 소환하는 주문을 만들어내고 이것을 영창하여 그의 얼굴을 보았다고 한다.

『안내자』, 『궁극의 문의 수호자』, 『오래도록 사는 자』, 『가장 오래된 자』 등으로 불리는 움르 앗 타윌(Umr At Tawil)은 베일을 두른 인간의 모습을 한 요그 소토스의 화신으로, 은의 열쇠를 소유한 자를 궁극의 문으로 안내한다.

은의 열쇠의 문을 넘어서

제1의 문 → 움르 앗 타윌의 안내 → **궁극의 문**

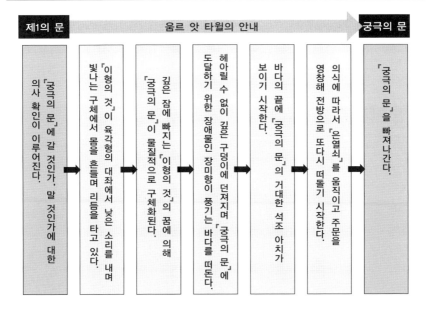

- 「궁극의 문」에 갈 것인가, 말 것인가에 대한 의사 확인이 이루어진다.
- 「이형의 것」이 육각형의 대좌에서 낮은 소리를 내며 빛나는 구체에서 몸을 흔들며 리듬을 타고 있다.
- 깊은 잠에 빠지는 「이형의 것」의 꿈에 의해 「궁극의 문」이 물질적으로 구체화된다.
- 헤아릴 수 없이 깊은 구덩이에 던져지며 도달하기 위한 장애물인 장미향이 풍기는 바다를 떠돈다.
- 바다의 끝에 「궁극의 문」의 거대한 석조 아치가 보이기 시작한다.
- 의식에 따라서 「은열쇠」를 움직이고 주문을 영창해 전방으로 또다시 떠돌기 시작한다.
- 「궁극의 문」을 빠져나간다.

요그 소토스

요그 소토스

끓어오르듯이 끊임없이 거품을 일으키는. 반짝이며 빛나는 무수히 많은 구체의 집합체로 형상을 이루고 있는 요그 소토스. 그 가장 깊은 바닥에 촉수를 가진 무정형 괴물의 모습이 숨어 있다.

관련항목
- 「네크로노미콘」 → No.025
- 웨이틀리 가 → No.097
- 미고 -「유고스에서 온 균사체」 → No.022
- 조셉 커윈 → No.099

슈브 니구라스

Shub-Niggurath

아득한 태곳적에 드루이드들이 걸었던 검고 울창한 숲의 중심부보다도 더 깊은 곳에서는 천 마리의 새끼를 배고 있는 『어미』가 그 거체를 천천히 움직여 거품을 일으키고 있다.

● 천 마리의 새끼를 밴 숲의 검은 산양

슈브 니구라스는 크툴루 신화에서 극히 드문 여성 신격의 위치를 차지한 『외우주의 신』이며, 『네크로노미콘』을 필두로 한 금단의 마술서에는 『형언할 수 없는 자』 하스터의 아내로 기재되어 있다.

이들 문헌 중에서도 슈브 니구라스가 사람들 앞에 모습을 드러냈다는 기록은 없고, 때문에 그 용모에 대해 알 방법은 없으나 단편적인 기술이나 전승으로부터 엿볼 수 있는 그 숭배 양식은 그리스 신화의 데메테르처럼 풍요와 농경을 담당하던 신성을 골계스러우리만치 과장한 것이라고 한다.

실제로 고대 무 대륙에서는 풍요로운 열매를 안겨 주는 대지의 모신으로서 슈브 니구라스에 대한 신앙이 공공연히 행해졌다. 인간을 석화시키는 사악한 신 과타노차(Ghata-nothoa)의 재앙이 무 대륙을 덮쳤을 때 슈브 니구라스 신전에서 신을 모시는 신관들에게 영감의 형태로 그에 대항하는 주문을 전하는 등 숭배자들에게 직접적인 은혜를 베푼 일도 적지 않았던 모양이다.

이러한 현세이익적인 경향으로 인해 슈브 니구라스 신앙은 세계 각지, 특히 님프나 사티로스, 소인족들의 요정, 혹은 요괴에 관한 전설이 전해지는 깊고 오래된 숲이 있는 지역에서 뿌리깊게 살아남았다고 본다.

고대 켈트인의 토착신앙과 기독교의 전파 과정에서 살아남기 위해 위장했던 검은 성모 신앙과의 관계에 주목하는 문화인류학자도 적지 않다.

참고로, 슈브 니구라스를 믿는 토지에서는 거대한 나무의 줄기를 연상시키는 체절이 있는 몸체에 거대한 발굽이 달린 다리, 굵은 로프를 몇 가닥이나 합친 것 같은 촉수를 갖춘 시커먼 괴물이 때때로 목격된다. 결코 모습을 직접 드러내려 하지 않는 모신의 대행자로서 숭배자들의 의식에 모습을 나타내고 제물을 받아들이는 슈브 니구라스의 아이인 『검은 어린 양』이야말로 중세의 악마 숭배자들의 향연에 등장했다는 검은 산양의 원형인지도 모른다.

슈브 니구라스 상관도

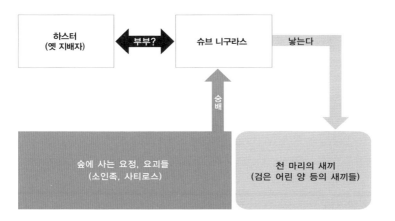

검은 어린 양

검은 어린 양

산양과 같은 거대한 발굽을 가진 슈브 니구라스의 새끼, 검은 어린 양. 슈브 니구라스가 숭배되는 지역에서 목격되고 있다.

관련항목
- 『네크로노미콘』 → No.025
- 무 대륙 → No.071
- 하스터 → No.008

하스터

Hastur

성간 공간에 부는 바람을 건너는 신들 위에 군림하며, 물의 신들과 다투는 사악한 신. 황소자리의 암흑성에 거주하며, 별들이 제자리를 찾아 돌아가는 날만을 기다리고 있다.

● 우주의 바람을 다스리는 자

황소자리의 붉은 별, 알데바란 부근의 암흑성에 위치한 하리(Hali) 호수의 바닥에 산다고 알려진 하스터는 『형언할 수 없는 자』, 『사악한 황태자』 등의 이명으로 알려진 『옛 지배자』의 일원이다. 그것을 읽는 자는 모두 파멸한다는 희곡 『황색 옷을 입은 왕』에 등장하는 '황색 옷을 입은 왕' 또한 이 신의 모습 중 하나라고 알려져 있다.

카르코사(Carcosa)와 세라에노를 지배하에 두고 있으며, 오래된 문헌 속에서는 하스터를 요그 소토스의 아들, 위대한 크툴루의 이복형제, 슈브 니구라스의 부군이라고 기술되어 있으나, 이러한 계보의 대부분이 의심스럽게 여겨지고 있다. 또한 땅, 물, 바람, 불의 소위 4대 원소 중에서 바람의 요소와 관련 지어지는 일이 잦은 하스터는 로이거(Lloigor)나 차르(Zhar), 이타콰(Ithaqua) 등 바람의 정령으로 여겨지는 신들을 통솔하는 수령 격으로 보인다.

때때로 양치기의 온후한 신으로 숭배되기도 하는 하스터는 포말하우트(Fomalhaut)*에 거주하는 크투가와 동맹관계인 한편, 위대한 크툴루와는 적대관계에 있다고 일컬어지며, 라반 슈뤼즈베리 박사와 그 일행은 크툴루의 부활을 저지하기 위해 하스터의 가호를 얻으려 했다.

파충류와 벌 사이에서 태어난 듯이 보이는 괴이한 모습이며, 성간 우주를 비행하는 날개 달린 생물 바이아크헤(Byakhee)는 하스터를 따르는 종족이다. 『세라에노 단장』 등의 문헌에 의하면, 마력이 깃든 돌피리를 연주하며, 하스터를 칭송하는 주문을 외우면 바이아크헤를 소환해 이를 타고 임의의 장소로 날아갈 수도 있다고 한다. 세라에노 등 지구 이외의 장소로 이동할 경우에는 시공의 속박에서 해방시켜 주는 황금의 벌꿀 술(Golden Mead)을 마셔 두지 않으면 맨몸뚱이인 채로 우주공간에 내팽개쳐지기 때문에 주의가 필요하다.

참고로, 온천으로 유명한 후지산 자락의 마을을 필두로 일본 국내의 몇 곳에서 하스터에 해당하는 신격을 숭배하는 토착신앙이 확인되고 있다고도 한다.

* 편집부 주 : 남쪽물고기자리의 α별(가장 밝은 별). 아랍어로 '물고기의 입'이라는 의미.

하스터 상관도

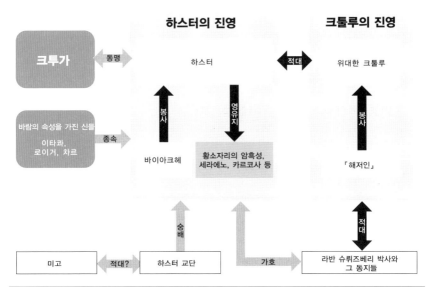

하스터의 진영   **크툴루의 진영**

크투가 ←동맹→ 하스터 ←적대→ 위대한 크툴루

바람의 속성을 가진 신들
이타콰,
로이거, 차르 ─종속→ 바이아크헤 ←봉사 / 영유지→ 황소자리의 암흑성, 세라에노, 카르코사 등 ←봉사→ 「해저인」

미고 ←적대?→ 하스터 교단 ─가호→ 라반 슈뤼즈베리 박사와 그 동지들

숭배 / 적대

하스터

하스터
위대한 크툴루와 이복형제라고 일컬어진다. 겉모습은 그러나 크툴루와 그 권속과는 조금도 닮지 않았고. 파충류를 연상시키는 촉수만이 공통점이다.

관련항목
- 「황색 옷을 입은 왕」 → No.033
- 카르코사 → No.079
- 세라에노 → No.078
- 이타콰 → No.010
- 슈브 니구라스 → No.007
- 요그 소토스 → No.006
- 크투가 → No.011
- 위대한 크툴루 → No.003
- 라반 슈뤼즈베리 박사 → No.106
- 「세라에노 단장」 → No.035

23

다곤

Dagon

모든 『해저인』들의 아버지이자, 신으로서 숭배될 정도로 오래된 존재. 위대한 크툴루와 그 권속을 섬기는 심해의 대사제이기도 하다.

● 펠리시테(Pelishte)인들의 신

크툴루나 요그 소토스 등 『옛 지배자』들이나 『외우주의 신』의 신명이 세간에 그리 알려지지 않은 데에는 이유가 있다. 그 숭배자들 대부분이 신앙상의 비밀을 굳건히 지켰기 때문이기도 하지만, 그 이상으로 통일된 대로마제국 최후의 황제인 테오도시우스가 기독교를 국교로 제정한 이래 국가권력과 강력하게 연결된 강대한 힘을 쥔 가톨릭 교회가 1,500년 이상의 기나긴 세월에 걸쳐 이들의 존재에 대해 언급하고 있는 문헌들을 철저히 말살해 왔던 탓이 크다.

그 기독교가 세계로 널리 퍼지면서 오래된 신들 중 가장 잘 알려진 존재가 바로 『해저인』들 위에 군림하는 해신 다곤일 것이다. 현재 세계에서 가장 많이 읽히고 있는 기독교의 성전인 『성서』, 그 구약성서에 포함된 판관기(사사기 : The Book of judges) 제16장에서 펠리시테(블레셋)인이 숭배하는 반인반어의 신으로 언급되고 있기 때문이다.

『아버지이신 다곤』은 세월이 지나면서 거대한 체구로 성장한 『해저인』들의 장로라고 한다. 배우자인 『어머니이신 하이드라』와 함께 그들의 자손인 『해저인』들로부터 숭배를 받으며, 위대한 크툴루의 부활의 날을 앞당기기 위한 활동에 종사하고 있다.

제1차 세계대전 중에는 미국 국적 상선의 선원이 태평양에 위치한 이름도 모르는 섬 위에서 다곤이라 여겨지는, 높이가 6미터나 되는 거대한 괴물을 목격했으나, 다곤의 행동반경은 결코 태평양에만 국한된 것이 아니다. 예를 들자면, 영국에서는 켈프(Kelp)라 불리는 심해의 해초가 흘러 들어오는 석탄층 해안 근처에 태곳적 전해진 다곤 신앙의 지하제단이 있었다고 하며, 그 밖에도 선사종족의 소인족들이 파냈다는 『다곤의 동굴』이 영국 국내에서도 발견되었다.

펠리시테인들의 신

다곤
펠리시테인들이 숭배한 다곤은 상반신이 인간, 하반신이 물고기인 인어와 같은 형태의 모습을 갖고 있다고 여겨졌다.

오안네스
다곤과 동일한 신성이라 여겨지는 수메르인의 해신. 오안네스. 물고기에게 삼켜지고 있는 듯한 기괴한 모습을 가졌다.

다곤 숭배자들

일본 특정지역의 어민들 사이에서 『다곤님』이라 불리며 숭배되고 있는 기묘한 신상. 풍어를 약속하는 신으로 알려져 있다.

관련항목
● 『네크로노미콘』 → No.025
● 위대한 크툴루 → No.003
● 요그 소토스 → No.006
● 『해저인』 → No.016

이타콰

Ithaqua

별들 사이에 휘몰아치는 바람 속을 걸으며, 희생물을 찾아 눈보라 몰아치는 밤을 방랑하는 사악한 신. 밤하늘에 붉은 쌍둥이 별이 빛날 때 섬뜩한 팔이 뻗어나가 인간을 이계(異界)로 납치해 간다.

● 웬디고(Wendigo)

『바람을 타고 걷는 자』, 『걸어 다니는 죽음』, 『위대한 하얀 침묵의 신』, 『토템의 증거이자 존재하지 않는 신』 등 다양한 이명을 가진 이타콰는 하스터에 종속된 대기의 신으로 성간 우주에 부는 바람을 타는 존재이다. 캐나다 매니토바(Manitoba)주의 선주민족이었던 오지브와(Ojibwe)족 사이에서는 눈보라 몰아치는 밤에 북부의 삼림지대 깊은 곳을 배회한다는 정령 『웬디고』로 알려져 있으며, 해마다 가을이 되면 피프티 아일랜드 호수의 물가에 모습을 드러낸다고 믿고 있다. 불운하게도 이 신과 조우해 버린 인간은 제물이 되어 지구 밖의 먼 땅으로 잡혀간 후 하스터 앞으로 끌려가 종국에는 기괴하게 얼어 죽은 시체가 되어 지상의 눈 위로 낙하한다. 이런 재앙에서 벗어난 몇 안 되는 인간의 목격담에 의하면, 말도 안 되게 커다란 인간을 공포스럽게 희화화한 듯한 윤곽의 그림자가 하늘에 나타나고, 마치 눈처럼 보이는 두 개의 불타는 듯한 밝은 별이 짙은 적자색 빛을 내뿜고 있었다고 한다. 희생자들의 시체는 행방불명되기 이전에는 한 번도 머물렀던 적이 없는 이방의 물건을 몸에 두르고 있는 경우가 많다.

이렇게 발견되는 희생자는 그나마 행복한 편이다. 희생제물이 된 인간들 중에서는 이타콰의 화신 같은 괴물로 전락해서 얼어붙은 화염에 발이 불타오르는 채로 영원히 숲 속을 헤매고 다니는 자들도 있기 때문이다.

『작은 것들』 파크 우기가 서식한다는 캐나다 북서부의 빅 우드를 조사하던 로라 크리스틴 네델만 교수가 이끄는 미스카토닉 대학의 탐험대는 숲 속에서 이타콰와 마주치고 만 결과 버나드 앱스타인 대원을 잃고 말았다.

이타콰와 관련된 신화는 『네크로노미콘』이나 『나코트 사본』, 『르뤼에 문서』 등의 서적에서 언급되고 있으며, 비르마 오지의 슨 고원이나 말레이 반도에 숨어 지내는 소인족인 쵸-쵸(Tcho-Tcho)인(人)으로부터 로이거나 차르 등의 신성과 함께 숭배되고 있다.

웬디고의 전설이 전해지는 캐나다 인디언의 거주지

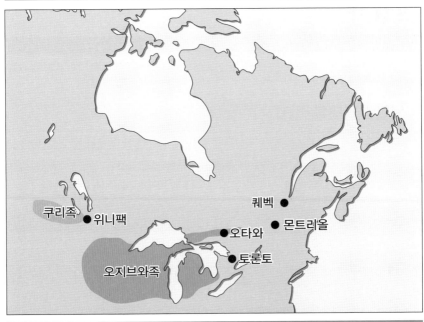

쿠리족
위니팩
퀘벡
오타와
몬트리올
토론토
오지브와족

thaqua The Wendigo

이타콰

이타콰는 캐나다 인디언 사이에서 웬디고 라 불리며 공포의 대상이 되었다

로라 네델만 교수

여성이면서 미스카토닉 대학의 최연소 박사로 장래가 촉망되던 네델만 교수. 그녀가 이끄는 탐험대는 빅 우드의 어둠 속에서 웬디고의 공포와 조우했다.

관련항목

- 하스터 → No.008
- 미스카토닉 대학 → No.040
- 『네크로노미콘』 → No.025
- 『나코트 사본』 → No.028

- 『르뤼에 문서』 → No.027

크투가

Cthugha

포말하우트의 창백하게 작열하는 불꽃 속에서 미쳐 날뛰는 화염의 왕. 눈부신 빛을 내뿜는 권속을 거느리고 지상에 대파괴를 안기는 『옛 지배자』.

● 니알라토텝의 천적

아랍어로 생선의 입을 의미하는 『폼 알 하우트』를 그 이름의 유래로 삼는 포말하우트는 남쪽 물고기자리의 입에 해당하는 부분에서 창백한 빛을 내뿜는 일등성이다. 이 행성의 표면에서 불타오르는 섭씨 만 도가 넘는 불꽃 속에 지성을 가진 플라즈마 구체, 『불꽃의 정령』을 무수히 거느린 『옛 지배자』 크투가가 살고 있다.

수천 개의 작은 빛의 구슬을 거느리고, 살아 있는 불꽃처럼 끊임없이 형태를 바꿔 가며 불타오르는 크투가의 거대한 모습은 종종 지상의 태양으로도 묘사된다.

이 『옛 지배자』에 대해서는 그리 많은 것이 알려져 있지는 않다. 적어도 지구상에는 크투가를 신봉하는 종족이나 교단이 거의 없으며, 압둘 알하자드(Abdul Alhazard)도 『네크로노미콘』 속에서 애매하게 언급했을 뿐이지만, 한참 전 고대 로마의 메르카스 교회에서 신봉되었던 흔적이 발견되었다. 그러나 크투가에 대해 알려진 아주 약간의 성질 중에서도 어떤 특징 한 가지로 인해 이 『옛 지배자』는 매우 중요한 존재로 간주되고 있다.

크투가야말로 『외우주의 신들』의 전령인 니알라토텝의 천적이자, 니알라토텝에 의해 위협받는 인간에게 있어 크투가의 소환은 최대의 대항책이 될 수 있는 것이다. 지구로부터 25광년 거리에 있는 포말하우트로부터 크투가를 불러내기 위해서는 포말하우트가 나무들의 가지 끝 위에서 빛날 때 소환의 주문을 세 번 영창하면 된다.

1940년 위스콘신주의 릭 호반에서 위스콘신 주립대학의 두 학생에 의해 소환된 크투가는 니알라토텝의 지구상의 거처인 응가이(N gai)의 숲을 공포스러운 불꽃으로 태우고, 두 번 다시 그 목적으로 사용될 수 없도록 완벽하게 파괴했다.

크투가의 상관도

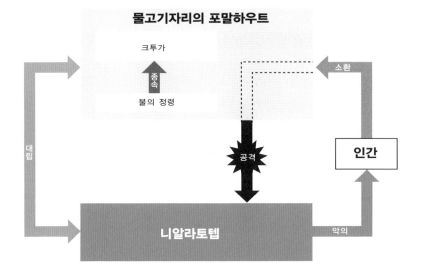

물고기자리의 포말하우트

크투가

종속

불의 정령

소환

공격

인간

니알라토텝

악의

대립

포말하우트

포말하우트는 남쪽 물고기자리의 입 부분에 해당하는 일등성이다. 섭씨 만 도의 불꽃 속에 니알라토텝마저 두려워하는 크투가가 살고 있다.

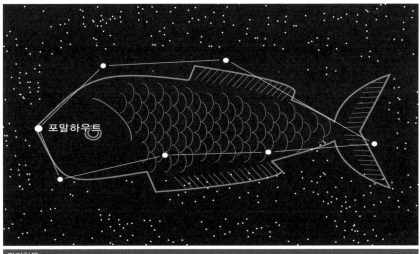

포말하우트

관련항목

- ●압둘 알하자드 → No.088
- ●「네크로노미콘」 → No.025
- ●니알라토텝 → No.005
- ●응가이의 숲 → No.045

차토구아

Tsathoggua

외우주로부터 날아온 태고의 신. 하이퍼보리아를 필두로 지구상의 각지에서 숭배되었으나, 그 전설의 태반이 잊혀진 『옛 지배자』.

● 태만한 신

　지구가 탄생하고 얼마 되지 않아 사이크라노쉬(Cykranosh)라는 이름으로 알려진 토성에서 하이퍼보리아의 무우 둘란(Mhu thulan) 반도로 날아왔다고 전승되는 『옛 지배자』. 지구상에서는 박쥐를 닮은 모습과 나무늘보를 연상시키는 몸뚱이를 가진, 웅크린 자세를 취한 털북숭이의 검은 두꺼비 같은 모습으로 나타나지만 본질적으로는 무정형의 신이다.

　눈먼 자이자 백치의 신인 아자토스의 자웅동체의 자손 크삭스클루트(Czazukluth)가 낳은 기즈구스(Ghizguth)를 아버지로 두고, 암흑성 조스로부터 도래한 이크나그니스스스즈(Ycnagnisssz)가 낳은 쥐스툴젬니(Zysthulzhemgni)를 어머니로 하여 태어난 것이 차토구아이다.

　크삭스클루트는 일족을 데리고 후에 명왕성이라는 이름으로 알려지게 되는 유고스(Yugoth)로 도래했으나, 여기서 차토구아의 백부인 흐지울퀴그문즈하(Hziulquoigmnzhah)는 크삭스클루트의 인육섭식의 습성이 꺼려져 해왕성으로 옮겨 살다가 또다시 토성으로 갔다. 차토구아 자신은 양친과 함께 유고스에 남아 있었으나 크삭스클루트에 의한 파괴가 행성을 휩쓴 후 사이크라노쉬를 거쳐 지구에 강림하여 응가이의 지하세계에 정착했다. 그 후 잠시 하이퍼보리아 대륙의 부어미사드레스 산 지하동굴 세계로 옮겨 가 숭배의 대상이 되었으나, 빙하기에 대륙이 멸망한 후로는 또다시 응가이로 돌아가 북극의 로마르(Romar) 왕국, 지하세계 쿠느-얀(K'n-Yan)에서 널리 숭배되었다. 하이퍼보리아 시대의 차토구아 신앙에 대해서는 『에이본의 서』에 자세히 기록되어 있다.

　차토구아는 열성적인 귀의자에게는 귀중한 지식과 마법이 담긴 물건을 하사하는 경우도 있어 희생제물이나 숭배와 관련된 밀교의식에 따라 피비린내 나는 일도 있었으나, 『옛 지배자』 치고는 부드러운 성품을 가진 축에 속하며, 기묘하리만큼 가정적인 출신성분 탓인지 때때로 유머러스하게 느껴지기도 한다.

차토구아 상관도

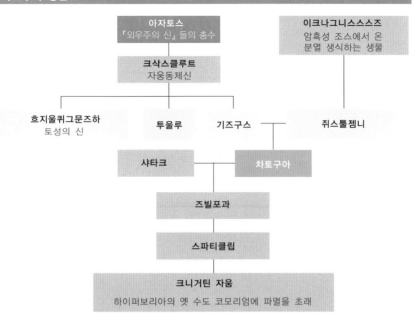

아자토스
『외우주의 신』들의 총수

이크나그니스스스즈
암흑성 조스에서 온
분열 생식하는 생물

크삭스클루트
자웅동체신

흐지울퀴그문즈하
토성의 신

투울루

기즈구스

쥐스툴젬니

샤타크

차토구아

즈빌포과

스파티클립

크니거틴 자움
하이퍼보리아의 옛 수도 코모리엄에 파멸을 초래

차토구아

차토구아

이 신은 나무늘보를 닮은 머리 부분과 두꺼비를 연상시키는 몸뚱이를 가졌다고 알려져 있으나, 가변성을 지닌 그 육체는 본질적으로 무정형이다.

관련항목

- 하이퍼보리아 → No.070
- 토성 → No.076
- 아자토스 → No.004
- 명왕성 → No.077
- 쿠느-얀 → No.046
- 『에이본의 서』 → No.031

31

노덴스

Nodens

모든 나이트 건트(Night gaunt)가 받들어 모시는 심연의 대제. 삼지창을 손에 들고 전차에 올라타 『옛 지배자』들과 『외우주의 신』의 부하들을 사냥하는 위대한 사냥꾼.

● 쌍완의 『고대 신』

『위대한 심연의 대제』노덴스는 휘날리는 백발과 위엄 있는 회색 수염을 가진 노인의 모습을 취한 오래된 신이다. 그 음성은 심연으로부터 울려 퍼지는 듯 세상을 떨치고, 그 분노는 강렬한 번개가 되어 적대하는 자를 소멸시킨다.

은색 팔을 가졌다고 알려져 있어 켈트 신화에서 포모르(Fomoire)의 왕 발로르(Baror)과 싸운 투아하 데 다난(다누 신족)의 왕 『은빛 의수의 누아다』와의 연관성이 영국의 언어학자이자 환상문학의 대가인 J.R.R. 톨킨에 의해 지적되고 있으나, 노덴스는 도리어 현실세계보다 드림랜드에 널리 알려진 신이다.

은그라넥 산을 수호하는 얼굴 없는 나이트 건트들이 노덴스를 숭배한다는 것은 익히 알려진 사실이며, 노덴스가 항상 올라타 있는 전차를 끄는 짐승은 나이트 건트가 모습을 바꾼 것이라고 한다.

인류에 대해 비교적 우호적인 노덴스는 일설에 따르면, 『옛 지배자』도, 『외우주의 신』도 아니고 도리어 이들과 적대하는 일이 잦은 『고대 신』이라 불리는 신성의 최고신이라고 한다. 『외우주의 신』의 사자인 니알라토텝과 노덴스는 대립관계에 있는 듯 보이며, 때때로 그 대립은 인간을 통한 대리전쟁으로 발전하는 경우도 적지 않다.

노덴스가 그 기둥 중 하나라고 알려진 『고대 신』은 크툴루 신화 속에서도 특히 비밀에 싸인 존재로 『옛 지배자』들이나 『외우주의 신』에 많은 지면을 할애한 『네크로노미콘』 등의 마술서에서도 거의 언급되지 않으며, 『고대 신』의 존재 그 자체를 부정하고, 노덴스를 온전한 『대지의 신』의 한 축이라고 생각하는 이들도 적지 않다. 그러나 일부 연구가들이 주장하는, 기독교적 선악이원론으로 구분할 수 있는 존재가 아닌 것만은 확실한 듯하다.

결코 안심해서는 안 된다. 노덴스가 때로 인간에게 보이는 호의는 실제로는 그저 한순간의 변덕일지도 모르니까.

노덴스 상관도

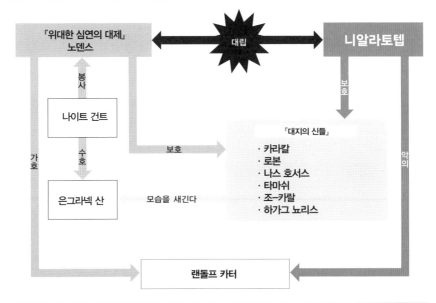

「위대한 심연의 대제」
노덴스

대립

니알라토텝

봉사

보호

나이트 건트

「대지의 신들」

가호

수호

보호

· 카라칼
· 로본
· 나스 호서스
· 타마쉬
· 조─카랄
· 하가그 뇨리스

악의

은그라넥 산

모습을 새긴다

랜돌프 카터

노덴스

노덴스

나이 든, 그러나 건장한 육체를 가진 노인의 모습을 한 노덴스. 오른팔은 은으로 만든 의수이며, 나이트 건트가 변신한 말이나 돌고래가 끄는 전차에 타고 있다.

관련항목

● 나이트 건트 → No.023
● 니알라토텝 → No.005
● 「네크로노미콘」 → No.025
● 드림랜드 → No.080

● 은그라넥 산 → No.085

완즈님

Wanzu-Sama

에치젠(越前) 지방 최대의 강, 구즈류가와(九頭龍川)의 양측 강변에 전해 내려오는 기묘한 풍습, 바다에 나타난 고대의 마신을 모시는 토착신앙이 행해지고 있다.

● 데이후(泥府) 신사와 완즈(雲頭)

후쿠이 현과 기후 현의 경계선인 산을 발원지로 하여 동해로 흘러드는 구즈류가와는 때때로 범람을 반복하는 에치젠 지방 최대의 말썽꾸러기 강이다.

『완즈님』은 이 구즈류가와 하류의 극도로 좁은 지역에서 오랜 옛날부터 숭배되어 온 토착신앙의 신성이며, 해외 연구가들 사이에서는 때로 메사추세츠주의 인스머스와 비교되기도 한다.

하구 부근의 만의 연안 부근에 위치한 작은 마을에는 『완즈님』을 제신으로 삼는 데이후 신사가 현존하며, 그것은 이 토착신앙의 중심지로 보인다.

『데이후』는 『완즈님은 하구의 얕은 여울의 진흙에서 나타나신다』라는 구전에서 유래되었다고 여겨지지만, 이 지방의 발음에 따르면 『데이후』보다는 『듸후』에 가까운데, 이 발음이 더 정확하다면 『데이후』라는 표기는 본래의 뜻과 무관하게 비슷한 음의 글자를 가져다 쓴 게 아니냐는 지적도 있다.

『완즈님』에 대해 거의 유일한 문헌자료인 『구두룡권현연기(九頭龍權現緣起)』에 의하면, 『완즈』는 본래 바다의 신이지만 풍어를 약속하는 행운의 신이 아니라 저주의 신, 불행의 신이라고 한다. 그 기묘한 이름의 유래에 대해서는 『구름에 머리가 닿을 만큼 거대한 신이었다』, 『구름처럼 형태가 불분명한, 변형이 자재로운 모습을 가진 신』, 『마을 수호한다는 뜻의 만호가 완즈로 변화했다』 등의 여러 설이 있으나, 어느 것도 정설이 되지는 못했다. 이 『구두룡권현연기』는 한 부가 국회도서관에 소장되어 있어 정식 절차를 밟으면 누구라도 열람할 수 있다.

데이후 신사에서는 매년 진혼제가 행해졌으나, 이 축제에서 『데이후의 만에 대신, 떨어져오사, 내려와 주십시오』라는 의미의 축사가 읊어지는 것으로 보아 원래는 진혼제가 아닌 부활기원제였던 모양이다. 안타깝지만 이 특수한 제례는 데이후 신사가 불타 없어진 1995년의 화재 이후 영원히 사라지고 말았다.

후쿠이 현의 7할 이상을 거쳐가는 구즈류가와

이시카와 현

하쿠산 산지

구즈류가와

후쿠이 ●

후쿠이 현

니우산지

구즈류호

츠루가(원자력 발전소)

기후 현

데이후 신사

데이후 신사

완즈님을 모시는 데이후 신사. 기초 부분은 고대의 선조 유적이고, 목조 부분은 명백히 후대에 추가된 것이다.

관련항목

● 인스머스 → No.041

그 밖의 신들

Other gods

이 우주, 좁혀서 보자면 지구상에 진실로 군림하는 신들의 야만적인 이름이 사람들 사이에 알려진 신화나 전설 속에 등장하는 경우는 없다.

● 소환의 야만적 이름

압호스(Abhoth)는 태고에 외우주로부터 지하세계에 내려앉은 신이다. 거대한 원형질 덩어리로 끊임없이 부정한 괴물을 탄생시키며, 동시에 탄생한 괴물을 스스로 잡아먹는다. 이 신은 인간과 대화를 나눌 수도 있다고 한다.

아트락 나차(Atlach-Nacha)는 거미와 비슷한 오래된 옛 것이다. 지하의 광대한 공간에 끊임없이 거미줄을 치고 있다. 전설에 의하면, 『아트락 나차가 거미줄을 모두 쳤을 때 세계가 끝난다』고 한다.

『뱀의 아버지』라 불리는 이그는 고대 무 대륙과 아메리카 대륙에서 숭배되었던 뱀신이다. 가을이 되면 미쳐 날뛴다는 이유로 공포의 대상이 되지만, 평상시에는 뱀들에게 해를 가하지 않는 한 온화한 신이다.

다오로스(Daoloth)는 주로 유고스라 불리는 명왕성에서 숭배되는 신이다. 아자토스와 마찬가지로 지구상에서 이 신을 숭배하는 자는 거의 없다. 그만큼 이질적인 신이며, 우리에게는 이해할 수 없는 존재인 것이다.

샤우그너 판(Chaugner Faughn)은 코끼리를 본뜬 석상처럼 보인다. 사실 어떤 종류의 광물로 몸이 만들어져 있다고도 한다. 그러나 본질적으로는 희생제물의 피를 빨아먹는 저주스런 존재로, 중앙아시아에서 스스로 창조한 아(亞)인종들의 숭배를 받는다.

고양이들의 여신인 바스트(Bast)는 세계의 모든 고양이들로부터 숭배를 받고 있다. 고대 이집트에서 니알라토텝과 함께 숭배되었으며, 그 신궁의 자손들이 영국의 콘월에 살아남아 있다고 한다.

란 테고스(Rahn-Tegoth)는 북극 부근에 강림한 신이며, 런던의 로저스 박물관에는 이 신을 필두로 한 『옛 지배자』들의 모습을 본뜬 밀랍인형들이 전시되어 있다. 전설에 따르면, 란 테고스가 죽으면 『옛 지배자』들은 부활할 수 없게 된다고 한다.

이 외에도 암흑의 한나 『머리털 있는 뱀』 바이아스티스, 빛나는 사냥꾼 이오드 등 다양한 신들의 이름이 알려져 있다.

크툴루 신화의 신들

아트락 나차
하이퍼보리아의 부어미사드레스 산중의 협곡 사이에 거미줄을 치는 거대한 거미의 신. 고도의 지성을 보유했으며, 인간의 언어를 사용하기도 한다.

샤우그너 판
『언덕으로부터 오는 공포』. 중앙아시아의 창 고원에 숨어 사악한 아인종 쵸-쵸인에게 숭배를 받고 있다.

바스트
고대 이집트에서 숭배의 대상이 되었던 고양이 여신. 『드림랜드』의 울타르에는 그녀를 모시는 고양이의 신전이 세워져 있다.

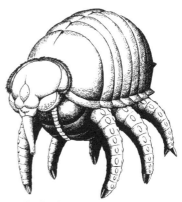

란 테고스
인류 탄생 이전에 북방에 날아온 사악한 신. 구체의 몸뚱이에는 여섯 가닥의 손발이 나 있다. 관과 같은 입으로 제물의 피를 남김없이 빨아들인다.

관련항목

● 무 대륙 → No.071
● 니알라토텝 → No.005
● 명왕성 → No.077
● 이집트 → No.055
● 아자토스 → No.004

『해저인』

Deep Ones

인류사회에 깊고 조용히 잠복한 채 인간과 교배해 개체를 늘려가며, 위대한 크툴루의 부활의 날에 대비한 준비를 진행해 가는 인류의 적대자.

● 두 다리를 가진 양서류

『해저인』들은 종족의 최고 연장자인 『아버지이신 다곤』과 그 배우자인 『어머니 이신 하이드라』, 그리고 모든 수생생물의 지배자인 위대한 크툴루를 숭배하며, 이들이 필요로 한다면 언제든지 응답할 수 있도록 해저에 숨어 있다. 마르케사스(Marquesas) 제도에서 부적으로 몸에 장식되곤 하는 티키(Tiki)의 상은 양서류의 머리를 가진 인간의 모습이며, 뉴질랜드 마오리족이 사용하는 조각이 새겨진 천장석과 함께 『해저인』의 모습을 본뜬 것이라고 한다.

라반 슈뤼즈베리 박사의 조수가 되어 『해저인』들과의 투쟁에 몸을 던진 앤드류 펠란은 처음 목격한 『해저인』들의 인상에 대해 존 테니엘이 그린 『이상한 나라의 앨리스』에 등장했던 개구리 급사(Foot Man)의 삽화를 떠올리게 했다고 술회하고 있다.

『해저인』들의 피를 이어받은 인간은 태어난 후 어느 정도의 기간은 평범한 인간과 다를 바 없는 용모를 하고 있으나, 동족과의 접촉이나 극도의 스트레스 등의 계기로 『인스머스의 얼굴』이라 불리는 『해저인』 특유의 개구리 같은 용모로 급격히 변하며, 그 후에는 세월이 지남에 따라 인간과 거리가 먼 모습으로 변화해 간다. 툭 튀어나온 눈은 결코 닫히는 법이 없게 되며, 녹회색으로 변한 피부는 차갑고 축축해지고, 그 표면에는 비늘이 생기는 데다, 손가락과 손가락 사이에는 물갈퀴가 생기고, 주름진 목에는 아가미가 나타나는 등 양서류를 방불케 하는 모습이 되는 데 그리 오랜 시간이 걸리지 않는다.

울부짖는 듯한 목소리로 대화하고, 지상에서 이동할 때 개구리처럼 펄쩍펄쩍 뛰는 『해저인』들은 노화에 의해 죽지 않으며, 외적인 요인(살해 당하는 것) 외에는 죽음을 맞이할 일이 없다. 사이클롭스 식의 거대한 원주가 줄지어 늘어선 해저도시가 전 세계의 바다에 흩어져 있는데, 그중 하나가 인스머스의 앞바다, 악마의 암초 너머에 있는 위'하 은 슬레이(Y'ha-nthlei)이다.

인스머스의 얼굴화의 진행

22세

젊은 시절에는 눈을 깜박이는 일이 적은 눈매 등 다소 물고기 같은 모습은 있으나, 평범한 인간과 다를 바 없는 모습을 하고 있다. 걷는 방식 등도 보통사람과 똑같다.

27세

전반적으로 피부가 상어비늘처럼 변하기 시작하며, 이곳저곳에 딱지가 앉아 있다. 목의 양쪽 피부가 쭈글쭈글하게 변하기 시작하여 점차 아가미로 변해 간다. 또한 두발이 연령에 비해 적어지기 시작한다.

31세

전신의 피부가 거칠어지고, 두발이 완전히 다 빠진다. 아가미처럼 생긴 목이 부풀어 오르듯이 굵어지고, 어깨를 파고 들어가기 시작하며, 양쪽 눈은 번득이듯 부풀어 올라 눈꺼풀을 내릴 수 없게 된다. 육상보행을 하는 데에 어려움을 겪기 시작하며, 비틀거리는 듯 특징적인 모습으로 걷는다.

34세

건조한 양서류 같은 피부가 되고, 귀와 코가 내려앉는다. 이 즈음이 되면 호흡기관이 아가미로 변해 육상생활이 어려워지며, 걷는다기보다는 튀어 오르듯이 이동하기 시작한다.

테니엘의 개구리 급사

테니엘의 개구리 급사

19세기 영국의 일러스트레이터 존 테니엘이 루이스 캐롤의 『이상한 나라의 앨리스』의 삽화에 그렸던 개구리 남작. 『해저인』 같은 인상을 준다고 한다.

출처 : 존 테니엘 『이상한 나라의 앨리스』

관련항목

- 다곤 → No.009
- 위대한 크툴루 → No.003
- 라반 슈뤼즈베리 박사 → No.106
- 인스머스 → No.041

『옛 것들』

Old Ones

인류가 탄생하기 한참 전에 지구로 날아와 고도의 문명을 구축했던 지성체로 오크통과 같은 모습을 하고 있다. 원형질의 세포로부터 시작하여 모든 생명을 탄생시켰다.

● 최초의 『지구인』

『옛 것들』은 약 10억 년 전, 지질연대로 말하자면 캄브리아기로부터 5억 년을 더 거슬러 올라간 젊은 시절의 지구상에 외우주로부터 날아와 남극대륙에 거대한 석조도시를 건설한 고도의 지적 생명체이다. 그 국가체제는 사회주의에 가까운 것으로, 오망성 형태의 화폐를 유통시키며 세계 각지에 도시국가를 건설해 나갔다.

높이 6피트, 직경 3피트 반 정도의 오크통과 흡사한 옆으로 퍼진 몸뚱이 위에 섬모가 달린 불가사리 형태의 머리가 있으며, 유리질의 빨간 홍채가 있는 눈, 하얗고 날카로운 이빨과 비슷한 돌기물이 늘어선 방울 형태의 입이 달려 있다.

몸뚱이에서는 갯나리의 촉수 같은 5개의 팔이 달려 있고, 부채처럼 접을 수 있는 막 형태의 날개는 펼치면 7피트에 달할 정도의 크기로, 이를 이용해 공중과 수중을 제법 빠른 속도로 이동할 수 있었다.

도시 건설과 운영 등 지구상의 노동력으로 사역시킬 목적으로 『옛 것들』은 쇼거스(Shoggoth)를 필두로 하는 다양한 생물을 창조했는데, 이 쇼거스의 생명세포가 이윽고 인류로 진화한 것이라고 생각된다.

신대륙의 융기와 때를 같이 하여 우주로부터 날아온 위대한 크툴루와 그 권속들을 상대로 격렬한 전투를 펼치고, 한때는 육상에서 추방되었으나 후에 화평을 맺고 태평양의 대륙은 크툴루가, 해양과 이전부터 존재했던 대륙은 『옛 것들』이 각각 분할 통치하게 되었다.

별의 변화가 일으킨 지각변동으로 인해 이 대륙이 태평양에 가라앉고, 위대한 크툴루가 르뤼에에서 긴 잠에 빠지자 또다시 『옛 것들』이 지구를 지배했으나, 쥐라기 즈음에 명왕성에서 날아온 미고와의 싸움 끝에 북반구에서 쫓겨나고 만다. 그 후 종으로서의 한계와 퇴폐기, 빙하기의 도래, 『이스의 위대한 종족』을 필두로 한 타 종족과의 싸움, 반복되는 쇼거스의 반란을 거쳐 서서히 쇠락해 현재는 남극 거대도시의 유적에 몇 안 되는 개체만이 남아 있는 것이 확인될 뿐이다.

「옛 것들」의 성쇠

현재	지각변동과 기후의 변화에 의해 「옛 것들」의 생존 개체들이 남극대륙 지하의 해저도시로 도피한다.
1억5천만년 전	⬆ 호주와 남극 대륙(강으로 끊기지 않은 곳) 부근에서 「이스의 위대한 종족」과의 전쟁이 발발한다.
1억6천만년 전	⬆ 유고스 성명왕성으로부터 미고가 날아와 「옛 것들」과 전쟁이 일어난다.
2억5천만년 전	쇼거스 최초의 반란(「옛 것들」의 쇠락의 시작)
3억년 전	르뤼에 대륙이 수몰. 크툴루와 그 권속이 해저에서 깊은 잠에 빠진다.
3억5천만년 전	⬆ 위대한 크툴루와 그 권속이 날아와 「옛 것들」과의 전쟁을 일으킨다.
	「옛 것들」이 창조한 생물이 탈주. 지구생물의 선조가 된다.
4억8천5백만년 전	「이스의 위대한 종족」이 호주의 원추형 생물체의 몸속에 침투한다.
	「옛 것들」이 지구 각지에서 번영한다.
10억년 전	「옛 것들」이 지구로 날아온다.

「옛것들」

『옛 것들』

다수의 촉수를 가진 오크통 형태의 몸통 꼭대기에 불가사리 모양의 머리를 얹은 『옛 것들』의 괴이한 모습.
하지만 그들 또한 『지구인』이며, 인류보다 한참 전에 오랜 시간을 지구상에서 활동한 종족이다.

관련항목

- 쇼거스 → No.018
- 르뤼에 → No.067
- 위대한 크툴루 → No.003
- 명왕성 → No.077
- 미고-「유고스에서 온 균사체」 → No.022
- 「이스의 위대한 종족」 → No.019

쇼거스

Shoggoth

지구 밖의 지성체들이 창조한 아메바형 생물로 지구상 모든 생명체들의 출발점이 되는 존재. 강력한 힘과 교활함으로 뭉쳐진 거대한 원형질 덩어리이다.

● 불굴의 반란자

쇼거스는 『옛 것들』이 지구로 날아온 후 다양한 용도로 활용하기 위해 가장 먼저 만들어낸 종족이다. 쇼거스의 모습을 알고 싶다면 『슬라임(Slime)』을 떠올려 보면 될 것이다. 쇼거스는 이 슬라임과 흡사한 녹색의 점착성 원형질 덩어리이며, 『옛 것들』을 대신해 주로 바다에서 중노동을 하는 노예로 수면암시에 의해 조종당했다. 쇼거스의 무정형 몸을 구성하는 세포 하나하나에는 자기진화 능력이라고도 할 만한 특수한 성질이 깃들어 있어 거품이 이는 듯한 세포를 순식간에 재구성해서 다양한 형태, 다양한 기관을 임의적으로 생성해낼 수 있었다. 『옛 것들』은 이 쇼거스의 세포로부터 지구상의 다양한 생물들을 만들어냈다고 추정된다.

분열생식을 반복함으로써 서서히 『옛 것들』의 지배에 대한 대항력을 갖추게 된 쇼거스는 2억5천만 년 전에 최초의 반란을 일으킨다.

이 반란은 『옛 것들』에 의해 진압되지만, 그 후 몇 번이고 반복된 투쟁을 거쳐 마침내 쇼거스는 육상에 올라와 생존하는 능력 등 차츰 보다 뛰어난 힘을 갖추어 갔다. 그중에서도 주인인 『옛 것들』의 행동을 모방함으로써 높은 지성을 갖추게 된 개체는 엄청난 적응 능력을 갖고, 때때로 인간의 모습을 취하는 일조차 가능하다고 한다.

쇼거스는 『테켈리 리(Tekeli-li)! 테켈리 리!』라는 울음소리를 낸다고 알려져 있는데, 1830년대 기구한 경우로 남극 항해를 하게 된 메사추세츠주 낸터킷(Nantucket) 섬 출신인 아서 고든 핌(Arthur Gordon Pym)이 남극해에서 정확히 이 소리를 들은 경험이 있으며, 쇼거스의 반란과 지각변동에 의해 『옛 것들』의 문명이 멸망한 지금도 최소 1개체 이상의 쇼거스가 남극해에 생존해 있다고 짐작된다.

쇼거스

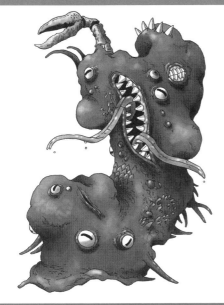

쇼거스

일반적으로 쇼거스는 형태가 정해지지 않은 아메바의 모습을 취하고 있다.
그러나 『옛 것들』의 고도한 과학력의 성과인 그 만능세포는 필요에 따라 임의의 형태, 기관을 구성하는 것이 가능하다.

쇼거스 상관도

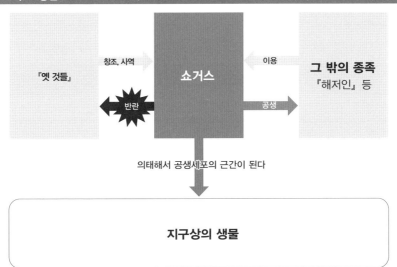

『옛 것들』　창조, 사역 →　쇼거스　← 이용　그 밖의 종족 『해저인』 등

반란　공생

의태해서 공생세포의 근간이 된다

지구상의 생물

관련항목

● 『옛 것들』 → No.017

『이스의 위대한 종족』

Great Race of Yith

시간의 비밀을 깨우친 유일한 종족이라는 이유로 『위대한 종족』이라 불린다. 다른 생물과 정신을 교환하여 영겁의 시간을 살아가는 종족.

● 정신기생체

『나코트 사본』이나 『엘트다운 도편본(Eltdown Shard)』에 기록된 바에 의하면, 초은하 우주 이스로부터 4억8천만 년 전 지구에 도래한 『이스의 위대한 종족』은 언제나 미래를 위해 오랜 시간을 지낼 수 있는 환경과 긴 수명을 가진 생물을 찾아 헤매는 영원한 개척자이다.

평균수명이 5천 년에 달하는 정신생명체인 그들은 지금의 호주 대륙에 해당하는 토지에서 번영했던 원추생물을 통해 고도의 과학기술문명이 번성한 기계화 도시, 프나코타스를 건설했다.

위대한 종족이 그 육체로 선택한 높이 10피트 정도의 이 원추형 생물은 바닥에 달린 점착층을 신축시키며 보행하며, 감각기관은 꼭대기로부터 뻗어 나온 네 가닥의 팔 같은 기관에 갖춰져 있다. 두 가닥은 그 끝에 거대한 갈고리 손톱이 있어, 이것을 맞물리게 하거나 비비거나 해서 대화한다. 세 번째 가닥의 끝에는 깔때기 모양의 부속기관이 있으며, 남은 한 가닥의 끝에 있는 직경 2피트 가량의 구체에는 세 개의 눈이 달려 있다.

『이스의 위대한 종족』은 사물을 객관적으로 바라보고 자신들이 평온하게 지낼 수 있기 위해 항상 고민하며, 과거나 미래 의지적 생명체와의 정신 교환으로 방대한 지식을 수집하고, 각 도시의 중앙 기록보관소에 계속해서 정보를 집적해 나가고 있다.

잔혹한 사냥꾼인 『날아다니는 폴립(Flying Polyps』이나 『옛 것들』 등 지구의 선주민족과 산발적인 전쟁을 반복하면서 사회를 유지하던 『이스의 위대한 종족』은 자신들이 최종적으로 폴립형 생물에게 멸망 당할 것임을 알고 있어, 중생대 말기 즈음에는 인류가 멸망한 2만 년 후의 지구상에서 번성한 갑충류의 몸으로 이주할 준비를 시작했다. 행성으로서 지구의 수명이 다할 즈음 그들은 수성의 구근형 식물로 이주할 것이다.

이러한 방식으로 『이스의 위대한 종족』은 종족으로서 명맥을 영원히 유지해 나갔던 것이다.

『이스의 위대한 종족』의 영원한 여정

미래	현재	과거

2만 년 후?　　　　　　　　　　4억8천만 년 전

전이 ←

전이
천적 『날아다니는 폴립』으로부터
도망친다

수성의 구근 형태의 식물

지구상에 서식하는 갑충류

인류 멸망

지구상의 인류

← 전이 →
지식을 수집하기
위해 인간의 몸과
바꿔치기한다.

호주의 원추형 생물

← 전이

**이스
(초은하 우주)**

『위대한 종족』과 『날아다니는 폴립』

『이스의 위대한 종족』

『이스의 위대한 종족』이 지구상에서 육체를 선택한 것은 4억8천만 년 전 호주에 서식하고 있던 가위 모양의 손을 갖춘 원추형 생물이었다.

『날아다니는 폴립』

검디검은 석조도시에 둥지를 튼 『날아다니는 폴립』은 원추형 생물의 천적이다. 『이스의 위대한 종족』은 그들을 지하로 몰아냈으나, 곧 그들이 돌아오리란 것도 알고 있었다.

관련항목
● 『나코트 사본』 → No.028
● 그 밖의 책들 → No.037
● 『옛 것들』 → No.017
● 그 밖의 존재 → No.024
● 프나코타스 → No.064

구울

Ghoul

지하에 숨은 채 시체를 섭식하는 저주스러운 괴물들. 그들 대부분은 인육의 맛을 알게 되어 타락해 버린 인간의 말로를 보여 주는 모습이다.

● 시체를 먹는 자들

구울은 묘지를 파헤쳐 시체를 먹는, 말 그대로 괴물 같은 존재이다. 고무처럼 탄력성이 있는 단단하고 두꺼운 피부는 얼핏 보기에 썩어 문드러진 시체처럼 짓물러 있고, 개를 연상시키는 얼굴과 갈고리 손톱이 달린 손을 가지고 항상 구부정한 자세로 이동한다. 그들은 인간사회에 기생하며 음식물 쓰레기나 배설물, 때로는 시체를 식량으로 삼아 생활하기 때문에 항상 인간들과 가까운 곳에 숨어 산다.

예전에는 묘지와 인접한 납골당 같은 곳에 숨어 살았으나, 20세기로 접어들면서 이러한 곳이 점차 사라지기 시작한 반면, 전 세계 대도시의 지하에 그물망처럼 지하철용 터널이 생겨 구울들의 영역이 비약적으로 확장되었는데, 때때로 열차 사고를 유발시켜 먹잇감이 될 시체를 『사냥하는』 듯한 모습도 보인다.

대도시의 지하철도를 운영하는 일부 기업은 그들의 존재에 대해 정통해 있어 사설 경비대를 투입하여 지하의 패권을 다투고 있다고도 한다.

구울의 대부분은 한때 인간이었던 시절의 기억을 약간이나마 갖고 있으며, 인간의 말을 이용해 의사소통을 할 수 있기 때문에 조건에 따라서는 교섭을 시도하는 것도 가능하다.

구울의 사회는 지구의 드림랜드에도 존재한다. 그들과 만나고 싶다면 구울들이 향연에서 남은 음식을 내다버리는 나스의 협곡을 계속해서 올라가 보면 된다. 그곳에는 광대한 묘지가 펼쳐져 있는데, 한때는 리처드 업튼 픽맨이라는 이름이었던 구울 또한 그 땅에 서식하고 있다.

드림랜드에서는 얼굴의 위에서부터 아래까지 세로로 찢어진 괴이한 입을 가진 구그(Gugs)족의 시체 하나로 1년간 구울 사회 전체의 식량을 해결할 수 있기 때문에, 구울들은 때때로 위험을 감수하며 구그족의 무덤에서 시체를 파낸다고 한다.

참고로, 구울들은 모르디기안(Mordiiggian)이라는 이름의 신을 숭배한다고 알려져 있으나, 이 신성에 대해서는 그다지 알려진 바가 없다.

구울과 인간의 상관관계

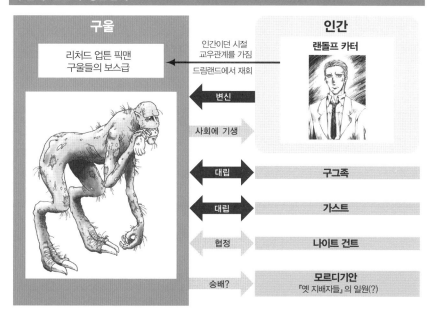

구울

리처드 업튼 픽맨
구울들의 보스급

인간

랜돌프 카터

인간이던 시절
교우관계를 가짐
드림랜드에서 재회

변신

사회에 기생

대립 ← **구그족**

대립 ← **가스트**

협정 ← **나이트 건트**

숭배? ← **모르디기안**
『옛 지배자들』의 일원(?)

지하철을 습격하는 구울

지하철을
습격하는 구울

세계 각지의 대도시
에서는 깊고 조용하
게 구울들과 싸움이
벌어지고 있다. 터
널 속에 숨은 공포
를 지하철의 이용객
들이 산 채로 알아
낼 수는 없다.

관련항목
● 드림랜드 → No.080
● 리처드 업튼 픽맨 → No.101
● 그 밖의 존재 → No.024

틴달로스의 사냥개

Hounds of Tindalos

시공의 모퉁이를 천천히 지나 표적으로 삼은 사냥감의 냄새를 어디까지라도 멈추지 않고 추적하는 탐욕스러운 사냥개.

● 굶주린 사냥꾼

틴달로스의 사냥개는 태고라는 말조차도 새롭게 들릴 정도로 머나먼 과거의 모퉁이에 숨어 있는 영맹(獰猛)한 괴물이다. 인간은 시간의 모서리가 아닌 곡선을 따르며 살아가는 존재이며, 일반적으로 살아가는 한 이 괴물과 조우하는 위험에 빠질 일은 절대 없을 테지만, 예를 들어 동양의 신비로운 선인들이 조합했다는 랴오단(遼丹)이라는 선약이나 마도서 『벌레의 신비』에 그 제조법이 적힌 시간역행 효과가 있는 약을 복용해 과거의 시간으로 되돌아가려는 짓을 한다면, 이 사냥개의 비정상적으로 발달한 후각에 포착되어 버릴 것이다.

그들은 현실 속에 육체를 갖고 있지 않으며, 본디 생명활동에 필요한 산소를 완벽히 배제한 파란색 진액 같은 원형질로 육체를 구성하고 있다. 사냥개가 이 공간에 모습을 드러내기 전후에는 코를 강렬하게 자극하는 악취가 나기 때문에 짐작 가는 구석이 있는 자라면 그 등장을 알아챌 수 있겠지만, 그것은 이미 때가 늦었다는 증거이기도 하기 때문에 아무런 도움이 되지 않는다.

참고로, 그들이 사는 곳을 외우주의 저편이라고 하는 문헌도 있다. 이 짐승은 항상 기아에 시달리며, 한번 포착한 사냥감을 포기하는 법이 없다. 하지만 그들에게는 120도보다 작은 각도를 통과하는 방법으로만 현실세계에 나타날 수 있다는 제약이 있기 때문에 네 귀퉁이 모두를 시멘트나 퍼티 등으로 메워 각도를 없앤 공간에 틀어박혀 사냥개가 다른 먹잇감을 발견할 때까지 버틸 수만 있다면 시공을 뛰어넘는 추적을 뿌리치는 일도 전혀 불가능하지만은 않을 것이다.

랴오단을 손에 넣어 시간을 역행하는 위험한 실험을 하는 도중에 사냥개에게 발각된 괴기환상소설가 핼핀 챌머스(Halpin Chalmers)는 돌(Dhole)이나 사티로스 등이 사냥개의 추적을 돕는다는 말을 남겼으나, 상세한 내용에 대해서는 명확히 알려져 있지 않다.

참고로, 이 사건을 담당하여 잔류해 있던 사냥개의 체액을 분석한 제임스 모튼 박사는 스스로를 피험자로 삼은 실험 결과, 불사의 사냥개와의 융합에 성공해 그들의 왕인 무이슬라를 지구상에서 해방시키려는 계획을 세우기도 했다.

시간의 끝에 숨어 있는 사냥꾼

시간의 흐름

········ 틴달로스의 사냥개의 활동영역

인간이 속한 시간축

틴달로스의 사냥개

틴달로스의 사냥개

『사냥개』라곤 하지만, 시
간의 일그러짐이 탄생시킨
듯한 그들의 겉모습은 개과
의 동물과는 전혀 딴판인,
악몽과도 같은 괴물의 모
습이다.

관련항목
● 「벌레의 신비」 → No.026
● 그 밖의 존재 → No.024

미고-『유고스에서 온 균사체』

Mi-go : Fungus-beings of Yuggoth

유일하게 지구상에서만 채굴할 수 있는 희소한 광물을 구하기 위해 명왕성으로부터 날아오는, 인류의 적도 아군도 아닌, 고도의 지성을 가진 균사체 생물.

● 명왕성의 균사체 생물

버몬트주의 산악지대나 안데스 고원 등에 거점을 마련한 미고는 명왕성이라는 이름으로 알려진 유고스에서 날아온 지적 생명체이다. 그들이 지구를 방문한 것은 최근의 일이 아니다. 그 도래는 무려 쥐라기까지 거슬러 올라가며, 당시 지구를 지배하에 둔 『옛 것들』과 싸워 그들을 북반구에서 완전히 몰아냈다. 그 콜로니 부근에서 때때로 발견되는 미고는 전체 신장이 5피트 정도 되는 연한 복숭아 색의 게와 유사한 모습을 하고 있어 갑각류로 오해 받기 쉽지만, 실제로는 균사체에 가까운 생물이다. 몸통에는 피막 상태의 날개와 몇 쌍의 다리가 달려 있고, 머리에는 짧은 안테나 형태의 수많은 돌기가 도드라진 소용돌이치는 모습의 타원체가 붙어 있다. 펜나쿡(Pennacook)족에게 전해져 내려오는 신화에 따르면, 큰곰자리로부터 날개 달린 생물이 날아와 다른 곳에서는 손에 넣을 수 없는 광물을 산속에서 채굴했다고 한다.

그들의 채굴 거점은 남북 아메리카뿐만이 아니라 네팔에도 있어 갑각류형의 것과는 종족이 다른 대형 유인원의 모습을 가진 미고가 '예티'라고 불리며 현지인들을 두려움에 떨게 하고 있다.

경이적인 외과의학적, 기계공학적인 기술체계를 가졌으며, 그들이 지구를 방문하는 유일하며 최대의 목적인 희소광물의 채굴에 협력적인 지구인에게는 고도로 발달한 기술의 단편을 전수해 주기도 한다. 그들을 방해하는 인간은 뇌수가 적출되어 유고스에서 채광한 특수한 금속으로 만들어진 원통에 이식된 다음 감각장치에 접속된 상태로 유고스로 끌려가고 만다.

1980년대 후반에 불치의 병을 앓다가 죽었다고 알려진 최첨단 공학의 거인 사이먼 라이트 교수가 금속으로 된 용기에 뇌를 옮겨 지금도 살아 있다는 소문이 미국의 과학계 주변에 은밀하게 퍼져 있는데, 만약 이 소문이 사실이라면 그 어려운 시술 과정에 미고의 도움이 있었다는 것은 의심의 여지가 없다.

미고의 도래

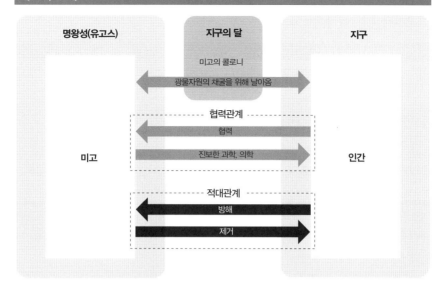

명왕성(유고스)

지구의 달

미고의 콜로니

지구

미고

광물자원의 채굴을 위해 날아옴

협력관계

협력

진보한 과학, 의학

미고

인간

적대관계

방해

제거

버몬트주의 미고

미고

갑각류같은 모습을 한 미고. 버몬트주나 안데스 고원에서 채굴을 하고 있는 것은 이런 비행하는 타입의 미고이다.

관련항목

● 명왕성 → No.077
● 「옛 것들」→ No.017

No.023

나이트 건트

Night Gaunts

『위대한 심연의 대제』 노덴스를 모시며, 『대지의 신들』 의 비밀을 수호하는 존재로, 악몽 같은 모습을
한 날개 달린 칠흑의 마물들.

● 얼굴 없는 밤의 마물

나이트 건트는 산중턱에 『대지의 신들』 의 얼굴이 새겨진 은그라넥 산을 중심으로 드림랜드의 각지에 무리를 이루어 서식하고 있는 말라비틀어진 검은 마물이다. 기름에 번들거리듯 매끄러운 고무 같은 피부는 어둠처럼 시커멓고, 힘 있게 날갯짓을 하더라도 소리 하나 나지 않는 박쥐의 그것 같은 날개와 끝이 뾰족한 뿔과 꼬리를 가진 모습은 마치 기독교의 성서에 등장하는 악마와도 같고, 본디 얼굴이 있어야 할 자리에는 그저 넙데데한 어둠 같은 공백이 존재할 뿐이다.

그들이 숭배하는 『위대한 심연의 대제』 노덴스로부터 위임 받은 역할 즉, 산중턱에 『대지의 신들』 의 얼굴이 새겨진 신성한 은그라넥 산을 호기심 왕성한 인간들로부터 지켜내는 임무에 따라 침입자를 발견하면 소리 없이 다가가 재빨리 무기를 빼앗은 다음, 고무 같은 감촉의 팔다리로 침입자를 휘감아 올리고 그대로 하늘 높이 날아오른다. 침입자가 끌려가는 곳은 돌이 사는 나스의 계곡이다. 나이트 건트는 포획한 이들을 직접 죽이는 짓은 결코 하지 않으며, 돌족에게 처분을 맡겨 둔 채 불경스러운 침입자들을 남겨 두고 떠난다.

나스의 계곡은 또한 구울들이 먹다 남은 찌꺼기를 내다버리는 곳이기도 하며, 그들과 의사소통을 하는 방법을 알고 있는 운 좋은 침입자들은 경우에 따라 돌족과 마주치기 전에 계곡에서 빠져나갈 수도 있다. 참고로, 나이트 건트는 구울들과 일종의 우호적인 협약을 맺고 있기 때문에 구울의 암호 따위를 알고 있다면 나이트 건트가 자신의 말을 따르게 하는 일도 가능하다.

나이트 건트는 때론 노덴스의 의지에 따라 『외우주의 신』 이나 오래된 옛 것들의 행동을 방해한다. 때문에 샨타크(Shantak)나 『저주스러운 사냥꾼(Hunting Horror)』 등 니알라토텝에게 봉사하는 종족들은 이 칠흑의 마물을 매우 두려워한다.

참고로, 드림랜드의 크레도 숲에는 태곳적 이브 신으로 숭배되었던 입-츠틀(Yibb-Tstill)이 살고 있는데, 이 『외우주의 신』을 모시는 나이트 건트의 존재가 보고되어 있다.

신들의 자리를 지키는 검은 파수꾼

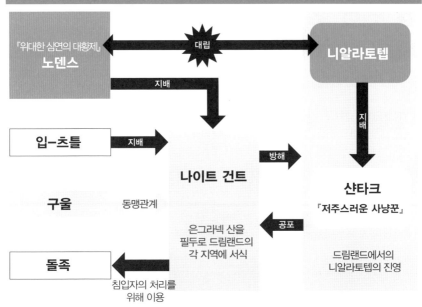

『위대한 심연의 대황제』
노덴스

대립

니알라토텝

지배

입-츠틀

지배

나이트 건트

방해

구울

동맹관계

지배

샨타크

「저주스러운 사냥꾼」

은그라넥 산을
필두로 드림랜드의
각 지역에 서식

공포

돌족

공포

침입자의 처리를
위해 이용

드림랜드에서의
니알라토텝의 진영

나이트 건트

나이트 건트

칠흑의 몸통에 박쥐의 그것과 같은 날
개. 인간이 상상하는 악마 그 자체의
모습을 하고 있는 나이트 건트는 사실
온후한 생물이다. 제대로 된 순서를
밟는다면 도움을 주기도 한다.

그 밖의 존재

Other ones

밤의 어둠이나 지하의 암흑, 수면의 문 저편 등의 장소에 몸을 숨긴 것이 아닌 존재가 까마득한 시간의 저편으로부터 인류를 주시하고 있다.

● 인간이 아닌 것들

지구와 그 드림랜드에는 다양한 이형의 생물이 서식하고 있는데, 크게 종족이 통째로 특정 신성에 종속된 봉사종족과 그렇지 않은 독립종족으로 분류된다.

공룡의 출현 이전에 지성을 진화시킨 뱀 인간(Serpent People)은 초고대 시절에 위대한 문명을 세워 지구를 지배하고 있던 독립종족이다. 환경의 변화나 공룡의 출현에 의해 서서히 쇠락하여 아틀란티스나 레무리아 등 구대륙에서 서서히 힘을 갖추어 온 인류와의 투쟁을 반복해 이윽고 그들의 영웅들에 의해 멸망되었다. 소수의 뱀 인간들 중 생존자는 인간의 모습으로 변신한 채 인류사회 뒤편에 숨어 있다고 전해진다.

7억5천만 년 전에 외우주로부터 날아왔으며 바람을 다루는 잔인한 사냥꾼인 『날아다니는 폴립』은 지구를 포함한 네 개의 행성에 정착해 검은 현무암으로 된 도시를 구축한 채 살아가고 있었다. 그중 지구에서는 『이스의 위대한 종족』의 정신이 깃든 원추형 생물과의 싸움에서 패해 지하로 쫓겨났는데, 지금도 호주 서부의 지하에 살아남아 있다고 전해진다.

말처럼 생긴 얼굴을 가진 샨타크는 드림랜드 일부에서 찾아볼 수 있는 거대한 비행생물이다. 『외우주의 신』을 섬기며, 그 숭배자라면 샨타크를 탈것으로 이용하는 것도 가능하지만, 니알라토텝의 개입으로 아자토스의 혼돈의 옥좌 앞까지 끌려가 버리기도 한다.

구그족은 드림랜드의 지하에 사는, 세로로 찢어진 입과 네 개의 앞발이 특징인 무시무시한 거인족이다. 한때는 지상에서 살았으나 그들이 행하는 불길한 의식이 『대지의 신들』의 분노를 사는 바람에 지하로 쫓겨났다.

돌은 수많은 별을 괴멸시켜 온 거대한 애벌레처럼 생긴 생물이다. 다행스럽게도 지구상에 모습을 드러낸 적은 없고 드림랜드의 지하, 나스(Pnath)의 계곡 바닥에서 그 거대한 몸을 뒤틀고 있다. 틴달로스의 사냥개와도 관계가 있다는데 상세한 내용은 알려져 있지 않다.

크툴루 신화의 생물들

돌

전체 길이가 수백 미터에 달하는, 창백한 점액에 젖은 지렁이 같은 거대 생물. 드림랜드 나스의 계곡이나 야디스 성에 서식한다.

뱀 인간

뱀에서 진화한 파충인류. 페름기 즈음에 고도의 문명을 구축했다. 마술에 뛰어나며, 인간으로 변신해 고대 바르시아(Valusia) 왕국을 지배했다.

샨타크

온몸을 비늘로 뒤덮은, 말처럼 생긴 머리를 가진 거대한 새. 드림랜드에 서식하며, 니알라토텝을 섬긴다.나이트 건트가 천적.

구그

마법의 숲 지하세계에 도시를 세운 모질고 사나운 거인. 세로로 열리는 입과 팔꿈치에서 두 갈래로 갈라진 팔이 특징이다.

관련항목

- 레무리아 → No.072
- 『이스의 위대한 종족』 → No.019
- 니알라토텝 → No.005
- 아자토스 → No.004
- 드림랜드 → No.080
- 틴달로스의 사냥개 → No.021

『크툴루 신화』의 유래

『크툴루 신화』의 창시자가 하워드 필립스 러브크래프트라는 점에 대해서는 새삼 이의를 제기할 여지가 없다. 그러나 러브크래프트 자신은 스스로의 작품군을 『우주적 공포(Cosmic Horror)』라 칭했으며, 적어도 생전에 그가 『크툴루 신화』라는 단어를 직접 사용한 흔적은 발견되지 않고 있다.

본 서를 집필함에 있어 굉장한 도움을 주신 크툴루 신화 연구가 타케오카 히라쿠 씨가 지적하는 바에 따르면, 『크툴루 신화』라는 단어가 최초로 확인된 것은 러브크래프트의 맹우인 클라크 애쉬튼 스미스가 어거스트 덜레스에게 보낸 1937년 4월 13일의 서한 속에서 러브크래프트의 작품군의 총칭으로서 "the Cthulhu mythology" 라는 단어를 사용한 대목이다. 이 서한은 그 이전부터 스미스나 덜레스 등이 러브크래프트 스쿨 관계자들 사이에서 『크툴루 신화』라는 말을 일상적으로 사용했다는 느낌을 주고 있다. 또한 덜레스는 "River" 라는 문예잡지의 1937년 6월호에 『H.P. 러브크래프트, 아웃사이더』라는 러브크래프트의 평전을 기고했는데, 이 글이 간행물을 통해 『크툴루 신화』라는 이름이 사용된 첫 사례라고 한다.

참고로, 처음으로 번역된 러브크래프트의 작품은 『벽 속의 쥐떼』로 카와데 서방에서 간행된 『문예』지 1955년 7월호에 에도카와 란포의 작품과 함께 게재되었다. 란포는 그후 이와타니 서점에서 간행된 탐정소설잡지 『보석』지의 연재 『환영성 통신』 등의 기사 속에서 러브크래프트를 언급하며 높은 평가를 내렸다. 이 연재는 치쿠마 문고의 『란포가 고른 베스트 호러』(모리 히데토시/노무라 코헤이 편저)에 정리되어 있으니 흥미가 있다면 읽어 보는 것도 좋을 것이다.

최초의 번역작품은 앞에서 기술한 연재 속에서 란포가 따로 소개한 『에리히 짠의 음악』이다. 타무라 유지의 번역으로, 역시 『보석』지 1955년 11월호에 게재되었다.

란포의 소개로 러브크래프트의 포로가 된 사람들 중에는 와세다 미스터리 클럽의 창시자인 진카 카츠오도 있다. 그는 일본 최초의 러브크래프트 작품집 『암흑의 비의』를 1972년에 간행했으나, 이 책 속에서는 아직 크툴루 신화의 이름을 찾아볼 수가 없다.

그렇다면 일본 국내에 최초로 『크툴루 신화』라는 단어를 소개한 이는 누구일까?

필자의 추적 조사에 의하면, 당시 단세이니라는 필명으로 활발하게 해외 환상문학의 번역, 소개를 하고 있던 아라마타 히로시가 1970년대 초 하야카와 서방의 『S-F 매거진』의 번역되지 않은 작품을 소개하는 코너, 『SF 스캐너』에서 『최근 수년간 미국의 젊은 독자층 사이에서 조용한 붐을 일으키고 있는 "Cthulhu 신화"에 대해 언급하고 있다는 것까지는 알아낼 수 있었다. 아라마타 히로시는 그 후에도 같은 잡지의 1972년 9월 임시 증간호와 직접 편집을 담당한 세월사의 『환상과 괴기』지 제4호(1973년 11월 발행)에서 "Cthulhu 신화" 를 소개했다.

제 2 장
금단의 책들

『네크로노미콘』

NECRONOMICON

지구와 우주의 진실된 역사가 기록된 금단의 책이자 궁극의 마술서. 우주적 공포에 떠는 인류가 손에 넣은 가장 위험한 양날의칼.

● 『키타브 알 아지프(kitab Al-azif)』

『네크로노미콘』은 아랍의 미치광이 시인 압둘 알 하자드(Abdul Alhazard)가 730년에 저술한 서적으로『옛 지배자』들이나『외우주의 신』등 이형의 신들과 그들을 숭배하는 종파, 그리고 그들의 비밀 의식에 대해 언급한 마술서이다. 원제인 『키타브 알 아지프』는 마물의 포효라고 알려져 있는 밤의 곤충의 울음소리를 나타내기 위해 아랍인들이 사용했던 단어로부터 유래했다. 『네크로노미콘』이라는 유명한 책 제목은 콘스탄티노플의 테오드라스 필레타스(Theodoras Philetas)의 번역으로 950년에 간행된 그리스어판에 명명된 것인데, 읽는 이의 정신과 행동에 악영향을 미쳤기 때문에 동방 교회의 수장이었던 미카일 케룰라리오스(Michel I Cerularius)에 의해 분서 처분 당한 바 있다. 그러나 그 후에도 금단의 지식을 추구하는 자들 사이에서 비밀스럽게 회람과 필사가 계속되면서, 1228년에는 올라우스 보르미우스(Olarus Wormius)에 의해 라틴어로 번역되었고, 간행 4년 후 교황 그레고리우스 9세에 의해 발간 금지 처분을 받았다.

라틴어판 『네크로노미콘』은 15세기 독일에서 고딕체 활자로 인쇄된 것이 간행되었는데, 17세기에는 스페인어로 번역되어 발행되었고, 16세기에는 그리스어판이 이탈리아에서 인쇄되었다. 현존하는 대부분은 17세기 라틴어판으로 하버드 대학의 위드너 도서관, 미스카토닉 대학 부속도서관, 부에노스 아이레스 대학 도서관, 파리 국립도서관에 소장되어 있으며, 대영박물관에는 15세기 라틴어판이 보관되어 있으나 사람들의 손을 거치는 동안 예외 없이 일부가 소실되어 30개가 넘는 장의 모든 기술이 수록된 완전판은 없고, 연구가들이 세계 각지에 흩어져 있는 『네크로노미콘』으로부터 만든 사본을 이어 붙여가며 어떻게든 완전판에 가깝게 만들려 노력하고 있다.

참고로, 아랍어로 된 원본은 13세기 시점에서 이미 사라져 버렸다는 것이 중론이지만, 지금도 수집가나 신비학자들의 서가에서 목격했다는 보고가 끊이지 않고 있다. 또 엘리자베스 여왕을 모시던 17세기 영국의 마술사 존 디의 손을 거친 불완전한 영어판이 던위치의 웨이틀리 가 등에 전해지고 있다.

『네크로노미콘』의 소장, 열람 상황(일부)

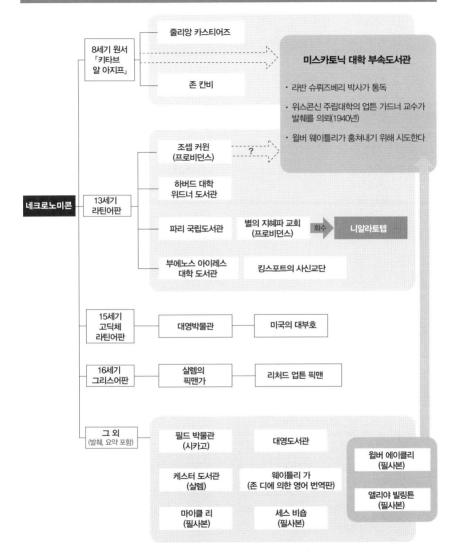

미스카토닉 대학 부속도서관

· 라반 슈뤼즈베리 박사가 통독

· 위스콘신 주립대학의 업튼 가드너 교수가 발췌를 의뢰(1940년)

· 윌버 웨이틀리가 훔쳐내기 위해 시도한다

네크로노미콘

8세기 원서 『키타브 알 아지프』
- 줄리앙 카스티어즈
- 존 칸비

13세기 라틴어판
- 조셉 커윈 (프로비던스) ?
- 하버드 대학 위드너 도서관
- 파리 국립도서관 — 별의 지혜파 교회 (프로비던스) 회수 → 니알라토텝
- 부에노스 아이레스 대학 도서관 — 킹스포트의 사신교단

15세기 고딕체 라틴어판 — 대영박물관 — 미국의 대부호

16세기 그리스어판 — 살렘의 픽맨가 — 리처드 업튼 픽맨

그 외 (발췌 요약 포함)
- 필드 박물관 (시카고)
- 대영도서관
- 케스터 도서관 (살렘)
- 웨이틀리 가 (존 디에 의한 영어 번역판)
- 마이클 리 필사본
- 세스 비숍 필사본
- 윌버 에이클리 (필사본)
- 앨리야 빌링튼 (필사본)

관련항목

● 압둘 알하자드 → No.088
● 던위치 → No.042
● 웨이틀리 가 → No.097
● 미스카토닉 대학 → No.040

『벌레의 신비』

De Vermiis mysteries

불운했던 제9차 십자군 원정(1271~1272)에서 살아남은 단 한 명이라고 주장하는 나이 든 연금술사의 저서. 금지된 네프렌 카의 이름을 후세에 전한 마술서.

● 사라센인들의 비밀을 아는 자

『벌레의 신비』를 저술한 것은 16세기 중반 즈음 벨기에의 수도 브뤼셀 인근 묘지의 폐허에 은둔하고 있던 루드비히 프린(Ludwig Prinn)이라는 늙은 연금술사이다. 제9차 십자군 원정의 유일한 생존자를 자처하는 그의 나이는 분명하게 밝혀져 있지 않지만, 믿어지지 않을 만큼 고령이었다는 것만큼은 확실하다.

벨기에에서 마녀사냥의 열기가 한창 뜨거워졌던 1541년, 프린 또한 브뤼셀의 이단 심문소로 끌려가 종교재판이라는 이름의 가혹한 고문 끝에 처형되지만, 스스로 이 죽음의 여행길로 이어지는 재판소의 문을 지나기 전에 옥중에서 써 내려간 것이 바로 이 『벌레의 신비』이다. 프린의 사후 1년이 지나고 나서야 독일의 케른에서 소량의 부수만이 발행된 『벌레의 신비』는 철제 표지를 단 크고 검은 책이었다고도 하고, 고딕체로 된 절판장정을 선택했다고도 한다. 『벌레의 신비』의 초판본은 교회에 의해 즉각 발간 금지 처분을 받고, 그 후 잠시 시간이 흐른 뒤 검열이 된 채 일부 삭제된 것이 간행되었으나 자료적인 가치는 극히 낮다. 그 뒤 1820년 찰스 레겟이 번역한 영어판이 간행되었는데 이는 초판을 토대로 하고 있다고 한다. 참고로, 현존하는 15부의 초판본 중 한 부는 미스카토닉 대학 부속도서관에 소장되어 있다.

이 책에 기록된 것은 시리아, 이집트, 알렉산드리아 등 중동, 아프리카 지역에서 프린이 알아낸 금단의 지식과 함께 비밀스러운 술법 등이며, 고대 이집트의 전설을 기술한 『사라센인의 의식』이라는 장에서는 거대한 뱀 세트(Set)나 오시리스(Osiris) 등 잘 알려진 신들과 함께 『사자의 서』에서도 그 존재가 말소된 네프렌 카 등의 알려지지 않은 존재에 대해서도 상세히 기술되어 있다.

특필해야 할 점은 『눈에 보이지 않는 친구』, 『별이 보낸 하인』이라는 이름으로 알려진 만년의 프린을 항상 곁에서 보좌했다는 작은 사역마의 소환 방법일 것이다.

『별의 정령』

『별의 정령』
루드비히 프린이 하인처럼 부리던 보이지 않는
흡혈생물. 『벌레의 신비』에 그 소환 방법이 실려
있다.

✿ 『벌레의 신비』의 발음에 대하여

일반적으로 "De Vermiis Mysteries"는 『벌레의 신비』 등으로 번역되는 경우가 많으며 한국에서
도 대개는 이 쪽으로 통용되지만, 일본의 경우 1972년에 간행된 소도샤(創土社)판 『러브크래프
트 전집(ラヴクラフト全集)』 제1권에 수록된 『어둠 속에서 속삭이는 자(闇に囁くもの)』에서
아라마타 히로시(荒俣 弘)씨가 『요저의 비밀(妖蛆の秘密)』이라는 표기를 채용한 이래 이 이름
이 다른 번역자들에게도 널리 선택 받기 시작했다고 한다. 현재 신화작품에 익숙한 일본의 독자
들 사이에서는 이것을 『요슈노 히미츠(ようしゅのひみつ)』라고 읽는 것이 일반적이지만, 사실
『蛆』라는 한자는 『소(ソ)』, 『쇼(ショ)』(한글로는 저)이므로 생각해 보면 양국 언어의 차이를 생
각해보더라도 꽤나 흥미로운 일이라 할 수 있을 것이다.
일이 이렇게 된 경위를 거슬러 올라가 보면, 1976년 간행된 고쿠쇼칸코카이(国書刊行会)의 『크
리틀 리틀 신화집(ク・リトル・リトル神話集)』에 도달한다고 전해진다. 이 작품집에는 다카기
쿠니히사(高木国寿)씨가 번역한 C.A. 스미스의 "The Coming of the White Worm"이 수록되어
있는데, 이 타이틀의 일본어 제목이 『백수의 습래(白蛆の襲来 : 뱌쿠슈노 슈라이)』인 것이었다.
한자-일본어 사전을 찾아보면 확실히 『白蛆』라고 쓰고 『뱌쿠슈(びゃくしゅ)』라고 읽는 옛 표
현이 존재한다고 하며, 얼핏 듣기에도 괴이하고 사악한 느낌을 주기 때문에 이 독음을 선택한 것
이라고 한다. 이것을 보고 『요슈(ようしゅ)』라는 독음을 생각해낸 것이 수많은 신화작품을 번
역한 오타키 케이스케(大瀧啓裕)씨이며, 1982년에 세이신샤(清心社)에서 간행된 『크툴루 III(ク
トゥルー III)』에 수록된 『빌링턴의 숲』에서 처음으로 『요슈노 히미츠』라는 루비(ルビ : 한자
등의 독음을 알려주는 첨자)가 등장하게 되는데, 이후에 도쿄소겐샤(東京創元社)의 『러브크래프
트 전집(ラヴクラフト全集)』, 세이신샤의 『크툴루(クトゥルー)』 등 오타키 씨의 손을 거친 작
품집이 보급되면서 『요슈노 히미츠』라는 독음이 널리 퍼지게 되었다고 한다.

관련항목
● 미스카토닉 대학 → No.040
● 이집트 → No.055

르뤼에 문서

R'lyeh Text

바다 속 깊은 곳에 잠들어 있는 크툴루의 부활을 준비하는 『해저인』들. 그들의 지구상에서의 활동 거점을 중국어로 기록한 서적.

● 10만 달러짜리 희귀 서적

현재 『르뤼에 문서』라는 이름으로 알려진 책은 사람의 가죽으로 장정을 한 중국어 필사본이다. 이 책은 아캄의 연구가 에이모스 터틀이 티벳의 오지에서 온 중국인에게서 10만 달러를 주고 구입한 것으로, 소유자인 에이모스 터틀이 죽은 후 상속인 조카 폴 터틀에 의해 미스카토닉 대학에 기증되었다.

원본은 인류 이전의 언어로 적혀 있었다고 하며, 위대한 크툴루 및 그 권속과 바다와의 관계, 그들이 활동 거점으로 삼고 있는 8개 장소 외에 요그 소토스를 불러내는 방법이나 이타콰의 신화에 대해 기술한 대목도 있다.

미스카토닉 대학에서 교편을 잡고 있던, 아캄에 거주하는 철학교수 라반 슈뤼즈베리 박사는 폴 터틀에 의해 기증된 이 『르뤼에 문서』를 상세히 연구, 『르뤼에 문서를 기초로 한 후기 원시인의 신화 형태에 관한 연구』라는 논문 속에서 크툴루 교단의 거점인 8개 장소가 남태평양 캐롤라인(Caroline) 제도 내의 포나페(Ponape)*를 중심으로 하는 해역, 메사추세츠주 인스머스의 해안가를 중심으로 한 해역, 잉카제국 마추픽추의 고대 요새를 중심으로 한 페루의 지하호수, 엘 니그로의 오아시스 주변을 중심으로 한 북아프리카 및 지중해 일대, 메디슨 해트를 중심으로 한 캐나다 북부 및 알래스카, 대서양의 아조레스 제도를 중심으로 한 해역, 파묻힌 고대도시에 가깝다고 알려진 쿠웨이트의 사막지대에 있다고 지적하고 있다.

중국어판 외에도 마술사 프랑소와 프렐라티(Francois Prelati)**에 의한 이탈리어판이 있으며, 프랑스 황제의 자리에 있던 나폴레옹 보나파르트가 이것을 소유하고 있었다고 하지만, 이에 관한 상세한 정보는 알려져 있지 않다.

---

* 편집부 주 : 현재는 폰페이(Phonpei)라는 명칭이 더 일반적임.
** 질 드 레(Dilles De Rais)의 측근으로도 유명하다.

『르뤼에 문서』의 소장, 열람에 관한 정보(일부)

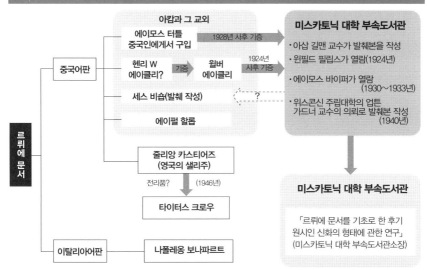

크툴루 숭배자들의 거점

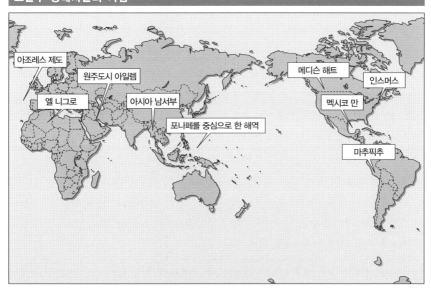

『나코트 사본』

Pnakotic Manuscripts

인류가 탄생하기 한참 전에 번영했던 해우(海牛) 형태의 생물이 남긴 단편적인 기록은 북방의 로마르 (Lomar)지방에서 인간의 언어로 옮겨졌다.

● 인류 탄생 이전의 기록

단편적인 기술을 모아 구성한 『나코트 사본』의 원본은 빙하기 이전 북방의 극도로 추운 지방에서 번영하던 로마르에서 정리되었다. 오늘날 이누이트족의 선조에 해당하며 이타콰를 숭배하였던 털북숭이 식인종족 노프 케(Gnoph-Keh)족에게 멸망당한 뒤 마지막 남은 한 권이 드림랜드로 반입되었다고 하며, 현재는 울타르(Ulthar)의 신전에 보관되어 있다. 울타르의 현자 바르자이(Barzai)는 드림랜드에 거주하는 이 책을 통해 『대지의 신들』에 대한 많은 것을 배울 수 있었다고 한다.

『나코트 사본』 속에는 인류가 탄생하기 한참 전의 시점에 적힌 것들이 다수 포함되어 있으며, 그 기원은 홍적세의 해우형 생물로까지 거슬러 올라간다고 한다. 사본을 작성한 로마르인의 주관이 들어가 있기 때문인지 전체적으로 북극권에 관한 기술이 많지만, 로마르가 흥하기 한참 전인 300만 년 전에 외우주에서 날아와 지금의 알래스카에 정착, 이누이트의 일부 부족들 사이에 『무궁하면서 무적』인 신성으로 숭배되었던 란 테고스(Rhan-thegos)에 관해 상세히 기술된 유일한 책이기도 하다. 이타콰, 『이스의 위대한 종족』에 대한 기술 외에도 후최면에 의한 정신조작의 방법, 은의 열쇠를 사용한 의식, 시간역행약의 제조법 등이 기술되어 있다.

책 제목인 『나코트』가 무엇을 의미하는지는 불분명하지만, 호주 서부의 『이스의 위대한 종족』의 도시, 프나코타스와 관계가 있는 것은 아닌가 추측된다.

『나코트 사본』은 각성의 세계에는 적어도 5부가 존재하며, 북미대륙에서는 미스카토닉 대학 부속도서관과 별의 지혜파의 거점이었던 프로비던스(Providence)의 교회 두 곳에서 소장하고 있는 것이 확인되고 있다.

이 책이 언제, 어떠한 경위로 드림랜드에서 각성의 세계로 전해졌는지는 알려져 있지 않으나, 적어도 고대 그리스 시대에 『프나코티카(PNAKOTICA)』라는 제목의 선행본이 존재했다는 사실이 고문헌 등을 통해 밝혀져 있다.

『나코트 사본』의 소장, 열람 상황(일부)

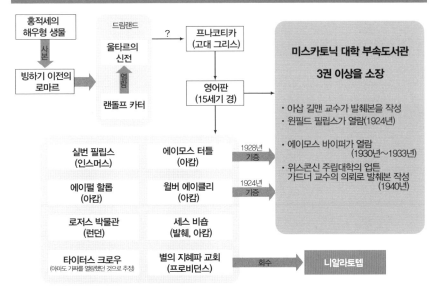

```
홍적세의          드림랜드
해우형 생물                    ?    프나코티카
   │           울타르의             (고대 그리스)
  사본          신전
   ↓            ↑
빙하기 이전의    열람            영어판
  로마르                        (15세기 경)
              랜돌프 카터
```

미스카토닉 대학 부속도서관
3권 이상을 소장

· 아삽 길맨 교수가 발췌본을 작성
· 윈필드 필립스가 열람(1924년)
· 에이모스 바이퍼가 열람
                (1930년~1933년)
· 위스콘신 주립대학의 업튼
  가드너 교수의 의뢰로 발췌본 작성
                (1940년)

```
실번 필립스        에이모스 터틀      1928년
(인스머스)         (아캄)            기증

에이펄 할롭        윌버 에이클리      1924년
(아캄)            (아캄)            기증

로저스 박물관      세스 비숍
(런던)            (발췌, 아캄)

타이터스 크로우    별의 지혜파 교회
(아마도 가짜를 열람했던 것으로 추정)  (프로비던스)      회수    니알라토텝
```

『나코트 사본』

『나코트 사본』

책이라고 하기보다는 단편의 집합체 같은
『나코트 사본』. 그 정보는 인류 이전으
로 거슬러 올라간다.

나코트의 오각형(Pnakotic Pentagon)

『나코트 사본』에 기술되어 있는 수수
께끼의 형태. 시간역행약을 복용할 때 부
적이 된다고 한다.

출처: "ENCYCLOPEDIA CTHULHIANA" Chaosium

관련항목

●미스카토닉 대학 → No.040
●이타콰 → No.010
●프나코타스 → No.064
●『이스의 위대한 종족』 → No.019

●드림랜드 → No.080
●별의 지혜파 → No.103
●울타르 → No.083
●그 밖의 신들 → No.015

『무명 제례서』

Unaussprechlichen Kulten

기괴한 생애 끝에 엽기적이며 처참한 모습으로 죽음을 맞이한 독일의 괴인이 남긴, 평생의 연구 성과를 집대성한 암흑의 종교서적.

● 『암흑의 서』

『무명(無名) 제례서』 또는 『암흑의 서(Black Book)』는 오랜 시간에 걸쳐 세계 각지의 유적이나 비밀결사를 탐구한 19세기 전반의 독일 신비학자 프리드리히 빌헬름 폰 윤츠(Friedrich Von Junzt)가 평생에 걸쳐 수집한 각종 비밀 의식과 전승을 집대성한 금단의 종교 연구서이다. 과타노차 숭배나 스트레고이카바르(Stregoicavar)의 검은 비석, 온두라스의 두꺼비의 신전에 대한 기술 외에, 고대 픽트(Pict)족의 호전적인 왕 브란 마크 몬(Bran Mak Morn) 숭배 및 메이데이(5월 1일) 전날에 벌인 『벨테인(Beltane)의 밤』의 축제에 대해서도 언급되어 있다.

1839년에 독일의 뒤셀도르프에서 출판된, 철제 틀이 달린 검고 두꺼운 가죽 장정 초판본은 그 암담한 내용 때문에 때로 『암흑의 서』라는 별칭으로 불리고 있다.

원래 인쇄된 부수가 극히 적었던 데다가 발행한 다음해에 몽골 여행에서 갓 돌아온 폰 윤츠가 밀실에서 괴이한 죽음을 맞이한 사실이 알려져 겁을 집어먹은 많은 구매자들이 이 책을 파기해 버린 탓에 현존하는 부수는 더욱 줄어들고 말았다.

폰 윤츠는 자신이 보고 들은 세계 각지의 유적이나 의식 등을 통해 오래된 시대의 암흑의 종교가 19세기에 살아남아 있다는 것을 『무명 제례서』 속에서 논증해내고 있다.

그럼에도 불구하고 그 논지는 논리정연하게 기술된 극히 일부분을 제외하고는 거의 대부분이 애매모호하고 단편적인 암시로 뒤덮여 있어 학술적인 가치는 제로에 가깝고, 미치광이의 허언이나 다를 바 없는 책으로 취급되고 있다.

그러나 이 방면의 지식에 정통한 사람이라면 이러한 단편적인 기술들을 퍼즐처럼 정연한 형태로 재배열하여 문장 속에 숨겨진 진실된 지식에 도달할 수 있을 것이라고 전해지고 있다.

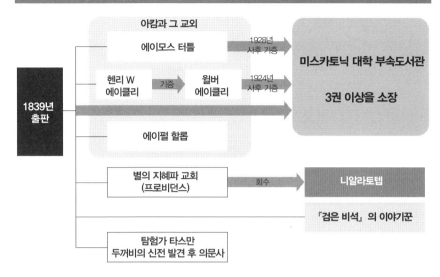

『무명 제례서』의 소장, 열람 상황(일부)

아캄과 그 교외

에이모스 터틀 → 1928년 사후 기증

헨리 W 에이클리 → 기증 → 윌버 에이클리 → 1924년 사후 기증

에이펄 할롭

1839년 출판 → 미스카토닉 대학 부속도서관 3권 이상을 소장

별의 지혜파 교회 (프로비던스) → 회수 → 니알라토텝

『검은 비석』의 이야기꾼

탐험가 타스만 두꺼비의 신전 발견 후 의문사

『무명 제례서』

『무명 제례서』

『암흑의 서』라고도 불리는 『무명 제례서』의 초판본은 철제 이음쇠가 달린 가죽 장정으로 된 4절판 책이다.

관련항목
- ●프리드리히 빌헬름 폰 윤츠 → No.094
- ●스트레고이카바르 → No.053
- ●두꺼비의 신전 → No.049

『황금가지』

The Golden Bough

원시적인 주술이 종교가 되고, 이윽고 과학으로 대체되는 과정에 메스를 가져다 댄 애니미즘, 토테미즘 연구의 고전적 명저.

● 안락의자에 앉은 인류학자

『황금가지』의 저자 제임스 조지 프레이저는 1854년 스코틀랜드 글래스고에서 태어나 글래스고 대학을 졸업한 후, 나중에 영국의 마술사 알레이스터 크로울리도 한때 공부한 적이 있는 케임브릿지 대학의 트리니티 칼리지에서 사회인류학을 전공했다.

그가 『황금가지』 상, 하권을 출판한 것은 1890년, 케임브릿지 대학의 특별연구원으로 있을 때의 일이다. 『황금가지』라는 제목은 겨우살이 가지가 왕을 죽인다는 전설이 남아 있는 이탈리아의 네미 호반을 그린 조셉 M. 터너의 풍경화 제목에서 유래한다. 크툴루 신화와 관련된 신들이나 교단에 대해 직접 언급하고 있지는 않으나, 유럽의 신화나 지역 신앙의 세계에 깊이 발을 들여놓고 있기 때문에 병독하기 위한 목적으로 연구가들의 서가에 꽂히는 경우가 많다. 참고로, 이 저작을 통해 높은 평가를 받은 프레이저는 1907년에 리버풀 대학의 사회인류학 교수로 임명되었고, 1914년에는 기사작위를 하사 받았다.

1921년에 모교 케임브릿지 대학 트리니티 칼리지의 교수로 취임한 것은 그에게 있어 『Sir』의 칭호를 얻은 것 이상으로 커다란 명예였음에 분명하다. 그 후 1925년에는 일본의 문화훈장에 해당하는 메리트 훈장을 수상, 영국 학사원 특별연구원, 에딘버러 왕실학회 명예평의원, 왕실 프러시아 과학학회 명예회원 등 명예로운 직위들을 역임하고 학자로서 정점에 도달하지만, 제2차 세계대전 중인 1941년 5월 7일 독일군의 공습에 의해 부인과 함께 희생되었다.

『황금가지』 자체는 판수를 더해 갈수록 내용이 더해져 1911년부터 15년에 걸쳐 간행된 전 12권에 달하는 완전판으로 완결되었다.

그러나 프레이저는 1920년대 이후 필드 워크가 주류가 된 현대인류학 학자들 사이에 『안락의자에 앉은 인류학자』라고 멸시 당하며 재평가되는 일은 줄어들었다.

제임스 프레이저 경과 『황금가지』

제임스 조지 프레이저 경
사회인류학자로서 생전에 학술계에서 최고의 영예를 누린 그의 연구 성과는 필드 워크가 주류가 된 현재는 낡은 것으로 취급 받고 있다.

『황금가지』의 표지
일본의 경우 몇 차례에 걸쳐 일본어로 번역되어 이와나미서점(岩波書店)이나 국서간행회(国書刊行会) 등에서 출판되기도 했다.

 트리니티 칼리지와 사도회

프레이저 박사가 교편을 잡고 있던 케임브릿지 대학의 트리니티 칼리지는 퇴학 당한 크로울리 외에도 수많은 저명인사를 배출한 것으로 알려져 있다. 『수학 원리』를 집필하고 근대 논리학의 아버지가 된 버틀랜드 러셀. 『보이지 않는 손』의 이론을 부정하고 거시경제학의 기초를 닦은 존 메이너드 케인즈. 『인도의 마술사』라는 별명을 가진 신비로운 수학자 스리니바사 라마누잔. 『논리 철학 논고』를 집필하고 분석철학을 창시한 루트비히 비트겐슈타인. 간단히 몇몇 인사들의 이름만 들어봐도 얼른 알 수 있을 정도로 후세의 학문에 결정적인 영향을 미친 중요한 인물들을 들 수 있다.

러셀과 케인즈는 영국 국교회에 대한 반항심 때문에 무신론을 선택해 후에 신비학으로 기울어진 사도회라는 전통 깊은 조직의 회원이 되었다. 러셀은 신지학 협회와의 교류도 깊었으며, 케인즈는 아이작 뉴튼의 연금술 노트를 소유하고 있었다는 사실이 알려져 있다. 참고로, 크로울리는 사도회에 참가하려 했다가 거절당했다고 한다.

관련항목
●크툴루 신화 → No.001

『에이본의 서』

The Book of Eibon

인간들 사이에서는 이미 오래전에 잊혀져 버린, 비밀스러운 전승이 기록된 책. 암담하고 으스스한 신화, 사악하면서도 깊고 먼 주문, 의식, 전례의 집대성.

● 하이퍼보리아 시대의 마술서

『에이본의 서』는 하이퍼보리아 대륙 북방의 반도, 무우 둘란에 흑편마암으로 만든 저택을 짓고, 그 땅의 주민들 사이에서 널리 명망과 위신을 얻었다는 악명 높은 마도사 에이본에 의해 하이퍼보리아의 언어로 기술된 마술서이다.

번역과 재번역을 거듭하면서 현재로 전해졌기 때문에 수많은 언어로 기술된 사본이나 원고가 존재하며, 불완전한 단편 몇 가지가 미스카토닉 대학 부속도서관에 소장되어 있다. 현존하는 사본 중에는 원래는 원숭이 가죽으로 표지를 만들어서 덮었던 것을 악마를 숭배하는 성직자가 기독교의 전례서로 사용되는 양 가죽 장정으로 교체한 것도 있다고 전해진다.

간행물로는 9세기에 카이아스 필리파스 페이퍼에 의한 라틴어판. 13세기 아베르와뉴의 마도사 가스팔 뒤 노르에 의한 중세 프랑스어판이 잘 알려져 있다. 15세기에는 영어판도 발행되었으나 오역이 심한 탓에 신뢰성은 낮다고 한다.

저자인 에이본의 출신성분 때문인지 거대한 흰 구더기 사신 르림 샤이코스(Rlim Shaikorth)의 하이퍼보리아 습격이나, 에이본 자신이 숭배하던 『옛 지배자』 차토구아 등 하이퍼보리아 대륙에 관한 상세한 기술이 특징이지만, 그 밖에도 『외우주의 신』이나 『옛 지배자』에 관해 언급된 부분에서는 그 유명한 『네크로노미콘』과 대응하는 부분이 많다고 한다.

그뿐 아니라 압둘 알하자드가 몰랐거나 고의적으로 삭제한, 혹은 『네크로노미콘』의 번역 과정에서 그 기술 부위가 소실된 금단의 지식이나 태고의 주문이 실려 있기 때문에, 금단의 지식에 대해 해박한 신비학자들 사이에서 이 『에이본의 서』는 『암담하고 으스스한 신화, 사악하면서도 깊고 먼 주문, 의식, 전례의 집대성』이라 칭송 받으며 『네크로노미콘』과 함께 반드시 읽어야 할 책으로 회자되고 있다고 전해진다.

『에이본의 서』의 소장, 열람 상황(일부)

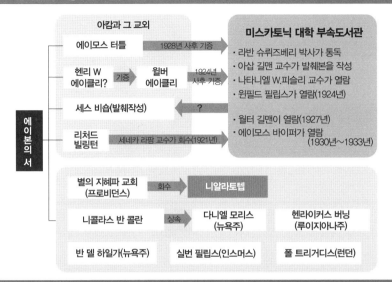

아캄과 그 교외

에이본의 서

- 에이모스 터틀 → 1928년 사후 기증 →
- 헨리 W 에이클리? —기증→ 윌버 에이클리 —1924년 사후 기증→
- 세스 비숍(발췌작성) ←?—
- 리처드 빌링턴 ←세네카 라팜 교수가 회수(1921년)—

미스카토닉 대학 부속도서관
- 라반 슈뤼즈베리 박사가 통독
- 아삽 길맨 교수가 발췌본을 작성
- 나타니엘 W.피슬리 교수가 열람
- 윈필드 필립스가 열람(1924년)
- 월터 길맨이 열람(1927년)
- 에이모스 바이퍼가 열람 (1930년~1933년)

- 별의 지혜파 교회 (프로비던스) —회수→ 니알라토텝
- 니콜라스 반 콜란 —상속→ 다니엘 모리스 (뉴욕주) / 헨라이커스 버닝 (루이지아나주)
- 반 델 하일가(뉴욕주) / 실번 필립스(인스머스) / 폴 트리거디스(런던)

『에이본의 서』와 에이본의 표식

『에이본의 서』

저자인 하이퍼보리아의 마도사의 이름을 딴 『에이본의 서』에는 『네크로노미콘』에 적힌 내용과 서로 보완되는 부분이 많이 있다.

에이본의 표식

3개의 다리가 흡사 하켄크로이츠(Haken-kreuz)와 비슷한 모양을 한 마도사 에이본의 표식. 니알라토텝과 그 하수인으로부터 몸을 지킬 수 있는 부적이 된다고 한다.

출처: "ENCYCLOPEDIA CTHULHIANA" Chaosium

관련항목
- 하이퍼보리아 → No.070
- 미스카토닉 대학 → No.040
- 차토구아 → No.012
- 『네크로노미콘』 → No.025
- 압둘 알하자드 → No.088

『법의 서』

Liber Al vel Legis

마술과 그 실천의 연구에 생애를 모두 건 20세기 최후이자 최대의 마술사, 알레이스터 크로울리의 바이블.

● 『그대가 뜻하는 바에 따라 행하라』

1875년 10월 12일, 영국 워릭셔의 레밍턴에서 태어난 알레이스터 크로울리(본명 에드워드 알렉산더 크로울리)는 매스컴 등으로부터 『흑마술사』, 『세계 최대의 악인』 등의 별명으로 불렸던 20세기 영국 최대의 마술사 중 한 명이다.

플리머스 동포교회(Plymouth Brethren)*라는 기독교 종파를 믿는 유복한 가정에서 태어나 자란 크로울리는 그 엄격한 교의에 반발하여 신비학에 흥미를 가지게 되었다.

케임브릿지 대학 트리니티 칼리지에 진학은 했지만 학내에서 크고 작은 다양한 소동을 일으켜 졸업을 목전에 두고 중퇴한 그는 19세기 말에 결성된 마술결사 『황금 여명회(The Golden Dawn)』에 입단, 희대의 마술사로서 제2의 인생을 살아가게 된다.

『법의 서』는 이 크로울리가 이집트 카이로에 체재하던 1904년에 자신을 에이워스(Aiwass), 혹은 스토 토트라고 밝힌 지구 외 지적 생명체로부터 전수받은 『그대가 뜻하는 바에 따라 행하라. 이것이야말로 법의 모든 것이 되리라』, 『모든 남녀는 별이다』 등 220개의 신탁을 적어 하나의 책으로 정리한 것으로, 엄밀히 말하자면 크로울리의 저서가 아니라 그가 들은 목소리를 인간의 언어로 번역하여 편찬한 영계 통신 문서라고 할 만한 책이다.

크로울리의 제자이자 후에 마술결사 『동방 성당 기사단(O∴T∴O)』의 그랜드 마스터가 된 케네스 그랜트는 압둘 알하자드의 『네크로노미콘』과 『법의 서』를 필두로 한 크로울리의 저서들 속에서 언급된 신들의 이름이나 갖가지 비의들이 동일한 것이라는 사실을 지적하고 있다.

사악한 신의 부활을 목적으로 하는 미국의 『은색 황혼 연금술회』와 크로울리가 결성한 마술결사 『은색 별』과의 접촉을 암시하는 편지의 존재가 확인되고 있으며, 이러한 일치는 결코 우연이 아닌 것인지도 모른다.

* 편집부 주: 1820년대 말에 시작된 기독교 운동, 혹은 그 교파. 보수적이며 복음주의에 기초하고 있다.

크툴루 신화와의 공통점

『네크로노미콘』	『법의 서』
알 아지프	알 베르레지스
옛 지배자	밤의 위대한 자
요그 소토스	스토토트
그노프 케	코프 니아
카다스(얼어붙는 황야)	하디트(황야의 방랑자)
니알라토텝	『이 몸의 고독 속으로 피리 소리가 스며 들어 온다』 피리 부는 이의 존재
슈브 니구라스	개와 곰의 혼혈신(케브스)
르뤼에의 저택에서 죽은 크툴루 꿈꾸는 대로 기다리노니	근원적 잠 속에 『밤의 위대한 자』가 젖어 들어 있다.
아자토스	압소트(수은) 무한 속의 신 카오스
얼굴 없는 것(니알라토텝)	머리 없는 자(태어날 수 없는 자)
회색 돌의 오망성	무한의 별(중심에 원을 가진 오각형의 별) 회색은 무한을 나타내는 색

알레이스터 크로울리와 에이워스

알레이스터 크로울리

『20세기 최대의 마술사』, 『묵시록의 짐승』이라 불렸던 영국의 괴인 크로울리.

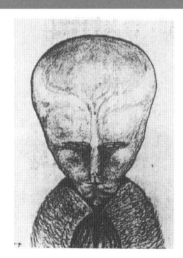

에이와스

크로울리에게 신탁을 안겨 준 수호천사 에이와스의 모습. 시리우스에 살고 있다고 한다.

관련항목

● 압둘 알하자드 → No.088
● 은색 황혼 연금술회 → No.104
● 『네크로노미콘』 → No.025

『황색 옷을 입은 왕』

The King in Yellow

인간의 정신으로는 견뎌낼 수 없을 만큼 무시무시한 아름다움을 그려내 그것을 읽는 자를 광기와 파멸로 몰아가는 금단의 희곡.

● 파멸에의 유혹

읽은 자를 광기로 내모는 『황색 옷을 입은 왕』은 카르코사(Carcosa)라는 고대도시를 무대로 한 희곡의 제목이다. 저자와 성립연대는 모두 불명이다. 원본은 뱀 껍질로 표지 장정이 꾸며져 있고, 표지에는 『황색의 표식』의 문양이 그려져 있다.

카실다(Cassilda)와 카미라(Camilla) 등이 등장하며, 황소자리의 히아데스 성단이나 하리(Hali) 호수에 대한 내용을 노래하고 있다는 사실이 알려져 있다. 구체적인 내용은 수수께끼에 가려져 있으며, 카실다의 『황색 옷을 입은 왕은 나에게서 앗아가 버렸네. 꿈의 행방을 결정할 힘도, 꿈에서 도망칠 힘도』라는 단편적인 대사 몇 가지가 기록되어 있을 뿐이다.

이 희곡에서 중심적인 역할을 하는 것은 제목의 유래이기도 한 수수께끼의 존재 『황색 옷을 입은 왕』이다. 희곡에 등장하는 황색 옷을 입은 왕은 보통사람의 두 배 정도되는 몸집으로 창백한 가면을 쓰고 있다. 괴이한 문양으로 꾸며진 넝마를 몸에 두르고, 날개를 가진 것처럼 보이기도 하고 후광이 비치는 것처럼 보이기도 한다. 『황색 옷을 입은 왕』을 구성하는 2막 중에서 제1막은 전혀 무해한 것이다. 그러나 어린아이의 말로 시작하는 제2막의 내용은 그저 섬뜩하다고밖에 할 수 없는 광기로 가득 차 있으며, 그 내용을 알게 된 자를 기다리는 것은 파멸로 치닫게 되는 종말뿐이다.

한때 『황색 옷을 입은 왕』을 읽은 힐드레드 카스테인은 자신이 황색 옷을 입은 왕의 하인으로서 미국의 왕이 된다는 망상에 사로잡혀 지리멸렬한 수기를 남긴 채 정신병원에서 사망했다.

『제왕들을 섬기는 왕』이라 불리며 야유를 가득 담아 성서의 구절을 인용해 가며 인간에게 말을 걸어 오는 일도 있는 '황색 옷을 입은 왕'의 정체는 『형언할 수 없는 자(Unspeakable)』 하스터의 현현임에 틀림없다.

1895년경 검고 얇은 8절판으로 만들어진 『황색 옷을 입은 왕』의 영어판이 간행되었으나 번역자의 이름 등에 대해서는 일절 알려진 것이 없다고 한다.

『황색 옷을 입은 왕』과 황색의 표식

『황색 옷을 입은 왕』
그것을 읽는 자를 반드시 파멸할 운명으로 인도하는 저주받은 희곡 『황색 옷을 입은 왕』.

황색의 표식
『황색 옷을 입은 왕』의 표지에 새겨진, 심볼인지 문자인지도 분간이 안 가는 기묘한 문장.

출처: "ENCYCLOPEDIA CTHULHIANA" Chaosium

 챔버스에 대해서

로버트 윌리엄 챔버스(1865~1933)는 19세기 말부터 20세기 초에 걸쳐 활약한 작가이다. 처음에는 공업학교에서 공부했으나 파리에서 미술을 공부하여 화가가 된 후 다시 소설가로 전향했다. 유행작가였지만 성공에 도취하지 않고 항상 겸손한 자세를 잃지 않는 성품이었다고 전해진다.

『황색 옷을 입은 왕』은 1895년에 발표된 챔버스의 출세작으로 오늘날 그의 최고의 걸작으로 알려져 있다. 단편집이며 독자를 광기로 내몬다는 수수께끼의 희곡 『황색 옷을 입은 왕』을 공통의 모티프로 삼은 괴기소설로 구성된 전반부와 일반적인 연애소설을 모은 후반부로 나뉜다. 러브크래프트의 『네크로노미콘의 역사』에 『황색 옷을 입은 왕』에 대한 언급이 있는 것으로 보아 그는 『황색 옷을 입은 왕』에서 힌트를 얻어 『네크로노미콘』을 창조했다고 알려지기도 했지만 이는 잘못된 것이다. 러브크래프트의 작품에 『네크로노미콘』이 등장하는 것은 1922년이지만 1926년까지 그는 『황색 옷을 입은 왕』을 읽어 본 적이 없었다.

관련항목
- 하스터 → No.008
- 카르코사 → No.079

『시식귀의 의식』

Les Cultes Des Goules

중세 말기의 프랑스에 존재했던 사악한 종파의 종합 카탈로그. 인육의 섭식이라는 금기를 범하고, 불로장생의 실현을 바랬던 인외(人外)들의 교의 커리큘럼.

● 사람을 먹는 자들

프랑스의 귀족 다레트 백작(Le Comte d'Erlette)*이 16세기에 집필한 『시식귀(屍食鬼)의 의식』은 강령술이나 인육섭식, 네크로필리아 등에 심취해 있던 프랑스의 사교집단을 목록화하여 이들 교단의 교의나 행동에 대해 상세히 서술한 책이다. 당시 일반적인 간행물의 판형이었던 4절판으로 제작되었으며, 1702년 또는 1703년에 출판되었다고 한다. 인육섭식을 실천하여 불로장생에 도달하는 비법에 대해서도 다루고 있는 그 충격적인 내용으로 인해 가톨릭 교회의 즉각적인 발간 금지 처분을 받았으나, 그 후에도 비밀리에 유통된 모양이다.

프랑스 문학의 연구가들 중에서는 『사드 후작』이라는 통칭으로 알려진 도나티안 알폰스 프랑소와 드 사드의 작품 속에서 명백하게 『시식귀의 의식』의 영향을 받은 모습이 보인다고 지적하는 이도 있다. 또한 『시식귀의 의식』이 간행되고 나서 몇 년이 지난 후, 영국의 버킹엄셔주에서 태어나 후에 이 책의 소유주가 되었다고 추측되는 프란시스 대쉬우드 경은 18세기 중반 즈음 섹스와 흑마술을 중심 교의로 하는 『지옥의 불 클럽(The Hellfire Club)』이라는 비밀결사를 설립, 재무대신의 지위에 취임한 1762년 모든 것이 폭로되기까지 10년 이상 광란의 연회를 벌였다.

저자인 다레트 백작 본인에 대해서는 그리 많은 정보가 알려져 있지 않지만, 다레트 백작가는 그 후 독일의 바이에른으로 이주하여 가문의 이름을 『덜레스』로 고친 후 신대륙으로 건너가 1919년에 사망한 미하엘 덜레스의 대까지 작위를 가지고 있었다고 한다. 참고로, 1939년에 미국의 위스콘신주에서 괴기소설 전문 출판사 아캄 하우스를 설립한 향토문학자 어거스트 윌리엄 덜레스는 미하엘의 손자에 해당한다.

『시식귀의 의식』 원본의 현존 수는 14권이라고 알려져 있으며, 그중 적어도 4권이 미스카토닉 대학의 부속도서관에 소장되어 있다.

* 프랑소와 오놀 발포아(Fraincois Honore Balfour)라는 이설도 존재함.

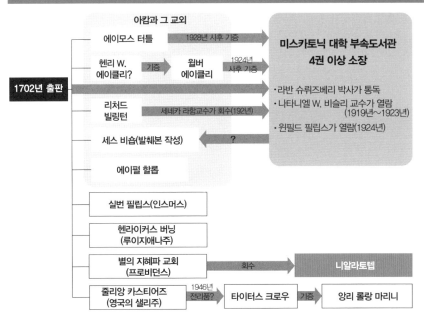

『시식귀의 의식』의 소장, 열람 현황(일부)

◆ 러브크래프트 스쿨의 유희 ①

폴 앙리 다레트 백작은 로버트 블록이 창조한 『시식귀의 의식』의 저자로 설정되어 있다. 『시식귀의 의식』은 가공의 서적이지만 사실 이 다레트 백작이라는 인물은 실존 인물이라고 한다. H.P. 러브크래프트에 의하면 『그는 딱히 사악한 인간은 아니었다. 프랑스의 왕당파의 귀족이었지만 대혁명을 피하여 바이에른으로 망명, 독일로 귀화하여 이름을 게르만 풍인 덜레스로 고쳤고, 그 후손들이 1835년 위스콘신으로 이주했는데 그 자손들 가운데 하나가 바로 나의 친구 어거스트 덜레스인 것이다』라고 한다.

덜레스 자신도 자전 속에서 분명히 『나의 선조는 프랑스계의 바이에른인』이라고 밝히고 있다. 그러나 그 선조가 귀족이었다는 것은 한 마디도 언급하지 않았다.

러브크래프트의 가까운 친구들에 의하면, 이 위대한 작가에게는 진지한 얼굴로 말도 안 되는 허풍을 떨어 상대방이 그것을 믿게 만들고는 기뻐하는 짓궂은 버릇이 있었다고 한다. 이 다레트 백작 실존설도 러브크래프트의 그 짓궂은 버릇의 발로가 아니냐는 의견도 있다.

관련항목

● 미스카토닉 대학 → No.040

『세라에노 단장』

The Celaeno Fragments

위대한 크툴루와 그 숭배자들로부터 도망친 눈먼 탐험가가 성계의 대도서관에서 발견한 것은 신들에게 대항하는 방법이 적힌 석판이었다.

● 『고대 신』들에 대한 기록

『세라에노 단장』은 다른 마도서나 금서와 달리 서적이나 사본의 이름이 아니다. 그것은 『옛 지배자』들이 그 숙적인 『고대 신』들로부터 훔쳐낸 문헌을 다수 소장하고 있다고 알려진, 세라에노의 대도서관에 체재하던 라반 슈뤼즈베리 박사가 발견해낸, 반쯤 파손된 채 인간들의 눈에 띈 적이 없었던 거대한 석판과 거기에 새겨진 『외우주의 신』이나 그 적대자들에 관한 비밀스런 지식의 총칭이다.

책으로는 슈뤼즈베리 박사에 의해 영어로 번역된 개인 소장용 자필 사본이 단 한 권 존재할 뿐이며, 1915년에 슈뤼즈베리 박사가 수수께끼처럼 실종되기 직전에 미스카토닉 대학 부속도서관에 맡겨졌는데, 보스턴의 핵물리학자 아삽 길맨 교수와 리마 대학의 비발로 안드로스 교수가 이 시기에 『세라에노 단장』을 열람하고 요약한 노트를 작성했다고 한다.

그 실종으로부터 20년이 지난 1935년, 자취를 감추었을 때와 마찬가지로 너무도 갑작스레 아캄으로 되돌아 온 슈뤼즈베리 박사는 곧바로 미스카토닉 대학으로 달려가 이 수제 사본을 잠시 되찾아 가기도 했다.

그 후에도 슈뤼즈베리 박사와 미스카토닉 대학 사이를 몇 차례 오갔던 이 2절판 책은 현재 엄중하게 자물쇠가 채워진 채로 보관되어 관계없는 사람이 내용을 보는 것은 어렵게 되었다.

『외우주의 신』과 그 권속의 힘을 물리치는 엘더 사인이나 포말하우트로부터 불의 신 크투가를 소환하는 술법, 그것을 마신 사람을 시공간의 속박으로부터 해방하여 온갖 시간과 공간을 여행하는 것을 가능하게 할 뿐만 아니라, 예민한 감각을 통해 꿈과 각성의 틈새에 머무를 수 있게 해 주는 황금의 벌꿀 술을 만드는 비법도 기재되어 있으며, 슈뤼즈베리 박사와 그 동지들은 이 신비스러운 신들의 술과 하스터를 모시는 날개 달린 마물 바이아크헤를 불러내는 기묘한 조각이 새겨진 돌피리 등을 활용하여 몇 차례에 걸친 위기를 모면할 수 있었다고 전해진다.

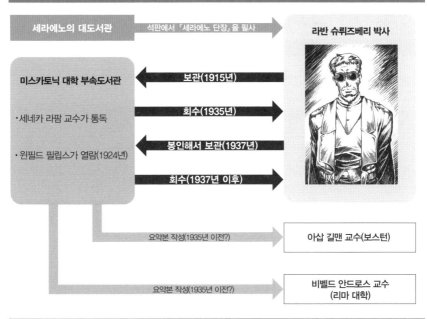

『세라에노 단장』의 소장, 열람 상황(일부)

세라에노의 대도서관 → 석판에서 『세라에노 단장』을 필사 → 라반 슈뤼즈베리 박사

미스카토닉 대학 부속도서관
・세네카 라팜 교수가 통독
・윈필드 필립스가 열람(1924년)

보관(1915년)
회수(1935년)
봉인해서 보관(1937년)
회수(1937년 이후)

요약본 작성(1935년 이전?) → 아삽 길맨 교수(보스턴)

요약본 작성(1935년 이전?) → 비벨드 안드로스 교수 (리마 대학)

『세라에노 단장』과 『오래된 표식』

『세라에노 단장』

석판으로부터 필사한 지식 중에는 사악한 신들로부터 몸을 지키는 방법이 포함되어 있다.

『엘더사인』

『고대 신』의 심볼인 오망성. 『외우주의 신』이나 『옛 지배자들』의 하수인들을 물리칠 수 있다.

출처: "ENCYCLOPEDIA CTHULHIANA" Chaosium

관련항목
●세라에노 → No.078
●라반 슈뤼즈베리 박사 → No.106
●미스카토닉 대학 → No.040
●아캄 → No.039
●크투가 → No.011
●하스터 → No.008

『수신 · 크타아트』

Cthaat Aquadingen

바다나 호수, 강 속에도 숨어 살아가는 수수께끼의 수생종족에 대한 온갖 지식을 망라하고 있으며, 책 자신도 스스로 땀을 흘리는 무시무시한 연구서.

● 땀 흘리는 연구서

『수신(水神) 크타아트』는 11~12세기경에 라틴어로 쓰인 연구서로 『해저인』을 필두로 한 수생종족에 대한 광범위한 연구를 총정리한 작자미상의 서적이다.

『해저인』들 중 최연장자이며 이들 위에 군림하는 해신 『아버지이신 다곤』, 『어머니이신 하이드라』에 대해 기술되어 있을 뿐만 아니라, 그들이 숭배하는 위대한 크툴루와 그 권속에 대한 기술도 담겨 있다.

총 3권이 현존하고 있는 것이 확인된 라틴어판은 『르뤼에 문서』와 마찬가지로 인간의 피부로 표지 장정이 씌워 있으며, 온도가 낮아지면 희미하게 땀을 흘린다고 한다.

14세기경 영국에서 이 책의 번역본이 발행되었으며, 적어도 1권의 영어 번역판 『수신 크타아트』가 라틴어판과 함께 대영박물관에 소장되어 있는 것으로 보인다.

19세기 영국의 해양박물학자 필립 헨리 고스는 세계에서 처음으로 파도로 인해 육지로 밀려 올라온 것이 아닌 살아 있는 상태의 해저생물을 생물도감에 그려 넣고, 그 사육 방법 등에 대해서도 함께 해설한 『아쿠아리움』(이 책의 제목이 된 고스의 조어는 후에 『수족관』을 의미하는 단어가 되어 정식 영어단어로 채택되었다)의 저술을 통해 국내 최고의 해양박물학자로서 명성을 떨쳤으나, 그 후 성서의 기술과 화석의 존재를 양립시키는 선시간설을 제창하는 기이한 책 『옴파로스(Omphalos)』를 발표하는 바람에 그간의 연구 성과로 얻은 명성을 박탈당하게 되었다.

유럽의 자연과학계를 크게 혼란에 빠트렸던 이 사건은 대영박물관의 『수신 크타아트』를 읽어 버린 고스가 그 충격으로 인해 기독교에서 도피하기 위한 길을 찾으려 한 것은 아니었을까?

참고로, 남은 2권의 라틴어판은 영국인 수집가의 수중에 있다고 알려져 있다.

『수신 크타아트』의 소장, 열람상황(일부)

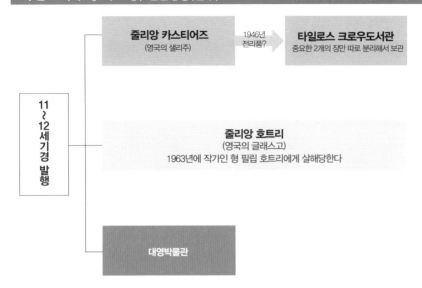

『수신 크타아트』의 소장, 열람상황(일부)

11
~
12
세
기
경
발
행

줄리앙 카스티어즈
(영국의 샐리주)

1946년
전리품?

→

타일로스 크로우도서관
중요한 2개의 장만 따로 분리해서 보관

줄리앙 호트리
(영국의 글래스고)
1963년에 작가인 형 필립 호트리에게 살해당한다

대영박물관

『수신 크타아트』

『수신 크타아트』
인간의 피부로 덮개를 만든 무시무시한 책
『수신 크타아트』. 주위의 환경이나 날
씨에 따라 땀을 흘린다고 알려져 있다.

관련항목
● 「해저인」 → No.016
● 다곤 → No.009
● 위대한 크툴루 → No.003
● 「르뤼에 문서」 → No.027

그 밖의 책들

Other Books

읽는 자에게 광기를 가져다 주는 연구서, 접하는 자에게 파멸을 안겨 주는 이야기. 수많은 신비한 내력이 얽힌 책들이 서가의 어둠 속에서 독자들을 기다리고 있다.

● 암흑의 장서록

기이하게도 H.P. 러브크래프트의 최초의 작품집과 같은 제목인 『아웃사이더』로 문단에 데뷔한 영국의 문필가 콜린 윌슨은 고서상인 윌프리드 보이니치에 의해 로마의 몬드라고네 사원에서 발견된 이후 한 세기에 걸쳐 연구가들을 괴롭혀 온 『보이니치 필사본(Voynich manuscript)』이 사실은 『네크로노미콘』의 필사본임에 틀림없다고 주장하고 있다.

1912년 영국 남부에서 발견된 점토판의 파편에 새겨져 있던 상형문자를 번역한 것이라고 알려진 『엘트다운 도편본(Eltdown Shard)』에는 『이스의 위대한 종족』에 대한 언급이 있는데, 내용의 일부가 『나코트 사본』과 대응되는 것을 보고 『나코트 사본』 원본의 일부일 가능성이 연구가들로부터 제기되고 있다.

고대의 신들에 관한 비밀이 적힌 『산의 일곱 비서(The Seven Cryptical Books of Hsan)』는 드림랜드와 셀레파이스에 보관되어 있다. 산(冱山:Hsan)은 렝 고원의 중국식 이름이며, 중국어로 적힌 『호산칠밀경전(冱山七密經典)』이라는 책이 원본이라고 전해지고 있다. 참고로, 『참지칠비성전(參之七秘聖典)』이라는 제목의 사본이 가마쿠라(鎌倉)시대의 일본에 반입된 적이 있다고 한다.

『드잔서(Book of Dzyan)』는 잃어버린 센자르(Senzar)어를 사용해 아틀란티스 대륙에서 정리되었다는 책으로 마담 블라바츠키(Helena P. Blavatsky)가 정리한 신지학의 교의서 『시크릿 독트린(Secret Doctrine)』은 이 책의 요약본이다. 압둘 알하자드가 『네크로노미콘』 집필 당시 참고했다고도 하며, 프로비던스의 별의 지혜파 교회에 일부가 소장되어 있었다.

1842년에 간행된 유벨 비온디의 『프랑스의 그림자』는 현실의 역사와는 완전히 다른 프랑스 역사를 기록한 기이한 책이다. 미국의 신비학자 베네딕트 웨더탑에 의하면, 이 책에 기록되어 있는 것은 하스터의 관여로 태어난 다른 세계의 역사라고 한다.

진리에 도달하는 길, 서적

『보이니치 필사본』

헬레나 P. 블라바츠키

러시아 출신의 영매. 1875년에 신지학 협회를 창설하고, 잡다한 요소가 얽히고 설킨 신비학의 체계화를 위해 노력했다.

콜린 윌슨

대학에 다니지 않고 육체노동을 하면서 독학으로 교양을 갖춘 이색적인 연구가. 신비학을 유행시키는 데에 불씨 역할을 했다.

관련항목
- ●하워드 필립스 러브크래프트 → No.087
- ●『이스의 위대한 종족』 → No.019
- ●『나코트 사본』 → No.028
- ●드림랜드 → No.080
- ●렝 고원 → No.060
- ●압둘 알하자드 → No.088
- ●『네크로노미콘』 → No.025
- ●별의 지혜파 → No.103
- ●하스터 → No.008

『흑마술문』 문제

고향인 위스콘신주와 얽힌 향토문학을 시작으로 『솔라 폰즈(Solar pons)』 시리즈 등 탐정추리소설을 포함한 다수의 작품을 발표하여 높은 평가를 받고 있는 어거스트 덜레스는 경애하는 스승, 러브크래프트의 작품집을 간행하기 위해 괴기소설 전문 출판사인 아캄 하우스를 창설하고, 『크툴루 신화』 작품의 보급에 진력한 인물이다. 그럼에도 불구하고 독자적인 신화작품의 집필을 시도한 작가에게 압력을 가하는 등 평소 행동에 강압적인 구석이 있었다고 수군거리는 말도 많아 사후 그의 업적에 대한 의문이 많이 제기되었다.

그중에서도 선악 대립의 도입과 함께 문제시되었던 것이 작품 속에 러브크래프트의 편지에서 인용했다는 식으로 자주 삽입된 『흑마술문』을 그가 날조했다는 점이다.

나의 소설은 하나의 원리적인 전승 또는 전설에 바탕을 두고 있다. 이 세계에는 한때 다른 종족이 살고 있었으나 흑마술을 사용했기 때문에 지위를 상실하고 추방되었다. 그러나 그들은 외우주에서 살아가고 있으며, 이 지구에 대한 지배권을 회복할 준비를 하고 있는 것이다.

덜레스의 사후 러브크래프트 연구가인 더크 모직(Dirk W. Mosig)이 『신화창조자 러브크래프트(Lovecraft: The Dissonance Factor in Imaganative Literature)』 라는 연구서에서 러브크래프트의 서간에 흑마술문에 해당하는 문장이 존재하지 않는다는 점을 지적하면서, 이 흑마술문에 대해 『러브크래프트가 아니라 덜레스가 말할 것 같은 내용이다』 라고 말한다. 이 지적이 있은 후 덜레스가 러브크래프트의 서간을 날조했다는 이야기가 퍼졌고, 일본의 경우 나치 시로(那智史郎) 씨나 야마모토 히로시(山本 弘) 씨가 이 문제를 지적하여 널리 알려지게 된 모양이다.

덜레스는 정말로 러브크래프트의 말을 날조한 것일까?

그렇지 않다고 주장하는 인물이 있다. 데이비드 슐츠(David E. Schultz)는 해롤드 파네시(Harold Fanese)라는 음악가가 그 날조의 장본인이라 주장하고 있다.

슐츠의 설에 의하면, 덜레스가 러브크래프트의 서간집을 편집할 때 말을 건넨 러브크래프트와 편지를 주고받던 상대들 중에는 러브크래프트의 시에 곡을 더하거나 하는 일을 했던 파네시가 있었는데, 이 음악가는 덜레스에게 자료를 제공할 때 기억 속에는 있으나 실제로 가지고 있지는 않은 한 통의 편지를 재현했고, 그중 한 구절에 흑마술문에 관한 내용이 포함되어 있었다는 것이다.

이 문장을 본 덜레스는 당황하여 러브크래프트의 맹우였던 클라크 애쉬튼 스미스와 상담을 했는데, 스미스는 처음에는 회의적이었던 모양이지만 그 후 『파네시가 재현한 편지에서와 같은 말을 러브크래프트가 했을 가능성도 있을 수 있다』 라는 대답을 덜레스에게 들려주었으며, 스미스의 확답을 받은 덜레스는 러브크래프트가 창시한 『크툴루 신화』의 가이드 라인에 해당하는 『흑마술문』의 보급에 힘쓰게 되었다는 것이 그 설의 요지이다.

제 3 장
어둠이 머무는 장소

북미대륙

North America

마천루가 빼곡히 들어선 대도시부터 사람의 발자국이 닿은 적 없는 삼림 깊은 곳에 이르기까지, 인간이 알아서는 안 될 존재들이 우글거리는 오래된 『신대륙』.

● 태고의 공포가 자리잡은 토지

　북미대륙은 아메리카 인디언의 선조에 해당하는 몽골로이드가 빙하기에 유라시아 대륙에서 이주해 오기 한참 전부터 오래된 옛 것들의 영토가 수없이 많이 존재하던 극도로 위험한 장소이다.

　아메리카 북부부터 캐나다까지 걸쳐 있는 삼림지대에는 눈보라 치는 밤이면 이타콰가 희생양을 찾아 방황하고, 일부 부족으로부터 뱀신 이그가 숭배되었던 아메리카 중서부의 땅속에는 지저세계 쿠느-얀이 펼쳐져 있다.

　위스콘신주 릭 호수변에 펼쳐지는 응가이의 숲은 니알라토텝의 거주지이며, 아메리카 동해안에 있는 메사추세츠주 에섹스 카운티의 일부 지역에서는 왐파노아그(Wampanoag)족 등 인디언의 오래된 부족이 언덕 꼭대기에 둥근 모양으로 돌을 세워 그들이 '오사다고 와아'라 부르는 요그 소토스를 소환하기도 했다. 큰곰자리로부터 날개 달린 생물이 날아왔다는 내용의 신화를 펜나쿡(Penacook)족이 전하고 있는 버몬트주의 산악지대에는 광물 채굴을 위해 명왕성에서 날아온 미고가 출몰한다.

　1620년 필그림 파더스(Pgligrim Fathers)가 메사추세츠주의 플리머스에 상륙한 이래 북미대륙은 다양한 나라에서 여러 가지 사정을 끌어안은 사람들이 무리를 이루어 모이는 인종의 도가니가 되었다. 그것은 신앙에 있어서도 마찬가지였는데, 유럽 토착의 마녀신앙이나 타락한 기독교의 이단종파, 흑인노예가 들여온 암흑대륙의 주술 등등, 그 혼잡스레 섞이는 모습은 가히 사교의 종합박람회와도 같은 양상이라 할 만했고, 이러한 새롭게 들어온 종교가 선주민들 사이에 전해져 내려온 비의나 주술과 다시 섞이면서 예를 들면, 뉴올리언즈 남부의 숲에 둘러싸인 늪지대에서는 서인도 제도의 주민이나 카보베르데 제도의 포르투갈인들로 이루어진 선원들이 부두교의 의식을 다소 변형시킨 형태로 위대한 크툴루에게 희생제물을 바쳤다. 오래된 옛 것들이나 『외우주의 신』의 숭배는 북미대륙 곳곳에 깊이 뿌리를 내리고 있었던 것이다.

북미대륙의 지도

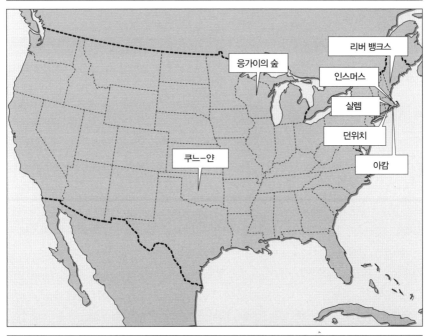

응가이의 숲

리버 뱅크스

인스머스

살렘

던위치

아캄

쿠느−얀

북미대륙의 관련 연표

연대	사항
1620년	메이플라워호, 아메리카 대륙에 도착.
1692년	살렘에서 마녀사냥 소동.
1775년	독립전쟁 발발.
1783년	미 합중국, 대영제국으로부터 독립을 이룬다.
1846년	멕시코−미국 전쟁 발발.
1861년	남북전쟁 발발.
1867년	미 합중국, 러시아로부터 720만 달러에 알래스카를 구입.
1890년	하워드 필립스 러브크래프트, 메사추세츠주 프로비던스에서 태어남.
1907년	뉴올리언즈에서 크툴루 교단이 당국의 제재를 받는다.
1915년	미 합중국, 제2차 세계대전에 참전.
1927년	미국 정부, 인스머스의 사교집단을 적발.
1937년	하워드 필립스 러브크래프트 사망.
1941년	태평양전쟁 발발.
1945년	뉴멕시코주 아라모고드에서 첫 원자폭탄 실험 성공.
1947년	뉴멕시코주 로즈웰 교외에 미확인 비행물체 추락. 미국 정부가 회수했다는 소문이 돈다.

87

아캄

Arkham

또 하나의 살렘. 메사추세츠주의 전통을 짙게 이어받아 오래된 유령 이야기나 마녀 이야기 등이 지금도 밤과 함께 숨쉬고 있는 지방도시.

● 시간이 멈춘 마을

메사추세츠주 에섹스 카운티의 오래된 지방도시 아캄은 현재는 아이비리그의 명문, 미스카토닉 대학의 베드타운으로 알려진 도시이다. 도시 한가운데를 동서로 흐르는 시커먼 미스카토닉 강의 북쪽에는 보스턴-메사추세츠 열차가 달리고, 이것을 타면 주도(州都)인 보스턴에 2시간 이내에 갈 수 있다. 이 도시의 토대를 세운 것은 개혁파 교회의 강압적인 성격을 싫어하여 신앙의 자유를 찾아 보스턴이나 살렘에서 17세기 후반 이주해 온 사람들로, 1692년 살렘에서 마녀재판 소동이 발생했을 때는 관대하게도 도망쳐 온 사람이나 그 가족들을 받아들여 다락방에 숨겨 주기도 했다.

길거리에는 살렘과 공통된 지명이 몇 군데 있으며, 살렘에서 도망쳐 나온 마녀들이 미스카토닉 강의 한가운데 떠 있는 섬에서 밤마다 광기의 축제를 벌였다는 소문이 조심스레 떠돌고 있다.

18세기에 들어서 서인도 교역의 거점 중 하나로 인근의 킹스포트와 함께 발전한 아캄은 19세기가 되자 주요 산업을 공업으로 옮겨 메사추세츠주 유수의 섬유공업지대로 번영하게 되었다.

인근의 인스머스나 킹스포트 등의 도시와 비교하면 결코 오래되거나 역사가 있는 도시는 아니지만, 때때로 『시간이 멈춘 마을』이라는 말로 묘사될 만큼 아캄에는 맞배지붕(Gambrel roof)을 얹은 집들이 빼곡히 들어서 있으며 조지아 풍의 난간 같은 몇 세기 지난 시절 거리의 모습들이, 노인들이 밤마다 이야기하며 전해 내려온 마녀나 유령에 관한 수많은 설화들과 함께 전혀 변하지 않은 채로 남겨져 있다. 때문에 뉴잉글랜드 지방의 역사, 풍습을 연구하는 학자는 물론, 북미의 전통적인 문화를 즐기는 회고적 취미의 예술가나 작가가 이 도시를 찾아 장기간 체류하는 일도 적지 않다고 한다.

주요 신문은 1806년에 창간된 전통 있는 『아캄 가제트』지와 비교적 가벼운 화제도 다루는 대중적인 『아캄 애드버타이저』지가 있다.

아캄 시가의 지도

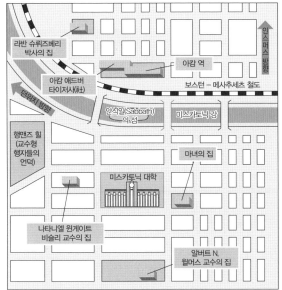

아캄 시가의 지도

미스카토닉 강을 기준으로 남북으로 나뉘는 아캄 시가. 미스카토닉 대학의 베드타운으로 기능하고 있으며, 종종 이름 높은 연구가들의 집을 찾아볼 수 있다.

아캄의 연표

연대	사항
1692년	아캄으로의 이주가 시작.
1699년	아캄, 메사추세츠주 에섹스 카운티의 시로 독립.
1882년	후에 「불탄 들」이라 불리게 되는 교외에 운석이 낙하.
1905년	장티푸스가 유행하여 수많은 사망자가 생기는 와중에 미치광이 살인자가 출몰.
1915년 9월	미스카토닉 대학의 라반 슈뤼즈베리 박사가 실종.
1921년 3월	앰브로즈 듀아트, 빌링턴 저택을 상속받는다.
1922년 12월	킹스포트에서 발견된 기억상실증 환자가 아캄의 성마리아 병원에 수용된다.
1928년 5월	월터 길맨, 마녀의 집에서 사망.
1928년 8월	미스카토닉 대학 부속도서관에 침입한 던위치의 윌버 웨이틀리가 사망.
1928년 10월	보스턴의 랜돌프 카터, 아캄 교외에서 실종.
1928년	시인 에드워드 픽맨 더비가 아세나스 웨이트와 결혼.
1930년~1931년	미스카토닉 대학 지질학과, 남극대륙으로 학술탐험단을 파견한다.
1931년 3월	마녀의 집, 강풍으로 파괴된다.
1935년	미스카토닉 대학의 전 교수였던 나타니엘 윈게이트 피슬리가 호주에서의 유적 조사를 지원한다.

관련항목
- 미스카토닉 대학 → No.040
- 인스머스 → No.041
- 살렘 → No.044

미스카토닉 대학

Miskatonic University

메사추세츠 공과대학과 어깨를 나란히 하는 동부 해안 지역의 명문. 그 부속도서관은 특정 분야의 연구 가들에게는 그야말로 성지 예루살렘과 다름없다고 한다.

● 금단의 지식을 숨긴 상아탑

메사추세츠주의 도시, 아캄 중심부에 캠퍼스가 자리잡은 미스카토닉 대학은 메사추세츠 공과대학이나 콜롬비아 대학, 시카고 대학과 어깨를 견주는 미국 동해안 아이비리그의 명문대학이다.

미스카토닉 대학이 창립된 것은 1765년이다. 시의 명사였던 제레마이어 온이 막대한 유산과 900권의 장서를 남기고 죽었을 때, 그의 유언에 따라 설립된 미스카토닉 리버럴 칼리지가 그 전신이다.

보스턴과 가깝다는 지리적 이점과 풍부한 장서들로 인해 서서히 이름 높은 연구가들이 모이기 시작한 칼리지는 이윽고 본격적인 연구기관으로 성장, 남북전쟁 이후 종합대학으로 승격해 미스카토닉 대학이라고 이름을 고치게 되었다.

아캄의 뉴잉글랜드 지방의 오래된 전통을 짙게 이어받은 지역적 특성 덕분에 민속학, 인류학의 분야에 있어 주목할 만한 수많은 연구가 진행되고 있을 뿐 아니라 지질학, 고고학 분야에 있어서도 뛰어난 성과를 올리고 있다.

이 지역에서 유명한 『마녀의 집』의 유물이 전시된 박물관 등 미스카토닉 대학의 수많은 귀중한 지적 재산들 중에서도 특히 주목할 만한 것은 대학 설립의 출발점이 되기도 한 부속도서관일 것이다.

1878년 이 지역에서 나는 화강암으로 지은 고딕 양식의 당당한 3층짜리 건물인 미스카토닉 대학 부속도서관은 현재 40만 권 이상의 귀중한 문헌, 자료를 소장하고 있는 캠퍼스의 상징이라고도 할 수 있는 시설이다. 그중에서도 세계에 5권밖에 현존하지 않는다는 라틴어판 『네크로노미콘』 등 각종 마술서들은 특정 분야를 전문으로 하는 연구가들에게 있어 선망의 대상이자, 장서를 무단 반출하려 시도하는 무뢰배들이 끊이지 않는 원인이 되고 있어 앞서 기술한 『네크로노미콘』을 포함한 일부 서적들은 자유로운 열람이 허용되지 않는 특별열람실에 보관되어 있다.

미스카토닉 대학의 교수들

알버트 N. 윌머스 교수

문학과학과 주임. 헨리 웬트워스 에이클리의 영향으로 크툴루 신화에 깊이 빠져 있다. 냉소적인 인물로 학계에서는 기분 나쁠 정도로 박학하다는 평이다.
후에 대(対)사신 조직인 『윌머즈 재단』을 창설.

윌리엄 다이어 교수

지질학 교수. 1930년의 남극 탐험이나 1935년의 호주 서부 사막 탐험 등에 있어 리더를 맡았으며, 미스카토닉 대학 지질학과의 명성을 크게 드높였다.

나타니엘 윈게이트 피슬리 교수

심리학 교수. 『이스의 위대한 종족』에게 정신을 교환당하는 괴이한 경험을 한 이후로 스스로의 기억의 결락을 연구하기 위해 미스카토닉 대학 경제학과의 자리를 사임하고 심리학의 길을 걷는다.

로라 크리스틴 네델만 박사

인류학 교수. 미스카토닉 대학의 최연소 박사라는 이유로 안에서나 밖에서나 주목을 받고 있다. 캐나다 북서부 빅 우드의 숲에 탐사를 떠났다가 이타콰의 괴이와 조우한다.

세네카 라팜 박사

인류학 교수. 금단의 지식에 대한 조예가 깊고, 빌링턴의 숲에 스며들어 있는 위협에 대해 재빨리 알아채서 『외우주의 신』의 도래를 윈필드 필립스와 함께 저지한다.

미스카토닉 대학의 캠퍼스

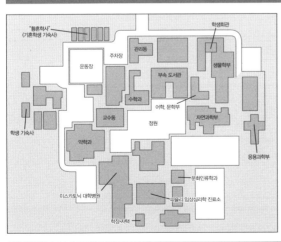

미스카토닉 대학의 캠퍼스

미스카토닉 대학의 캠퍼스. 1987년 졸업식에서 배포된 자료에 기반하고 있으나, 다른 문헌에 게재된 안내도와 약간 차이가 있는 부분도 있다.

관련항목

- 아캄 → No.039
- 『네크로노미콘』 → No.025

인스머스

Innsmouth

『해저인』들의 피를 이어받은 자들에게 지배당하는, 크툴루 숭배자들이 거주하는 마을. 황폐와 타락 속에서 망해 가는 항구를 둘러싸는 사악한 그림자.

● 바다로부터의 위협

메사추세츠주 에섹스 카운티의 인스머스는 마뉴제트 강 하구에 있는 몰락한 항구도시이다. 기차가 다니지 않으며, 아캄과 뉴베리포트 사이를 잇는 버스만이 인스머스로 이어지는 교통수단을 제공하고 있다.

1643년에 건설된 이 도시는 독립전쟁 발발 이전에는 조선업이 성하던 곳이었으나, 19세기에 들어서 중국이나 인도와의 동양무역을 담당하는 항구로 번영했다.

인스머스의 전환점이 된 것은 이 도시의 유력한 무역상 중 하나로 동인도나 태평양에 배를 내어 다니던 오비드 마쉬 선장이 『해저인』을 숭배하는 서인도 제도의 어떤 주민과 접촉했을 때의 일이었다.

싸구려 유리세공 등을 대신해 대량의 금제품을 가지고 돌아온 오비드가 마뉴제트 강을 동력원으로 삼는 금 제련소를 세우면서 인스머스는 눈 깜짝할 사이에 이 지역 경공업의 중심지가 되었다.

그러나 그 번영의 그림자 속에서 1840년에는 다곤 비밀교단이 창설되고, 인스머스 만의 악마의 암초에서 해저도시 위'하 은슬레이에 사는 『해저인』들과의 직접적인 거래가 시작되었으며, 1846년에는 결정적인 사건이 발생했다. 이 해의 어느 밤, 『해저인』이 인스머스에 대거 상륙하여 반대파 주민을 학살하고, 마쉬 가와 그를 따르던 고급 선원들에 해당하는 웨이트 가, 길맨 가, 엘리엇 가, 그리고 필립스 가 등 다섯 가구를 중심으로 한 사신숭배의 거점으로 도시 전체가 변모해 버린 것이다.

1927년 윌리엄스라는 청년으로부터 보고를 받은 정부는 이 도시를 둘러싼 그림자에 대해 깊이 우려하여 이듬해 해군과 FBI의 공동작전에 의해 일제 소탕 작전을 감행했다. 이때 수백 명의 『해저인』들이 살해됨과 동시에 수많은 신도가 체포되고, 악마의 암초 또한 잠수정의 어뢰 공격으로 완전히 파괴되었다.

그러나 간신히 이 습격을 피한 유력한 신자들은 일정 시기가 지난 후 인스머스로 되돌아 와서는 끊임없이 교단의 부활을 위해 힘쓰고 있다.

인스머스의 거리 모습

해안선을 따라 들러붙어 있듯 밀집해 있는 낡은 인스머스의 집들. 한때의 번영을 느낄 수 있게 해 주는 요소는 어느 것 하나 남아 있지 않다.

인스머스 주변의 지도

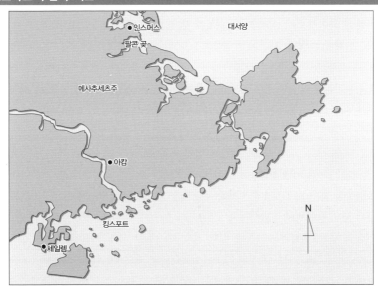

던위치

Dunwich

쇠락하여 폐허에 둘러싸인 채 멸망을 향해 가는 오래되고 추운 마을. 세일렘에서 흘러 들어온 공포의 잔재
가 여러 무시무시한 괴사건을 일으켰다.

● 외우주와의 결절점

메사추세츠주의 북부 중앙, 돔 형의 언덕과 언덕 사이를 뱀처럼 흘러가는 미스카토닉
강을 따라 서쪽으로 거슬러 올라가다 보면, 그 정상에 돌들이 둥글게 늘어선 라운드 산의
급경사면과 강에 둘러싸인 황량한 토지에 쇠락하여 황폐해져 가는 서양식 저택이 늘어서
있는 작은 마을에 다다르게 된다. 인디언들의 사악한 의식이나 비밀스런 집회가 18세기경
까지 행해져 거칠고도 광기 서린 기도에 응답하듯 땅속 깊은 곳에서부터 울리는 커다란
소리가 산들을 떨게 했다고 한다.

웨이틀리 가나 비숍 가 등 1692년 마녀재판이 벌어졌을 때 살렘에서 도망쳐 왔다는, 문
장을 가질 자격을 가진 극히 일부의 명문가를 제외하고 이 부근 일대의 토지에 사는 주민
들 대부분은 근친결혼을 반복해서 나타나게 된 타락과 퇴폐가 극도로 치달았고, 때로는
상식으로 이해할 수 없는 사건이 발생하여, 『아일즈베리 트랜스크립트』 등 지역신문을
시끌벅적하게 만들곤 했다. 특히 그중에서도 같은 에섹스 카운티 내에 속해 있는 인스머
스에서 정부기관의 작전이 펼쳐졌던 1928년은 처참한 사건이 집중되었던 해로 기억된다.

댄 할롭이 일으킨 계곡 마을의 연쇄살인사건. 육체의 성장이 기이하리만치 빠른 재야
의 신비학 연구가로서 이 근처에서뿐 아니라 아캄에서도 명성이 자자한 윌버 웨이틀리가
8월 초순 미스카토닉 대학 부속도서관에 침입을 시도했다가 도서관을 지키는 개에게 물
려 죽은 사건. 그리고 9월 9일부터 잠시 동안 형체가 보이지 않는 거대한 괴물이 밤마다
날뛰며 집들을 밟아 파괴하며 던위치의 주민들을 공포에 떨게 했던 사건 등, 수많은 기괴
한 일들이 던위치 주변에서 발생했다. 그 후에도 마법사, 힐러 등이라 불리며 주민들로부
터 두려움을 사고, 윌버와도 교류가 있던 셉티머스 비숍이 1929년을 기점으로 홀연히 모
습을 감추는 등 기묘한 사건이 이어졌다. 이러한 동시다발적인 괴사건들 사이에는 사실
눈에 보이지 않는 어떤 밀접한 관련이 있는 것인지도 모른다.

던위치의 위치

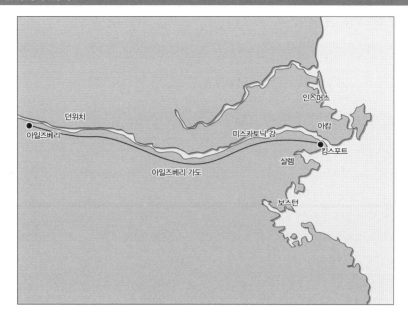

센티넬 언덕의 제단

센티넬 언덕의 제단
늙은 웨이틀리와 그
손자가 기괴한 의식
을 집행했다는 센티
넬 언덕의 거대한
제단. 『던위치의 공
포』 와 관련된 사건
은 이곳에서 시작하
여 이곳에서 끝났다.

관련항목

- 아캄 → No.039
- 웨이틀리 가 → No.097
- 살렘 → No.044
- 인스머스 → No.041
- 미스카토닉 대학 → No.040

리버뱅크스

River banks

메인주의 한 켠에 있는 오래된 시골 마을. 시간이 멈춰 버린 듯한 조용한 모습 뒤에 『흑의 단장』이 불러오는 비밀스런 광기가 서려 있다.

● 메인 주에 드리워진 그림자

식민지 치하 당시의 유럽의 향기가 남아 있는 미국 북동부의 메인주, 그 한편에 자리잡은 리버뱅크스는 자연에 둘러싸인 오래된 마을의 모습을 가진 시골 마을이며, 대량 실종 사건으로 유명해진 예루살렘즈 로트(Jerusalem's lot)로부터 곧바로 남쪽에 위치한다. 마을 외곽에 둥글게 늘어서 있는 돌들은 프랑스 카르낙의 열석과 가까운 것으로, 탄소연대 측정을 한 결과 2만 년 이상 전에 만들어진 것임이 판명되었다.

나릿지 스트리트 외곽에 위치한 마을 도서관에는 『특별열람실』이라 불리는 방이 있다. 미로 같은 구조를 가진, 관내의 가장 안쪽에 위치한 그 구석진 방에는 귀중한 마술서나 신비학 연구서 따위가 대량 소장되어 있다. 이 열람실을 관리하는 신디 데 다 포어 사서에 의하면, 신비학에 관계된 장서의 수는 미스카토닉 대학 부속도서관이나 하버드 대학의 위드너 도서관과 비교해도 뒤지지 않을 정도라고 한다. 연구가들 사이에는 『리베르 쿠아르타스 데킴스(Liber Qualtas Decimus)』 또는 『흑의 단장』이라는 이름으로 알려져 있으며, 현재의 『네크로노미콘』에서 모두 한결같이 결손되어 있던 재생과 반혼(返魂)의 비밀 의식에 대해 다루고 있다고 전해지는 환상의 장(章)이 이 마을 어딘가에 숨겨져 있다는 소문이 오래전부터 떠돌고 있는데, 그것이 도서관과 함께 이 마을이 신비학적으로 중요한 장소로 여겨지는 이유 중 하나이기도 하다. 또한 마을 외곽의 폐교회에서는 1993년 아캄에서 찾아온 마이클 맥시밀리언이라는 흑인 신부가 다이나믹하고 색다른 설교를 하여 신자들로부터 열광적인 인기를 끌기도 했다.

마을 사람들은 소박하고 성실하지만 폐쇄적이기도 하다. 이것은 변화를 꺼리는 지방에서는 자주 볼 수 있는 경향이지만, 이 마을의 경우 과거에 일어난 여러 가지 사건이 어두운 그림자를 드리우고 있는 것이다. 1943년에 귀환병이 일으킨 음산한 살인사건의 기억은 지금도 나이 든 주민들의 기억 속에 생생하게 새겨져 있으며, 최근까지도 연구가들이 참살되거나 실종되는 사건이 계속 이어지고 있다. 1995년에는 한때 하버트 웨스트라는 이름의 미스카토닉 대학 출신의 의학자가 연구소로 이용하던 헬즈 하프에이커(Hell's Half Acre) 저택이 소실되는 방화사건이 일어났다.

헬즈 하프에이커 저택

한때 미스카토닉 대학 의학부 출신의 하버트 웨스트 박사의 연구소였다고 하는
저택. 1943년의 음산한 살인사건은 이 저택의 뒷마당에서 일어났다.

리버뱅크스의 위치

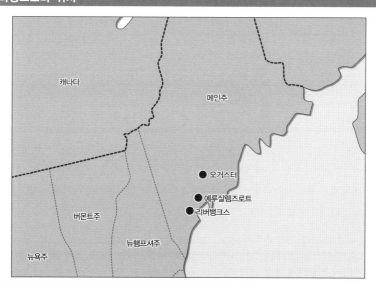

캐나다

메인주

● 오거스터

● 예루살렘즈로트

● 리버뱅크스

버몬트주

뉴햄프셔주

뉴욕주

관련항목

● 미스카토닉 대학 → No.040
● 『네크로노미콘』 → No.025
● 아캄 → No.039

살렘

Salem

17세기, 처참한 마녀재판의 무대가 되어 수많은 무고한 희생자를 낸 마을. 정말로 사악한 자들은 재판을 피해 각지로 흩어졌다.

● 교수대가 있는 마을

메사추세츠주 북동부에 위치한 살렘은 1626년에 처음으로 집락이 건설되고 항만도시로 발전한 지방도시이며, 이 마을의 케스터 도서관에는 『네크로노미콘』이나 『포나페 경전(Ponape Scripture)』이 소장되어 있다.

『주홍글씨』 등의 작품으로 유명한 미국의 국민적 작가 중 하나인 나타니엘 호손의 생가를 필두로 중요한 사적이 많고, 일본 미술의 부흥, 육성과 해외로의 소개에도 진력한 것으로 잘 알려진 어니스트 프란시스코 페노로사(Ernest F. Fenollosa)도 이 마을에서 태어났다.

살렘은 또한 1692년의 마녀재판으로 유명한 땅이다. 200명이 넘는 주민이 마녀 혐의를 받고 체포되어 옥사한 이들까지 포함하면 사망자 수만 25명을 웃돌았던 이 재판에서 위대한 작가의 선조에 해당하는 악명 높은 존 호손 판사는 공정한 재판관이라기보다는 도리어 검찰관으로서 행동하며 무고한 혐의를 덮어쓰게 된 이들에 대해 가차없이 유죄판결을 내렸다고 한다.

혐의를 받을 것 같았던 대부분의 주민과 그 가족들이 코튼 매터(Cotton Mather) 목사의 선동이 가져온 종교적 열광을 피해 아캄이나 던위치 등으로 이주했다. 이 중에는 마녀 키자이어 메이슨이나 조셉 커윈, 에드먼드 카터 등 실제로 마술, 요술 따위를 행하던 사람도 다수 포함되어 있다. 1926년에 실종된 보스턴의 화가 리처드 업튼 픽맨의 선조 또한 살렘의 마녀재판에서 보스턴으로 도망친 사람들 중 한 명이며, 픽맨 가에는 16세기에 간행된 그리스어판 『네크로노미콘』이 오래도록 소장되어 있었다. 또한 던위치로 옮겨 살았던 웨이틀리 가에는 『네크로노미콘』의 초역판이 전해지고 있다.

참고로, 마녀재판의 미친 듯한 소동 속에서 괴사한 마녀 아비게일 프린(Abigail Prinn)은 그 죽음으로부터 200년 이상이 지난 20세기 초에 살렘에서 부활하여 『옛 지배자』 니오그타(Nyogtha)의 해방을 획책했으나 신비학자 마이클 리에 의해 저지당했다.

코튼 마더

코튼 매터

코튼 매터는 보스턴의 교회 목사로 마녀재판에 의한 형의 집행이 공정하다고 선언했던 성직자이다. 『요술과 악마 빙의에 관한 주목할 만한 신의 염려』라는 책을 저술하고, 메사추세츠주에 있어 마녀, 요술의 위험성과 그 박멸을 강조했다.

살렘의 지도

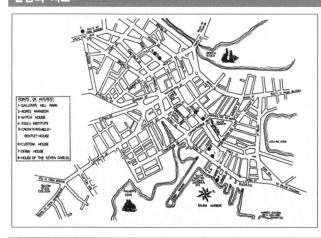

살렘의 지도

아캄과 공통된 지명이 많은 살렘 시가의 지도. 이들 지명은 마녀재판을 피해 아캄으로 이주한 사람들이 그 땅으로 전파한 것일 것이다.

관련항목
- 『네크로노미콘』 → No.025
- 아캄 → No.039
- 던위치 → No.042
- 키자이어 메이슨 → No.098
- 조셉 커윈 → No.099
- 리처드 업튼 픽맨 → No.101
- 웨이틀리 가 → No.097

응가이의 숲

Wood of N'gai

전설의 『어둠 속에서 울부짖는 자』가 거주하는 위스콘신주의 암흑의 숲. 포말하우트로부터 날아온 불의 신이 이 숲의 모든 것을 불태웠다.

● 혼돈이 사는 숲

위스콘신주 북부 중앙, 릭 호수의 주변에 있는 울창한 숲 깊은 곳에 반인반수의 무시무시한 괴물이 살고 있다는 전설이 있었다. 이 전설에는 다른 미개한 토지에 전해지는 북미 인디언의 전승을 뛰어넘는 무언가가 있으며, 17세기에 이 땅을 찾은 선교사 피어가드 신부가 거대한 생물의 발자국을 목격했다는 기묘한 기술을 기도서에 남긴 후 실종된 일을 시작으로 이해하기 어려운 사건이 계속해서 일어났다. 18세기 중엽에는 릭 호수 주변의 소나무에 눈독을 들인 미국 중서부의 악명 높은 임업가 빅 밥 힐러가 벌채 작업 요원을 보냈으나 18명의 작업원이 자취를 감추는 바람에 어쩔 수 없이 손을 떼기도 했다.

1940년 위스콘신 북부를 시험 비행하던 파일럿이 릭 호수 주변에서 미역을 감고 있는 듯 보이는 거대한 생물을 목격, 1930년대부터 간혹 목격담이 보고되어 물의를 빚어 온 네스 호의 괴물과 비교되는 형태로 지역신문에서 다뤄지기도 했으나, 위스콘신 주립대학의 업튼 가드너 교수는 가십과 다를 바 없는 그 기사를 진지하게 받아들인 몇 안 되는 사람 중 하나였다. 예전부터 릭 호수의 전설에 관심을 가지고 있던 가드너 교수는 같은 해 7월부터 호수 주변의 랏지에 홀로 머물며 필드 워크를 시작했다. 첫 3개월간 얼굴 없는 생물의 모습이 새겨진 오래되고 평평한 돌을 숲 중심부에서 발견하는 등 조사가 순조롭게 진행되었으나, 어느 날을 기점으로 교수로부터 연락이 완전히 두절되고 만다. 교수의 신변을 걱정한 주립대학의 리어드 드건 등은 랏지에 남겨져 있던 자료로부터 응가이의 숲이라는 이름의 그 장소가 『어둠 속에서 울부짖는 자』니알라토텝의 지상 거주지라는 것을 알았다. 잡혀 있는 가드너 교수의 메시지를 따라 리어드와 그 동료들은 니알라토텝과 적대하고 있다는 『옛 지배자』크투가를 소환하여 응가이의 숲을 불태워 버렸다.

응가이의 숲의 위치

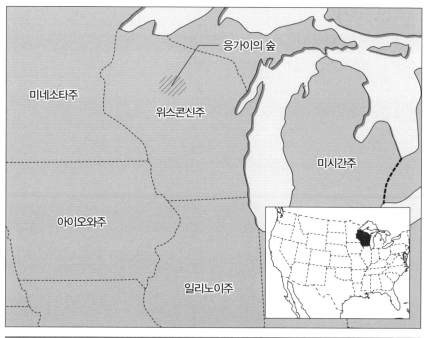

네스 호에서 미역을 감는 괴물의 사진

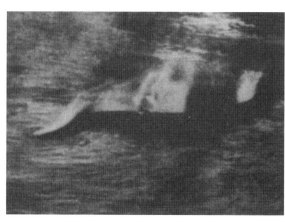

네스 호의 괴물

1933년 스코틀랜드 네스 호에서 촬영된 미역감는 괴물의 모습.

릭 호수의 괴물을 목격한 파일럿들도 한 번 정도는 신문에서 본 적이 있는지도 모른다.

쿠느−얀

K'n-yan

창백한 오로라가 천개(天蓋)를 비추는 지하세계. 붉게 빛나는 요스보다도 더 깊은 암흑세계 응가이가 시커먼 입을 벌리고 있다.

● 오클라호마주 지하의 지저세계

쿠느−얀은 미국 중서부의 지하에 펼쳐진 광대한 지저세계이며, 오클라호마주 캐도 카운티의 빙거 마을 가까이에 있는 고대의 언덕이나 버몬트주에 있는 미고가 둥지를 튼 산 속 등, 북미 몇 군데에 존재하는 입구로부터 도달할 수 있다. 쿠느−얀의 주민은 먼 태곳적에 그들이 『틀루』라고 부르던 위대한 크툴루에게 이끌려 외우주로부터 지구로 날아온 종족이다. 크툴루 외에는 뱀신 이그와 슈브 니구라스를 숭배하며, 제물을 동반한 피비린내 나는 의식이 행해지고 있다.

그들은 항상 지저세계에 거주하던 것은 아니고, 지상세계의 대부분이 수몰되어 버리기 이전에 남극 광기의 산맥 등의 장소에 고도의 문명을 세운 적도 있었다.

쿠느−얀에는 각각 파란색과 붉은색으로 빛나는 두 개의 영역이 존재한다. 한때 푸르게 빛나는 세계의 대도시 차스의 주민들이 붉게 빛나는 요스에 이주해 있던 다른 종족을 정복, 예속시켰던 적이 있어 지금은 대부분의 주민들이 차스에 집중해 있다. 지저세계의 주민들은 절반 정도 지상세계의 존재를 잊고 있으며, 헤메다 흘러 들어온 지상인은 쿠느−얀의 존재를 전할 수 없도록 지상으로 돌아가는 것을 금지 당하지만, 수천 년을 살아온 주민들의 지적 호기심을 충족시키는 귀중한 예빈으로 모셔지고, 도망치려 하지 않는 이상 매우 정중한 대접을 받는다. 참고로, 빙거 마을의 언덕에 출몰하는 남녀의 유령은 한때 두 번에 걸쳐 쿠느−얀에서 도망치려 했던 스페인인 판필로 데 사마코나와 그의 연인이었던 툴라 윰이 벌로써 쿠느−얀의 지성을 갖지 않는 노예 임 부히로 전락해 버린 모습이다.

붉게 빛나는 세계의 한층 더 깊은 곳에는 응카이라 불리는 암흑의 세계가 존재하며, 검은 부정형의 생물이 차토구아를 숭배하고 있다고 한다. 이 암흑세계는 지구에 날아온 차토구아가 처음으로 거주하던 장소이며, 하이퍼보리아 멸망 후 그 신 자신도 응카이로 되돌아온 모양이다.

지저세계 쿠느-얀

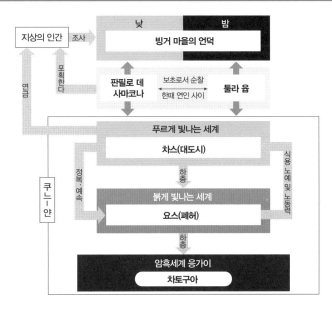

북미대륙의 분묘

북미의 피라미드라고도 불리는 아메리칸 인디언의 분묘. 이러한 분묘 언덕 중
몇 개는 지저세계와 이어져 있는지도 모른다.

관련항목

- 미고 『유고스로부터 온 균사체』 → No.022
- 그 밖의 신들 → No.015
- 위대한 크툴루 → No.003
- 슈브 니구라스 → No.007
- 광기의 산맥 → No.065
- 차토구아 → No.012
- 하이퍼보리아 → No.070

중남미

Latin America

험한 산지와 밀림의 땅. 그 땅의 스러진 유적에서는 수백, 수천 년의 세월이 지난 현대에도 여전히 사신을 숭배하는 신도들의 예배가 행해지고 있다고 한다.

● 잃어버린 대륙의 식민도시

중미의 아즈텍 문명과 마야문명, 남미의 잉카문명은 항간에서 일컬어지는 바와 같은 『고대문명』은 아니고 사실 역사가 매우 짧은 편이다.

테오티와칸(Teotihuacan) 문명에 이어 14세기부터 16세기경 멕시코 중앙평원에서 부흥했던 아즈텍 제국과 그 조금 남쪽부터 유카탄 반도에 이르러 4세기부터 16세기경에 번창했던 마야문명의 대도시에서는 피라미드형의 석조 신전이 건설되어 태양신을 비롯한 신들에게 제물의 심장이 바쳐지곤 했다. 이 지역에서는 위대한 크툴루 내지는 이그가 그 원형이 되었다고 추정되는 날개 달린 뱀신이 숭배되고 있으며, 아즈텍에는 케찰코아틀, 마야에서는 쿠쿨칸이라는 이름으로 각각 불리고 있었다. 메소아메리카 문명(Mesoamerican Civilization)에서는 아즈텍이나 마야보다 더 이른 기원전 천 년경부터 거석인두상(巨石人頭像)을 세웠던 올메카(Olmeca) 문명이 번영했는데, 그보다도 더 먼저 이 땅에 살았던 고대종족의 유적인 두꺼비의 신전(Temple of The Toad)의 폐허가 온두라스의 밀림 깊은 곳에서 잠들어 있다.

남미의 안데스 고원, 현재의 페루 주변에서 13세기경에 번창했던 잉카 문명 또한 태양신을 숭배하는 거석문명이다. 『잃어버린 대륙(The Lost Continent of Mu)』 을 집필한 제임스 처치워드는 현재 아마존의 드넓은 밀림지대 일대는 수만 년 전 거대한 내해가 자리 잡고 있어 그 주변에 무 대륙의 식민도시가 건설됨으로써 중남미 거석문명의 발판이 되었다고 주장한다.

라반 슈뤼즈베리 박사는 남미의 케추아족이 모시는 전쟁의 신과 위대한 크툴루 사이의 유사점에 대해 지적하는 한편으로 『해저인』 이나 타락한 성직자가 페루의 항구도시나 산속에서 위대한 크툴루의 숭배를 넓히고 있다고 서술하고 있다. 또한 서인도제도의 아이티 섬에는 좀비의 주술로 유명한 부두교가 현재까지 전해지고 있는데, 적지 않은 수의 사신 숭배자들이 이 토착신앙의 신자들 속에 숨어들어 있으며, 부두교의 신들보다도 한참이나 오래된 사악한 존재들에게 희생제물과 기도를 올리고 있다고 한다.

중남미의 지도

멕시코 고원
테오티와칸
아즈텍
마야
두꺼비의 신전
티칼
유카탄 반도
안데스 고원
차빈
마추픽추
쿠스코
나스카
티티카카 호수
티아와나코
잉카제국

중남미의 관련 연보

연대	사항
수만 년 전	남미 유대륙의 식민지가 건설된다.
기원전 2세기경	멕시코 고원에서 테오티와칸 문명이 번영한다.
6세기경	마야문명이 번창한다.
15세기경	잉카제국이 세력을 확대한다.
1492년	크리스토퍼 콜럼버스에 의해 신대륙이 「발견」된다.
1519년	스페인 사람인 에르난도 코르테스가 유카탄 반도에 상륙. 아즈텍 문명의 멸망.
1531년	스페인 사람인 프란시스코 피사로가 잉카제국에 침입. 잉카제국 멸망.
1793년	스페인 사람인 팬 곤잘레스, 온두라스에서 두꺼비의 신전을 발견.
1804년	아이티가 프랑스의 지배하에서 독립. 첫 흑인에 의한 공화국이 탄생.
19세기 전반	프리드리히 빌헬름 폰 윤츠, 두꺼비의 신전에 도달.
1911년	마추픽추의 유적이 발견된다.
1925년	르뤼에 부상에 따라 하이티에서 부두교의 의식이 점점 더 격해진다.
·1940년대	페루에서 크툴루 숭배가 널리 퍼진다. 또한 이 즈음에 아이티에서 부두교의 마술사가 나치에 협력.
1945년	제2차 세계대전 후, 나치 잔당이 남미로 도피하여 은색 황혼 연금술회 잔당과 손을 잡는다.
1959년	카스트로 및 체 게바라가 이끄는 혁명군이 쿠바의 바티스타 정권을 타도한다.

관련항목
● 위대한 크툴루 → No.003
● 그 밖의 신들 → No.015
● 두꺼비의 신전 → No.049
● 무 대륙 → No.071
● 「해저인」 → No.016
● 라반 슈뤼즈베리 박사 → No.106

마추픽추

Machu Picchu

16세기에 멸망한 잉카제국 최대의 요새이기도 한 공중도시. 고고학자들의 낭만에 불을 지폈던 그 유적은 크툴루 교단의 근거지 중 하나이기도 했다.

● 또 하나의 마추픽추

현지 선주민족의 말로 『오래된 봉우리』를 뜻하는 이름이 주어진 마추픽추는 페루의 오지, 우르밤바의 계곡과 접하는 표고 2,000미터 이상의 높은 산 능선에 세워진 잉카제국 시대 요새도시의 유적으로 쿠스코와 어깨를 나란히 할 정도로 중요한 평가를 받고 있다. 1911년 예일대학에서 역사학 교편을 잡고 있던 하이럼 빙엄(Hiram Bingham) 교수가 잉카 시대의 오래된 도로를 탐색하면서 우연히 발견하게 되기까지 프란시스코 피사로의 왕국 침입부터 실로 3세기에 걸쳐 백인들의 눈으로부터 숨겨져 있었으며, 조사에 나선 학자들은 그 놀라우리만큼 완벽한 보존 상태에 감탄했다. 빙엄 박사가 그 후 코네티컷 주의 부도지사를 거쳐 상원의원까지 올라가게 된 것을 보더라도 이 발견이 당시 얼마나 대단한 『위업』으로 여겨졌는지 알 수 있다. 그러나 이 15세기의 요새 바로 근처에 또 하나의 마추픽추라고 할 만한 고대유적이 숨겨져 있었다는 것을 빙엄은 살아생전에 끝내 알지 못했다.

이것을 추측하여 처음으로 지적한 것은 미스카토닉 대학의 라반 슈뤼즈베리 박사로, 그는 자신의 저서 『르뤼에 문서를 기초로 한 후기 원시인의 신화 형태에 관한 연구』 속에서 이에 대해 언급하고 있다.

빌카노타 산맥(Cordilla de Vilcanota)의 지하에 있는 이 유적은 협곡의 암석들 사이에 입을 벌린 돌계단을 지하 깊이 내려간 거대한 지하공동에 세워진 신전이다. 수천 명을 수용할 수 있을 거라고 여겨지는 이 신전은 잉카제국에서 숭배되었던 파차카막(Pachacamac)이나 비라코차(Viracocha) 등의 신들보다도 한참 더 오래된 초자연적인 존재를 모신 곳이다. 동굴의 중심에는 거대한 염호(鹽湖)가 펼쳐져 있는데, 그 물은 호수 바닥의 개구부로부터 태평양까지 이어진 긴 터널을 거쳐 훔볼트 해류와 합쳐지며, 이것을 따라가면 이윽고 태평양에 가라앉은 르뤼에에 도달할 수 있다고 한다.

마추픽추 주변의 크툴루 교단

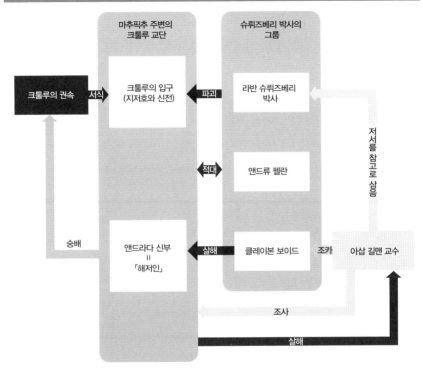

페루에서 발생한 크툴루 숭배와 관련된 사건

연대	사항
1937년?	선원인 페르난데스, 마추픽추 근처에서 크툴루의 지하신전으로 이어지는 입구를 목격한다.
1938년 6월	슈뤼즈베리 박사, 페르난데스에게 질문하며 조사.
–	페르난데스, 인스머스에서 시체로 발견되다.
–	슈뤼즈베리 박사, 신전 입구를 파괴하여 200명 이상의 크툴루 신자들을 모두 살해한다.
1940년~	클레이본 보이드, 대숙부인 아삽 길맨의 유지를 받들어 잉카제국의 유적에 숨겨진 크툴루 교단의 거점을 조사한다.
–	클레이본 보이드, 리마 대학의 비벨드 안드로스 교수의 협력을 받아 크툴루의 사제인 앤드라다에 대한 조사를 시작한다.
–	클레이본 보이드, 앤드라다가 이미 살해되었으며, 『해저인』이 그를 대신하고 있다는 사실을 확인. 가짜 앤드라다를 살해하고 다이나마이트로 크툴루의 신전을 파괴한다.

관련항목
- 미스카토닉 대학 → No.040
- 라반 슈뤼즈베리 박사 → No.106
- 『르뤼에 문서』 → No.027
- 르뤼에 → No.067

두꺼비의 신전

Temple of the Toad

> 『신전의 신은, 신전의 보물』. 밀림 아주 깊은 곳, 금단의 성역에 발을 내디뎌 보물을 찾아 헤메는 금기를 저지른 자에게 덮쳐 오는 태고의 공포.

● 밀림의 고대신전

한때 마야문명이 번영했던 중앙아메리카의 온두라스. 카리브해를 접하고 있는 이 땅의 푸르른 밀림에 파묻혀 있는 두꺼비의 신전은 선주민족이 이주해 오기 훨씬 이전부터 이 땅에 살아 온 고대종족이 이형(異形)의 신을 모시던 성역이다.

두꺼비의 신전에 대한 최초 기록은 1793년경 온두라스를 방문한 스페인 여행가 팬 곤잘레스에 의한 것일 것이다. 온두라스를 탐험하던 중 선주민족의 유적이나 현지인의 건축양식과는 분명히 다른 양식의 신전을 발견한 곤잘레스는 근처의 주민들 사이에서 회자되는, 신전 지하에 범상치 않은 무언가가 숨겨져 있다고 하는 전승에 대해서 회의적인 필치로 보고했다.

1839년에 뒤셀도르프에서 출판된 프리드리히 빌헬름 폰 윤츠의 『무명 제례서』에는 이 신전을 직접 보고 들은 자가 아니라면 묘사할 수 없을 것 같은 정교하면서도 확신에 넘치는 기술이 등장하고 있어 폰 윤츠가 실제로 두꺼비의 신전에 가 보았다는 것은 의심의 여지가 없으리라 생각된다.

20세기에 들어 인류학, 고고학 분야에서 악평을 얻고 있는 타스만(Tussmann)이라는 사기꾼 같은 인물이 온두라스의 밀림을 탐색하던 중 두꺼비의 신전이라 여겨지는 유적을 발견했다. 그 후 손에 넣은 『무명 제례서』의 기술을 길잡이로 삼아 유적 내부를 조사한 타스만은 전설 속의 대신관의 것이라 여겨지는 미이라와 그 목에 걸린 두꺼비의 모습이 새겨진 붉은 보석을 발견했다. 폰 윤츠가 기술한 바에 의하면, 신전의 붉은 보석은 두꺼비의 신전 깊은 곳에 숨겨진 진짜 보물에 다가서는 열쇠라고 적혀 있었다.

용기를 발휘하여 미국으로 보석을 가져간 타스만을 기다리고 있었던 것은 수천 년 전에 이 신전을 지은 미지의 고대종족이 숭배해 온 거대한 촉수와 발굽을 가진 괴물 같은 신의 모습이었다. 두꺼비의 신전의 보석이란 이 신 그 자체이며, 타스만은 그 열쇠를 열어 봉인을 풀어 버린 것이었다.

마야문명의 피라미드

테오티와칸의 케찰코아틀 신전. 중남미의 피라미드는 이집트의 그것과 달리 묘소가 아닌 신전 역할을 하고 있었다.

두꺼비의 신전의 위치

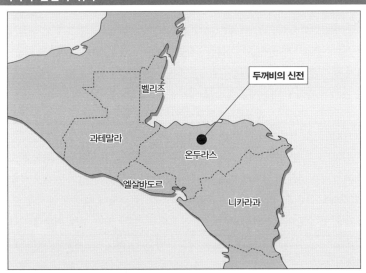

두꺼비의 신전

벨리즈

과테말라

온두라스

엘살바도르

니카라과

관련항목
● 「무명 제례서」 → No.029
● 프리드리히 빌헬름 폰 윤츠 → No.094

109

유럽

카프카스의 북쪽, 우랄의 서쪽. 인류의 이성과 문화를 키워낸 구대륙은 기괴한 전설과 함께 갖가지 괴이(怪異)들이 마구 활개를 치던 땅이었다.

● 구대륙 유럽

빙하기가 끝날 무렵, 유럽의 대부분은 깊은 숲으로 뒤덮여 있었고 하이퍼보리아의 기억을 전해 받았던 켈트인들은 유럽 중앙부에 살고 있었다.

종교와 정치의 양면에서 켈트인을 통치하던 드루이드 승려는 슈브 니구라스에 상응하는 대지모신을 숭배했고, 각지에 멘힐이나 돌멘이라 불리는 거석유적을 남기고 있다. 이들 유적은 유럽 서부에 집중되어 있으며, 비교적 최근인 기원전 2천 년경의 것이라 추측되지만, 최근 들어 이집트의 피라미드가 건조된 시대보다도 더 오래된 기원전 4600년에서 4800년 전의 유럽 중앙부에 석조 신전문화가 존재했다는 것이 판명되었다.

4세기경 게르만 민족의 대이동이 시작되자 켈트인들과 그들의 신앙은 차차 서쪽으로 밀려나기 시작했다. 5현제 중 한 명으로 꼽히는 트라야누스 황제의 시대가 되자 동쪽은 흑해와 지중해의 연안지역부터, 서쪽은 대서양의 입구에 달하는 광대한 판도가 로마제국의 영토가 되었는데, 오래된 신들의 신앙은 유럽 북방이나 트란실바니아 같은 깊은 숲 속에서 힘겹게 살아남아 331년의 밀라노 칙령에 의한 공인화로부터 한 세기가 지나기 전에 국교가 된 기독교 속에 녹아들어 프랑스나 이베리아 반도에 흩어진 검은 성모 신앙 등의 형태로 흔적을 남기고 있다. 참고로, 율리우스 카이사르 시대의 로마제국 영웅 마르크스 안토니우스는 알프스 산중에서 격투 끝에 사신을 퇴치하고 그것을 먹었다고 전해진다.

브리튼 섬과 그 주변 지역에 있어서는 로마제국에 마지막까지 저항했던 아일랜드나 웨일즈 등의 지방을 중심으로 켈트의 신들과 적대하는 사신 발로르를 섬기는 다오이네 돔하인(Daoine Domhain), 즉, 『해저인』과 관련된 전설이 남아 있어 습지나 늪지에 숨어 있는 고블린이나 인어의 이야기와의 관련성이 지적되고 있다. 또한 콘월 지방에는 암흑왕조가 쓰러졌을 때 이집트로부터 도망친 고양이의 여신 바스트의 신관들이 숨어 살고 있었다고 전해진다.

유럽의 지도

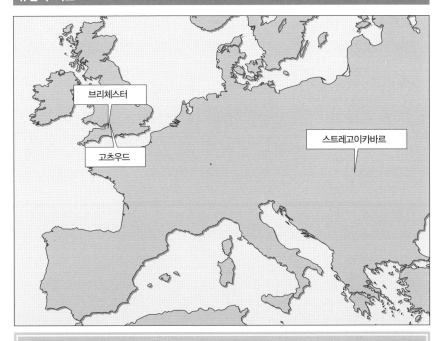

 브리체스터와 고츠우드

램지 캠벨은 『타이터스 크로우(Titus Crow)』 시리즈의 브라이언 럼리와 함께 크툴루 신화작가의 제2세대를 대표하는 존재이다. 캠벨은 한때 H. P. 러브크래프트의 작품의 세계관을 차용, 아캄을 무대로 한 작품을 집필하여 아캄 하우스의 어거스트 덜레스에게 보낸 적이 있다. 덜레스는 캠벨의 재능을 인정하면서도 그가 아캄을 무대로 고른 것에 대해 쓴소리에 가까운 조언을 했다.

『자네가 멋대로 러브크래프트가 창조한 무대를 사용하는 것은 허락할 수 없네. 자신의 독자적인 무대를 설정하도록 해 보게. 거기서부터 자네의 독자적인 신화가 탄생할 것일세.』

캠벨은 그 충고를 따라 영국 가공의 시골마을 브리체스터와 고츠우드를 설정, 그곳에 숨겨진 공포를 그려냈다.

이윽고 캠벨은 크툴루 신화에서 벗어나 독자적인 호러작품을 발표하게 된다. 그리고 명실상부한 영국을 대표하는 호러작가가 되었다. 그는 러브크래프트를 통해 호러를 쓰는 법을 배웠다고 지금도 명백히 말하고 있다.

관련항목
- 슈브 니구라스 → No.007
- 하이퍼보리아 → No.070
- 『해저인』 → No.016
- 이집트 → No.055
- 그 밖의 신들 → No.015

브리체스터

Brichester

평온하고 소박한 지방도시라는 가면 아래, 『옛 지배자』들이 그 그림자를 검게 드리운 금단의 마을. 그 주변의 땅에서는 불온한 소문이 끊이지 않는다.

● 『옛 지배자』의 권속들이 마구 활보하는 마을

영국 남동부, 한적한 전원풍경이 펼쳐진 글로우스터셔(Gloucestershire)주 세반(Severn) 계곡 가까이에 위치한 브리체스터는 그 지역에서 유수의 근대적인 마을이며, 동시에 옥스브릿지에 이은 영국 유수의 학술기관인 브리체스터 대학의 홈타운이다.

언뜻 한적한 지방도시로밖에 보이지 않는 브리체스터는 미국의 살렘이나 아캄 같은 마을처럼 마녀의 전통이 짙게 남아 있는 오래된 마을이기도 하다. 그 한적함 뒤에는 사실 기괴한 사건이 많이 발생하고 있으며, 마을 주변에는 고츠우드나 세반포드 등 불온한 소문이 들리는 지역이 산재해 있다.

교외의 『마녀의 거처』에서 들어갈 수 있는 세반 계곡의 지하미궁에는 브리체스터와 그 부근에 위치한 캄사이드(Camside)라는 마을이 있는데, 미치광이들의 숭배를 받고 있으며 아이호트(Eihort)라는 이름으로 불리는 『옛 지배자』의 권속이 떠돌아다니고 있다. 썩은 빵 반죽 같은 푸르스름한 타원형의 몸체와 타원형의 젤리형 눈, 끝에는 발굽이 달린 다리를 여러 개 가진 이 『옛 지배자』의 권속에 관해서는 그리 많은 것이 알려져 있지 않으나, 아이호트의 새끼라 불리는 그 자손은 때로 인간의 모습을 취한 채 마을 사람들 속에 섞여 있다고 한다.

또한 브리체스터 북부의 유령호에는 거대한 성게처럼 무수히 많은 뾰족한 가시가 달린 타원형의 몸을 가진 또 다른 『옛 지배자』의 권속 글라키(Glaaki)가 살고 있다. 글라키는 꿈을 통해 희생자를 자신이 있는 곳으로 유인한 뒤 몸에 달린 가시로 찔러 죽이고 부두교의 좀비와 같은 하수인을 만들어낸다. 글라키에 대해서는 19세기 초 글라키를 숭배하는 교단에 의해 정리된 『글라키의 묵시록(Revelation of Glaaki)』에 상세히 나와 있다.

참고로, 마을 교외에 있는 『악마의 계단』이라 불리는 바위산에는 미고들의 기지가 있으며, 정상에는 명왕성으로 이어진 석탑이 존재한다.

브리체스터의 역사

연대	사항
기원전 43년	브리튼 섬 전역이 로마의 지배하에 들어갔다. 이 즈음에 슈브 니구라스의 제사장이 존재했다.
17세기	「샤가이의 곤충」이 공간이동으로 고츠우드에 실체화. 브리체스터 북부에 낙하한 운석에 의해 형성된 호수에 글라키가 살게 된다.
19세기	「글라키의 묵시록」이 외부로 유출되어 해적판이 출판되지만 복수의 조직에 의해 회수된다.
1920년대	비밀교단의 중심인물이었던 에드워드 테일러 등이 브리체스터 대학으로부터 추방된다. 그 후 「글라키의 묵시록」을 입수하여 브리체스터 교외의 암산 「악마의 계단」으로 향한 뒤 미쳐 버리고 만 것이 발견되었다.
1930년대	브리체스터 대학교수, 언덕 지대의 괴음현상을 조사. 「네크로노미콘」을 열람하여 「글라키의 묵시록」을 입수한 다음 이차원(異次元) 통신기를 만든 후 실종.
1950년대	브리체스터 대학의 학생이 이차원 통신기를 발견하지만 작동 중에 미쳐 버린 학생에 의해 파괴된다. 대학의 연구팀에 의한 조사가 이루어지고 「글라키의 묵시록」이 회수된다.
1960년대	브리체스터 북부의 호수로부터 괴성이 울려 퍼진다. 글라키를 믿는 글라키 종자의 암약. 고츠우드에서 문 렌즈에 의한 의식이 행해진다.

브리체스터에 존재하는 「옛 지배자」의 권속

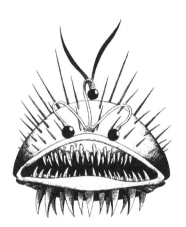

글라키

세반 호 바닥에 숨어 있는 『옛 지배자』. 꿈을 통해 신자를 불러들여 좀비와 같은 하수인으로 만들어 이것을 사역한다.

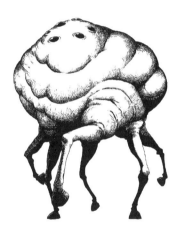

아이호트

세반 계곡 지하에 그물망처럼 펼쳐져 있는 터널을 배회하는 『옛 지배자』. 작은 벌레 같은 새끼를 데리고 다닌다.

고츠우드

Goatswood

멸망한 행성의 주인에 의해 사신의 신전이 놓이게 된 땅. 깊은 우주로부터 날아온 잔학하고 요사스런 벌레는 항상 새로운 희생자를 찾고 있다.

● 범상치 않은 마을

영국의 글로우스터셔주에 있는 브리체스터 근교의 마을 고츠우드는 현재 지구상에서 확인되고 있는 것들 중 원시적인 슈브 니구라스 신앙이 활발하게 이루어지고 있는 몇 안되는 곳 가운데 하나이다.

고츠우드의 주민들은 마을 광장의 중심에 세워진 금속제 탑 끝에 달린 문 렌즈라 불리는 거울을 통해 언덕 아래로부터 소환되는 슈브 니구라스의 화신 중 하나인 『문 렌즈의 파수꾼(Keeper of The Moon-lens)』을 숭배하고 있다.

고츠우드 부근의 숲에 있는 공터에는 광장에 서 있는 것과는 조금 다른 타입의 금속 원추탑이 솟아 있는데, 여기에는 17세기경 행성 샤가이로부터 날아온 곤충(Insects from Shaggai)이 살고 있다.

지구의 비둘기 정도의 크기에 눈꺼풀이 없는 거대한 눈과 세 개의 입, 구불구불 구부러진 10개의 다리와 그 끝에 달린 덩굴손, 그리고 반원형 날개를 가진 그 곤충은 대이변으로 행성 샤가이가 멸망할 때 회색 금속으로 만들어진 아자토스의 사원 속으로 피난했고, 사원이 통째로 공간 전이되면서 다른 천체로 도망쳐 나오게 되었다고 하는데, 전술한 원추탑은 사실 아자토스 사원의 꼭대기 부분이었던 것이다.

그들은 지구의 대기에 포함된 어떤 성분에 의해 다른 세계로 이동하는 것이 불가능하게 되어 어쩔 수 없이 지구에 머물고 있다. 다른 존재도 아닌 하필이면 아자토스를 숭배하는 것만 봐도 명백히 알 수 있듯 고도의 문명과 과학력을 지닌 샤가이에서 온 곤충의 성질은 매우 잔혹하며 가학적이다.

샤가이의 곤충은 지구에 도달하기 전에 자이클로틀(Xiclotl)이라는 행성에 머물 때, 나무 같은 모습을 한 『자이클로틀의 괴물(Xiclotian)』이라는 생물을 노예화하여 노동력이나 병력으로 부리고 있다.

샤가이에서 온 곤충

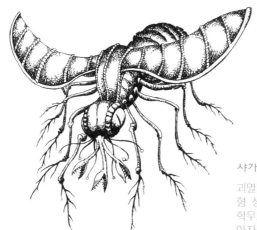

샤가이에서 온 곤충

괴멸한 샤가이에서 전이해 온 곤충형 생물. 극도로 새디스틱하고 잔학무도한 성질을 가지고 있으며, 아자토스를 숭배한다.

브리체스터와 고츠우드의 위치

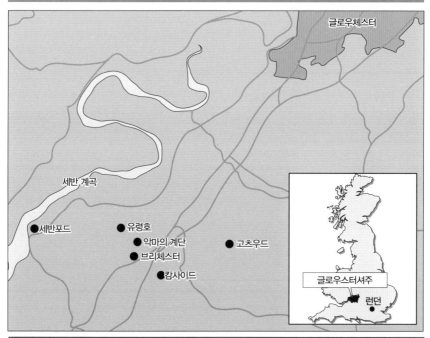

글로우체스터

세반 계곡

● 세반포드

● 유령호

● 악마의 계단

● 브리체스터

● 고츠우드

● 캄사이드

글로우스터셔주

● 런던

관련항목

● 브리체스터 → No.051
● 슈브 니구라스 → No.007
● 아자토스 → No.004

스트레고이카바르

Stregoicavar

사악한 태고의 종족이 불길한 의식을 반복하여 행하던 저주받은 마을. 마을 밖의 검은 돌비석이 한때의 불길한 의식의 기억을 떠올리게 한다.

● 『검은 비석』

스트레고이카바르는 헝가리의 산악 오지에 위치하여 지도에도 나오지 않는 마을이며, 가까이에는 프리드리히 빌헬름 폰 윤츠가 『무명 제례서』 속에서 언급한 『검은 비석』이라 불리는 높이 5미터 정도의 팔각형 검은 돌기둥이 서 있다. 유사 이전에 세워진 거대한 성의 첨탑이라고도 일컬어지는 돌비석 표면에는 문자 비슷한 것이 새겨져 있으나 해독은 되고 있지 않다.

현지 언어로 『마녀의 고을』이라는 의미를 가진 그 마을의 이름은 오스만 투르크 제국이 동유럽을 침공하던 16세기 이전에 이 마을에 살았던, 슬라브인과 원시적인 수수께끼 민족 사이의 혼혈로 태어난 어느 종족의 행동에서 유래한 것이다. 스툴탄(Xuthultan)이라는 옛 이름을 가진 이 마을의 선주민들은 사교의 신봉자였는데, 부근 마을을 습격해서는 여자와 아이를 납치하여 그들이 섬기는 신을 위한 제물로 바치곤 했다.

이 땅에 침공한 셀림 바하디르(Selim Bahadir)가 이끌던 투르크군은 주민의 소행을 알게 되자 그 잔혹함에 치를 떨며 모든 주민을 학살하고, 『검은 비석』 가까이에 있는 동굴로 가서 그 속에 숨어 있던 두꺼비 같은 괴물과 싸웠다고 한다.

스트레고이카바르의 현재의 주민은 사신과 그 신도들을 근절한 투르크군이 이 땅을 떠난 후 버려진 마을에 들어온 마자르(Magyar)인의 후손으로, 저주스러운 선주민의 피를 이어받은 사람은 한 명도 없다. 현재는 노령화에 따른 인구의 감소가 진행되고 있으며, 구 공산권에서 흘러 들어온 방사선 폐기물이 마을 외곽의 동굴에 투기되고 있다는 아주 그럴싸한 소문이 유럽의 환경보호단체 사이에서 떠돌고 있다.

『검은 비석』 주변에는 매년 성 요한절의 전날 밤인 6월 23일이 되면 한때 그곳에서 이루어지던 사교 의식의 모습이 마치 신기루처럼 떠오르는 일이 있으며, 이를 목격하고 정신이 이상해진 자들이 적지 않다고 한다. 요절한 천재시인 저스틴 조프리(Justin Geoffrey)는 헝가리를 여행하던 중 이 저주받은 마을을 방문했으며, 그곳에서 『검은 비석』을 보고 얻은 강렬한 영감을 환상시 『비석의 일족(The People of Monolith)』에 남기고 있다.

검은 비석

언덕의 꼭대기로부터 주변을 내려다보는 검은 비석. 그 정체는 산속에 잠들어 있는 고대 성채의 첨탑 돌기 부분이라 여겨지고 있다.

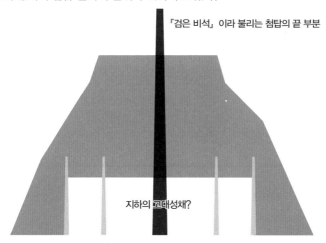

「검은 비석」이라 불리는 첨탑의 끝 부분

지하의 고대성채?

스트레고이카바르의 위치

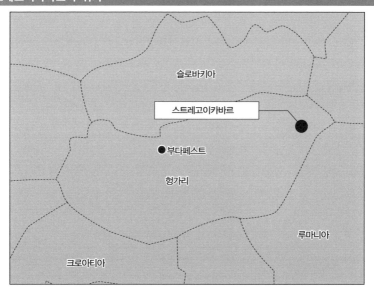

슬로바키아

스트레고이카바르

●부다페스트

헝가리

루마니아

크로아티아

관련항목
- 프리드리히 빌헬름 폰 윤츠 → No.094
- 저스틴 조프리 → No.093
- 「무명 제례서」 → No.029

117

아프리카 대륙

Africa

인류와 문명의 발상지인 사막과 밀림의 대지. 유럽인이 암흑대륙이라 불렀던 아프리카 대륙의 어둠 속에는 섬뜩하게 울려 퍼지는 얼굴 없는 신의 모습이 있었다.

● 빛과 어둠이 드러누운 땅

  기원전 5세기경의 그리스 역사가 헤로도토스는 『이집트는 나일강의 선물』이라는 말을 남겼다. 이집트 문명은 기원전 4천 년경 북아프리카의 사막지대를 흘러 정기적으로 범람하여 비옥한 땅을 안겨 준 나일강 유역에서 탄생했다. 기원전 3천 년경에 통일왕조가 탄생한 이래로 한 명의 파라오가 통치하는 신권국가가 된 이집트에서는 로마제국에 흡수되기까지 약 2,900년 동안 27명의 왕조가 흥망을 반복했다. 고대 이집트에 있어 태양신 라나 역대 파라오를 지키는 호루스, 죽은 자들의 나라를 통치하며, 개의 머리를 가진 아누비스 등 다양한 신들이 숭배되었는데, 그중에서도 가장 오래된 신성이 부활의 신 니알라토텝이다. 고대 이집트의 시대 구분으로 말하자면, 신왕조 시대부터 제3중간기에 달하는 성서시대에 신관 네프렌 카가 왕위를 찬탈하여 니알라토텝이나 고양이 신 바스트 등 사악한 신들을 제외한 모든 신앙을 금지하고 폭정의 극을 달리던 암흑기가 있었다. 반란에 의해 네프렌 카가 추방된 후 이 왕조에 관한 모든 기록은 철저히 말소되었다.

  아프리카 중앙부의 대부분을 점하는 콩고 분지에는 무지개와 함께 나타나는 괴물 모켈레 무벰베의 전설이 전해지는 피그미족이나 고릴라 같은 대형 유인원이 서식하는 열대우림이 펼쳐지며, 밀림의 깊은 곳에는 하얀 유인원이 사는 회색의 도시나 꼬리 달린 사람이 사는 협곡 등 수많은 비경이 숨겨져 있다.

  『암흑대륙』이라고도 불리는 아프리카는 서구 세계에서는 야만적이라 여겨지는 풍습이 남아 있는 장소이다. 19세기 이후 이 대륙을 분할 통치하던 유럽의 종주국으로부터 각국이 연이어 독립했던 『아프리카의 해』인 1960년에 시작된 콩고 동란(1960~1967)을 살펴 보면, 부족의 주술사에게서 총에 맞아도 죽지 않는 몸이 되는 부적을 받은 심바라는 독립파 병사들이 '붉은 장막' 저편에서 손에 넣은 최신 무기를 사용해 백인들을 무차별 학살한 다음 그 고기와 내장까지 먹어 치웠다고 한다.

아프리카 대륙의 지도

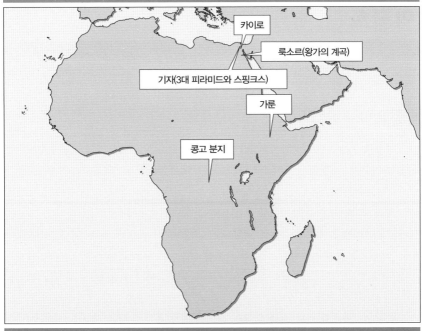

카이로

룩소르(왕가의 계곡)

기자(3대 피라미드와 스핑크스)

가룬

콩고 분지

아프리카 대륙의 관련 연표

연대	사항
기원전 30세기	메네스 왕, 상 이집트와 하 이집트를 통일.
기원전 31년	로마군, 클레오파트라의 이집트군을 분쇄. 이집트를 영속시킨다.
1488년	희망봉 발견.
1652년	네덜란드 동인도회사에 의한 아프리카 식민화가 시작.
1799년	나폴레온 보나파르트의 이집트 원정.
1878년	헨리모튼 스탠리가 콩고강 유역을 탐험.
1884년	유럽 열강, 베를린 회의에서 아프리카 분할을 결정.
1885년	벨기에 왕국 레오폴드 2세가 콩고 자유국을 개인적으로 영유.
1899년	보어전쟁 발발.
1919년	칼라일의 아프리카 탐험대, 행방불명됨.
1938년	남아프리카의 코모로 제도에서 「살아 있는 화석」 실러캔스가 발견된다.
1940년대	콩고 분지의 오지에 독일 비밀연구소가 건설된다.
1960년	「아프리카의 해」. 이 해에 아프리카 대륙의 식민지 각국이 연이어 종주국으로부터 독립한다. 콩고 동란 개시.
1975년	앙골라 내전 개시.
1994년	남아프리카 공화국, 인종격리정책을 철폐.

관련항목
- 이집트 → No.055
- 니알라토텝 → No.005
- 그 밖의 신들 → No.015

이집트

Egypts

사자의 서에서 말소되어 봉인된 고대 이집트의 암흑왕조. 신관이면서 왕좌를 빼앗은 네프렌 카는 7천 년의 잠 속에 지금도 빠져 있다.

● 암흑의 파라오

성서시대의 고대 이집트에 사교집단을 이끄는 신관 네프렌 카가 파라오의 자리를 찬탈하여 인육섭식이 횡행하던 피비린내 나는 암흑시대가 있었다.

『암흑의 파라오』 네프렌 카는 니알라토텝을 주신으로 삼고 바스트, 아누비스, 세베크(Sebek)를 숭배하는 사교를 제외한 모든 신앙을 폐지했다.

사교의 신관들은 수많은 신전을 건립하고, 그들이 섬기는 신들에게 인간을 제물로 바쳐 마술의 힘을 얻었다고 한다. 네프렌 카의 통치는 너무나도 피비린내 나는 것이었기에 결국은 커다란 반란이 일어났다. 사람들은 사악한 파라오와 사교집단을 추방했을 뿐만 아니라, 『사자의 서』에서도 『암흑의 파라오』에 대한 모든 기술을 말소했기 때문에 『네크로노미콘』과 『벌레의 신비』 이외의 문헌 등에서 그의 통치에 대한 지식을 얻는 것은 매우 어렵다.

네프렌 카는 하수인이었던 신관들과 함께 서방의 섬으로 배를 내어 도망칠 생각이었으나, 카이로 근처에서 추격자들에게 잡혀 비밀스런 지하 매장소로 몰리게 되었다. 이때 고양이 신 바스트의 신관들 중 일부가 섬으로 도망쳤다고 전해지며, 역사가들은 그들이 도망간 곳이 영국일 거라고 추측하고 있다.

어둠 속에서 최후의 의식을 행하며 니알라토텝의 지상에서의 현신을 소환해낸 네프렌 카는 기꺼이 몸을 바친 100명의 제물을 대신해 예언의 힘을 얻고 매장소의 벽에 이집트 미래의 역사를 그려냈다. 붉은 방이라 불리는 가장 깊은 방에 놓인 대리석 관 속에는 네프렌 카가 7천 년 후에 심복들과 함께 눈을 뜨게 될 때까지 깊은 잠에 빠져 있다고 한다.

참고로, 『벌레의 신비』를 집필한 루드비히 프린은 이 붉은 방에서 묘소를 지키는 사교의 신관의 자손들을 만난 적이 있다고 한다.

1843년 네프렌 카의 지하묘소를 발굴 조사한 프로비던스 출신의 고고학자 이노크 보웬 교수는 빛나는 트라페조헤드론(Trapezohedron : 부등변다면체)을 그곳에서 가져와 별의 지혜파 교회라는 이름의 종교집단을 창시했다.

네프렌 카의 교단

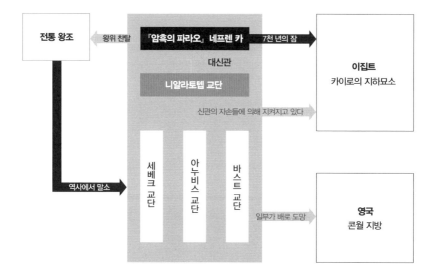

전통 왕조

왕위 찬탈

『암흑의 파라오』 네프렌 카

7천 년의 잠

대신관

니알라토텝 교단

이집트
카이로의 지하묘소

신관의 자손들에 의해 지켜지고 있다

역사에서 말소

세베크 교단

아누비스 교단

바스트 교단

일부가 배로 도망

영국
콘월 지방

기자의 피라미드와 스핑크스

세계 7대 불가사의 중 하나, 기자의 3대 피라미드와 스핑크스. 참고로, 스핑크스는 피라미드가 건설되기 한참 전부터 그곳에 있었다고 생각하는 자들도 있다.

관련항목
- 니알라토텝 → No.005
- 『네크로노미콘』 → No.025
- 『벌레의 신비』 → No.026
- 별의 지혜파 → No.103
- 그 밖의 신들 → No.015

121

No.056

그하른

G'harne

암흑대륙 아프리카. 그 땅의 어둡고 깊은 지하에서는 사악한 마물이 징그러운 몸뚱이를 비틀면서 지상을 멸망시키기 위한 상담을 하고 있다.

● 미지의 지하도시

지하도시 그하른의 존재가 알려지게 된 것은 탐험가 윈스럽이 북아프리카에서 가져온 점토판에 의해서였다. 언뜻 보기에 마야 문자와 닮은 점의 집합으로 이루어진 기묘한 상형문자가 새겨진 그 점토판은 윈스럽이 공표했던 당시에는 학계나 매스컴으로부터 날조되었다는 의혹을 받았으며, 이 비운의 탐험가는 그로 인해 미쳐 죽은 것이나 다를 바 없이 무참한 모습으로 사망했다.

그의 무념은 영국의 에이머리 웬디 스미스 경에게 이어졌는데, 그 번역과 학술적인 연구성과가 1919년 천 부도 안 되게 자비출판된 16절판 『그하른 단장(G'harne Fragment)』에 정리되었다. 1919년이 아닌 1931년에 출판되었다고도 하는 이 연구서는 대영박물관에도 한 권이 소장되어 있다. 윈스럽이 가져온 점토판은 현재는 『옛 것들』의 손에 의한 기록이라 여겨지고 있으며, 한때 태양의 바로 바깥쪽을 돌고 있었다는 행성 사이오프, 유고스라는 이름으로 알려진 명왕성, 하스터가 사는 암흑성이 있다는 히아데스 성단 등의 천문에 대한 지식, 지하도시 그하른을 필두로 한 고대유적의 개요나 위치가 기술되어 있다.

아프리카 어딘가의 사막에 파묻혀 있는 그하른의 어둠 속에는 크토니안(Cthoinian)이라는 오징어를 연상시키는 끔찍한 모습의 괴물이 기어 다니고 있다. 애벌레처럼 길고 끈적거리는 몸을 구멍 속에 길게 늘어뜨린 크토니안은 천 년이 넘는 긴 수명과 강한 종족 보호 본능을 가지고 있는데, 이 괴물은 또한 몇 마리만 모이면 커다란 지진을 일으킬 수도 있다. 크토니안 중에서도 가장 거대한 개체이며 가장 오래 살아 왔다는 이유로 『옛 지배자』들의 일원이 된 것이 사악한 슈도-멜(Shudde-M'ell)이다.

참고로, 『그하른 단장』을 집필한 에이머리 경은 후에 아프리카 대륙을 방문했을 때 이 슈도-멜과 그 심복들에게 납치되었고, 구사일생으로 문명세계로 귀환했을 때는 반쯤 미친 상태였다고 한다.

지하도시 그하른의 위치

수단

지하도시 그하른

소말리아

에티오피아

크토니안

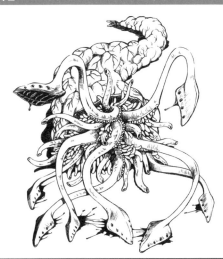

크토니안
그하른에 서식하는 거대한 오징어 같은 생물 크토니안. 그 수괴인 슈도-멜은 그들 중에서도 가장 거대한 개체이다.

관련항목

● 「옛 것들」 → No.017
● 명왕성 → No.077
● 하스터 → No.008

월령산맥

Mountains of the Moon

암흑대륙 아프리카의 상징이라고도 할 수 있는 밀림 지대. 콩고 분지의 어둠 속 깊은 곳에서 오래된 사신을 섬기는 뭄바가 무모한 모험자들을 기다리고 있다.

● 암흑대륙의 괴이

아프리카 대륙 중앙부, 4,380킬로미터의 장대한 콩고강이 굽이치는 열대우림 지대가 펼쳐진 콩고 분지는 지도상에서는 메르카토르 도법으로 인한 왜곡 때문에 때로는 실제보다 좁은 범위라고 오해 받기도 하지만, 『애연가의 숲(Heavy Smoker's Forest)』, 『악마의 오줌구덩이』 등의 미지의 땅(Terra Incognita)을 지금도 어둡고 깊은 밀림의 품속에 감추고 있는, 암흑대륙 아프리카 중에서도 최대이자 최후로 남겨진 녹색 마경이다.

헨리 스탠리나 앨런 쿼터메인, 키트 케네디 같은 모험가들이 활약한 벨기에령 콩고(현재의 콩고 민주공화국)와 우간다가 국경을 접하는 부근에 한때 그리스의 지리학자 프톨레마이오스가 『월령산맥』이라 부르던 르웬조리(Rwenzori) 산맥이 있다. 콩고 쪽에서 이 『월령산맥』을 넘어 빙하의 침식으로 잘려나간 계곡으로 들어가 보면 원주민들조차 꺼려하는 곳에 당도할 수 있다. 그 중심에는 피라미드나 오벨리스크, 구체 등의 형태로 끊임없이 변화하며 붉고 금속 같은 빛을 발하는 『회전류(Whilring Flux)』가 존재하고, 그 가까이에 기묘하게 일그러진 모습의 나무들이 일렬로 늘어서 있다.

이 나무들은 모두 이 마경에 무모하게 발을 들여 『회전류』의 수호자 뭄바(M'bwa)에 의해 기괴한 화목인(化木人: Tree man)으로 변해 버린, 아틀란티스 시대까지 거슬러 올라가는 탐험가들의 최후의 모습이다. 만약 전부 다 나무로 변하기 전에 몸 끝 어딘가를 잘라낼 수 있었다 하더라도 그 말단 부분이 촉수 같은 형태로 변하는 것을 멈추는 건 결코 불가능하다.

참고로, 19세기 중반 바콩고족의 일부가 아투라는 새로운 신을 숭배하며 벨기에 사람들에게 대항하여 반란을 일으킨 일이 있었다. 거대한 나무의 모습을 하고 있었다고 하는 이 아투는 니알라토텝의 천 개의 화신 중 하나로 여겨지고 있으나, 월령산맥의 『회전류』와의 사이에 어떠한 연관이 있는지는 알려져 있지 않다.

월령산맥의 위치

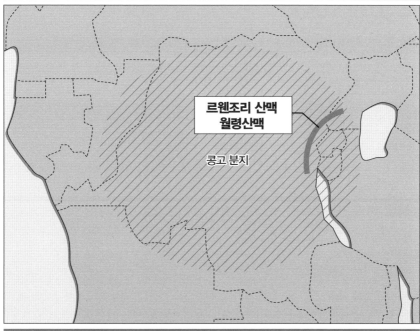

르웬조리 산맥
월령산맥

콩고 분지

화목인

화목인
화목인은 금기를 저질러 월령산맥 깊숙한 계곡에 발을 들이고 만 탐험가나 상인들이 최후를 맞이한 모습이다.

관련항목

● 니알라토텝 → No.005

아시아, 중동
Asia, Middle East

침묵의 신비에 둘러싸인 아시아와 전통을 중시하는 유럽이 접촉하는 중동지역에서는 태고부터 유래된 지식도 왕래되었다.

● 깊고 아름다운 아시아

황하와 장강 유역을 중심으로 만5천 년 이상 전부터 인류의 문명이 번영해 온 동아시아에서는 한자가 성립하기 이전부터 퀴타이라오하이(鬼歹老海, 크툴루)의 존재가 알려져 있었으며, 『鬼』의 글자는 위대한 크툴루의 머리 부분을 따서 붙인 거라고 한다. 오래전부터 강이나 호수를 근거로 삼은 도적들 사이에 숭배되었으며, 그 신앙은 청조 말기에 암약한 "방(幇)"이라는 비밀결사 등으로 이어져 있다고 전해진다. 뉴올리언스에서 체포된 크툴루 숭배자 카스트로는 중국의 산악지대에 있는 교단의 불사의 지도자들에 대해 증언하고 있으며, 이는 헬레나 페트로바 블라바츠키에게서 신지학의 가르침을 받은 히말라야의 도사(마스터)들과의 관련성을 느끼게 하고 있다. 참고로, 히말라야 산중에는 유인원의 모습을 한 미고가 살고 있으며, 현지인들에게 설인이라 불리고 있다.

그 밖에도 상해에는 니알라토텝을 신봉하는 『부푼 여자』의 교단이, 비르마 오지의 슨 고원에는 고대도시 알라오자가, 말레이 반도에는 『이스의 위대한 종족』의 최후의 도시가 존재한다. 또한 제임스 처치워드의 경우 인도의 수도승이 무 대륙의 수몰을 전하는 점토판을 보여 준 적이 있었다고 한다.

● 천일야화

태곳적 위대한 크툴루를 숭배하는 파충인류의 무명의 도시(The Nameless City)가 번영하던 아라비아. 이슬람의 가르침을 요체로 하는 아랍 내 모든 부족의 연합체가 이윽고 대제국으로 발전하면서 동양과 서양의 문명이 충돌하는 국제교역의 중심지가 되었다. 이 땅에 몰려들기 시작한 비의나 전승 중에는 『옛 지배자』들이나 『외우주의 신』에 관한 신화, 전설을 필두로 중앙아시아의 렝 고원이나, 이집트의 역사에서 말살된 네프렌 카의 암흑왕조에 대한 기록도 포함되어 있다. 이들 금단의 지식이 후에 『네크로노미콘』이나 『벌레의 신비』 등 책의 형태로 정리된 것이다.

중동, 아시아의 지도

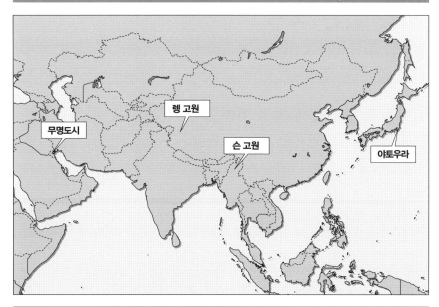

아시아, 중동의 관련 연표

연대	사항
기원전 4년경	나자렛 예수, 베들레헴에 태어나다.
630년	이슬람 교도, 성지 메카를 제압.
730년	미치광이 아랍인 압둘 알하자드에 의해 「키타브 알 아지프」가 집필된다.
751년	당과 이슬람 아바스 왕조의 2대 세계제국, 탈라스 강변에서 격돌.
1220년	징기스칸이 호라즘 제국을 정벌한다.
1259년	쿠빌라이칸이 뒤룬에 상도(제너두, Xanadu)를 건설한다.
1641년	일본의 쇄국체제가 완성.
1851년	청나라에서 태평천국군의 무장봉기가 시작된다. 배후에 사신숭배자의 그림자가…
1857년	인도에서 동인도회사에 대한 대반란이 시작되고 이 전쟁의 패배로 인해 무굴제국은 해체된다.
19세기 말	알리오자의 고대도시가 파괴된다.
1936년	동경에서 황도파 군인에 의한 쿠데타(2.26사건). 여기에도 배후에 사신숭배자의 그림자가 있었다.
1945년	히로시마와 나가사키에 원폭이 투하된다. 태평양전쟁 종결.
1948년	유대인 국가 이스라엘이 건국된다.
1950년	북한이 남한을 침공. 아시아에서도 냉전이 격화된다.
1975년	사이공 몰락, 이에 의해 동남아시아에서 수많은 난민이 발생. 쵸-쵸족도 난민화한다.

이름 없는 도시

Nameless City

아랍의 모든 부족이 꺼리고 싫어하는 전설의 도시. 인류가 나타나기 전에 번영했던 저주스러운 파충인류의 악령이 지금도 도시의 깊은 곳에 숨어 살고 있다.

● 이름도 알려지지 않은 지하도시

고대인이 『허공』을 의미하는 로바 엘 카리이에(Roba El Khallyey)라는 이름으로 불렸고 현대의 아랍인이 진홍의 사막이라 부르는 아랍 남부의 사막 한가운데, 고대 이집트의 수도 멤피스에 초석이 올라가고 바빌론의 벽돌이 구워지기 한참 전의 시대부터 이름도 알려지지 않은 지하도시가 묻혀 있었다고 한다.

한때 바다 속에 있던 이 도시는 위대한 크툴루와 그 권속을 숭배하던 파충인류가 천만 년의 세월에 걸쳐 거주지로 삼아 온 고대의 문명도시이다. 대변동에 의해 해저에서 올라와 아랍의 일부가 된 후에는 해변의 장려한 도시로 번영했지만, 사막의 침식을 받아 서서히 쇠퇴하여 이윽고 모래와 세월 속에 파묻혀 잊혀진 존재가 되어 갔다. 참고로, 이름 없는 도시 근처에는 태고의 인류가 건설한 원주도시 아이렘(Irem)이 있으며, 이 두 가지가 때때로 혼동되기도 한다.

이름 없는 도시의 존재는 등불 주변이나 천막 속에서 목소리를 낮추어 전해지는 밤의 이야기를 통해 아랍의 전 부족에 걸쳐 어렴풋하게나마 알려져 있으며, 이유도 모른 채 금기의 대상이 되었다. 금단의 『네크로노미콘』을 집필한 미치광이 아랍인 압둘 알하자드는 꿈속에서 이름 없는 도시를 방문했노라 주장했으며, 그가 소유하고 있던 불가사의한 램프도 이 이름 없는 도시에서 유래한 것이라고 한다. 한때 크툴루 숭배의 중심지 중 하나였던 이름 없는 도시는 현재 적대자로 알려진 하스터의 지배지가 되어 있으며, 그 가호를 받아 세라에노로 향하는 인간의 육체는 바이아크헤에 의해 이름 없는 도시 안에 보존되고 있다. 라반 슈뤼즈베리 박사와 함께 이 땅을 방문한 닐란드 코람의 수기에 의하면, 738년에 다마스쿠스의 큰 길가에서 처참한 최후를 맞이했다고 알려진 알하자드는 사실 이름 없는 도시로 끌려간 것이며, 그가 아랍어로 경고문구를 새겨 놓은 청동문 안쪽 방에서 가혹한 고문을 받은 끝에 끔찍한 죽음을 맞이했다고 한다.

이름 없는 도시의 위치

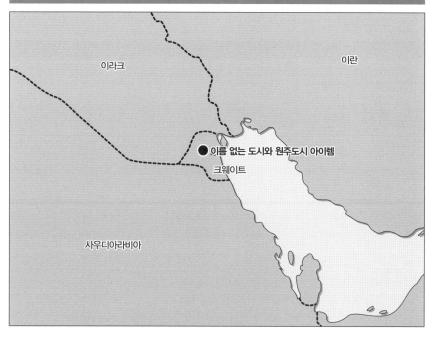

이라크

이란

● 이름 없는 도시와 원주도시 아이렘

크웨이트

사우디아라비아

이름 없는 도시

이름 없는 도시
이름 없는 도시의 내부에
는 천장이 낮은 복도가 길
게 이어져 있다. 양쪽 벽
에는 한때 이 도시를 지배
했던 도마뱀 인간의 모습
이 그려져 있다.

렝 고원

Plateau of Leng

『네크로노미콘』을 필두로 수많은 서적 속에서 언급되면서도 그 모든 기록이 서로 모순되는, 세계로부터 동떨어진 무시무시한 땅.

● 숨겨진 고원

렝 고원은 『숨겨진 렝』이라는 별명이 의미하는 대로 정확한 위치에 대한 정설이 없는 장소이며, 이 신비스러운 땅과 관련된 전설이나 기록은 끔찍할 정도로 착오가 많아 늘 연구가들을 혼란에 빠뜨리곤 한다.

『옛 지배자』들이나 『외우주의 신』과 관련된 금단의 비밀 의식을 망라한 압둘 알하자드의 『네크로노미콘』에 의하면 사악한 시체섭식 종파가 득세하는 빛이 없는 렝 고원이 중앙아시아의 접근 불가능한 장소에 존재한다고 기술되어 있으며, 그 설을 뒷받침하는 듯한 지도나 문헌이 몇 가지나 확인되고 있다.

한편 드림랜드 북방의 회색산맥 너머에 있는 불모의 땅도 렝 고원이라는 이름으로 불리고 있다. 얼음의 황야인 렝 고원의 비바람에 그대로 노출된 땅의 꼭대기에는 드림랜드 속에서조차 전설 속에만 존재하는 몽당한 크기의 창문 없는 석조 수도원이 세워져 있다.

이 선사시대의 수도원에는 붉은 문양이 들어간 노란색 천으로 된 복면을 한 대신관이 홀로 살고 있으며, 그는 돔 형태의 예배당 속에 있는 불길한 색깔의 제단을 앞에 두고 무시무시한 조각이 새겨진 상아 플루트를 연주하며 니알라토텝과 번신들을 향해 독성(瀆聖)의 기도를 올리고 있다.

신전의 남쪽에는 사르코만드라는 도시가 있는데, 발굽이 달린 발을 가지고 온몸이 부드러운 털로 빼곡히 둘러싸였으며 등에 왜소한 꼬리를 가진 아(亞)인종들이 그곳에 살고 있다. 그들은 모두 한때 달의 뒤편에서 찾아와 이 도시를 침략한 문 비스트의 노예였는데, 작은 뿔이 달린 가발을 뒤집어쓰고 인간의 모습으로 위장한 그들은 검은 갤리선을 드림랜드 각지의 도시로 띄워 교역을 하고 얻은 이익을 문 비스트에게 공납하곤 했다.

그 밖에도 비르마의 오지나 남극대륙에 렝 고원이 존재한다는 보고도 있으며, 이렇게 복수의 땅에 존재하는 『렝 고원』은 사실 특수한 시공간이 연결된 동일한 곳이라는 의견도 있다.

다차원적으로 침식한 렝 고원

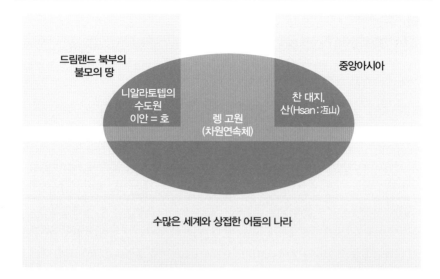

드림랜드 북부의
불모의 땅

니알라토텝의
수도원
이안＝호

렝 고원
(차원연속체)

찬 대지,
산(Hsan：冱山)

중앙아시아

수많은 세계와 상접한 어둠의 나라

문 비스트

문 비스트
드림랜드 북방의 렝 고원
을 지배하는 문 비스트. 달
의 뒤편의 도시에 거주하
며 사르코만드의 주민들을
노예로 종속시키고 있다.

관련항목

● 「네크로노미콘」 → No.025
● 드림랜드 → No.080
● 니알라토텝 → No.005
● 압둘 알하자드 → No.088

알라오자

Alaozar

비르마 오지의 잊혀진 산(Hsan) 고원, 사신과 그 숭배자들이 고대도시에 숨어 있다. 『고대 신』 들의 분노
는 빛이 되어 모든 사악한 존재를 없애 버렸다.

● 『고대 신』들의 옛 수도

고대 중국의 전설에도 있는 기피 당하는 미지의 알라오자는 동남아시아 중앙에 위치
한 비르마의 산악지대 깊숙이 아직 사람의 발길이 제대로 닿지 않은 곳, 잊혀진 지 오
래된 '산' 고원의 『공포의 호수』 한가운데에 있는 녹석을 이용한 석조도시의 폐허이다.

알라오자 대부분의 건물은 낮고, 지의류처럼 지면에 딱 붙어 있으며, 높은 건물은 아주
조금밖에 없다. 성벽에 둘러싸인 도시는 『별의 섬』이라 불리는 섬의 면적 대부분을 차지
하며 수목들은 암록색 줄기에 붉은 기미가 감도는 이파리를 늘어뜨린 채 바람이 불지 않
는데도 항상 소란스레 떨고 있다.

한때 이 섬은 인류가 탄생하기 한참 전에 오리온자리의 리겔이나 베텔기우스로부터 온
『고대 신』이라 불리는 초자연적인 존재가 사는 곳이었으며, 그들과 적대했던 쌍둥이 오
래된 옛 것 로이거와 차르가 이 슨 고원의 지하동굴에 봉인되어 있다. 일설에 의하면,
『고대 신』들이 지구를 떠나고 폐허가 된 고대도시에 『옛 지배자』 샤우그너 판을 섬기는
아인류 밀리 니그리(Miri Nigri)와 현지인의 혼혈이라 알려진 쵸-쵸인이 살고 있다고 한
다. 쵸-쵸인은 그들이 숭배하는 저주스러운 『옛 지배자』 쌍둥이를 부활시키기 위해 『공
포의 호수』 주변에 깊은 구멍을 파고 있으며, 그 계획에 참가시키기 위해 중국의 고명한
학자 포 란 박사를 유괴했다. 그들의 장로인 7천 살의 에-포오(E-poh)를 교묘히 기만한
박사의 호소에 의해 오리온자리로부터 『고대 신』의 전사들이 빛과 함께 산 고원에 강림했
는데, 그 가차없는 공격은 『공포의 호수』를 죄다 말라 버리게 했으며, 알라오자와 그곳에
살고 있던 쵸-쵸인, 그리고 『옛 지배자』들에게 괴멸적인 타격을 안겨 주었다.

쵸-쵸인은 아시아 각지에 살고 있었으나 태평양전쟁 시에는 일본군에, 베트남전쟁 시
에는 공산주의 세력에 탄압을 받았고, 여기서 살아남은 자들은 난민이 되어 미국으로 건
너갔다.

알라오자의 파괴

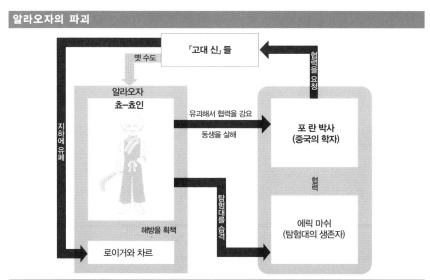

알라오자의 위치

야토우라(夜刀浦)

Yato-Ura

음산한 역사와 사건으로 어둡게 점철된 치바 현의 지방도시. 오래된 일족을 둘러싼 인연은 깊은 바다의 밑바닥까지 이어져 있다.

● 야토우라(夜刀浦)의 땅

야토우라는 일본 치바(千葉) 현의 우나소코(海底) 군에 있는 지방도시로, 뱀의 몸에 사람의 머리를 가진 강대한 저주의 신, 야토신을 토지신으로 모시고 있는 데에서 유래한 이름이라고 한다. 역사적으로도 오래되고, 무로마치(室町) 시대에는 항상 영토 싸움이 펼쳐졌다는 기술이 남아 있으며, 마쿠와리 요리히메(馬加頼姫)와 오자키 시게아키(小崎茂昭)가 『옛 지배자』들의 원조를 받아 승리한 이래 새로운 일족으로서 그 후에도 야토우라령을 지배해 갔다. 그러나 관군과의 싸움으로 야토우라는 힘을 잃고 일개 지방도시로 전락해 역사의 기술에서 사라져 간다. 태평양전쟁 당시에는 이츠나(飯綱) 제약에 의해 거대한 군사 연구 시설이 세워져 수상한 실험이 반복되었고, 해변에는 가로(家老, 집사에 해당) 일족의 후예인 구지(倶爾) 가에서 경영하는 거대한 통조림 공장이 가동되었다. 구지 가의 당수는 대대로 공장의 기계에 투신하여 사망했는데, 사실 그와 똑같은 얼굴을 가진 거대한 생물이 바다 속에서 목격되고 있다고도 한다.

해일로 인해 빈번하게 피해를 입는 해변은 복잡한 해류로 인해 전 세계의 익사체들이 모여들다시피 한다. 현재 구지 가는 슌지(俊之)의 대에서 핏줄이 끊기고 이제는 통조림 공장도 존재하지 않는다. 지금은 이츠나 제약의 부지 내에 이츠나 대학이 있으며 의학부와 약학부가 유명하다. 대학 내에는 신, 구 두 개의 도서관이 있는데, 특히 구 도서관은 희귀본의 보고로 극렬 마니아들이 침 흘리며 탐내는 대상이자, 때로는 인외(人外)의 침입자도 있기 때문에 특수한 무기를 휴대한 경비원이 상주한다. 야토우라 지구에는 다이옥신이 불법투기된 구멍이나 토지가 곳곳에 있으며, 그 속의 구멍은 지하수맥과 이어져 대지를 오염시키고 있다는 보고도 있다. 야토우라 자체가 특수한 형태를 띠고 있어 그로 인해 주술도시라는 설조차 전해진다.

참고로, 야토우라 시는 저명한 라쿠고 작가를 배출했으나 동시에 그 출생을 숨기는 자들도 많다. 산유테이 엔쵸(三遊亭園朝), 단슈로 바라쿠(談洲桜芭楽)나 초대 우테이 엔바(烏亭閻馬) 등이 있는데 모두 불가사의한 죽음을 맞이했다. 또한 많은 토박이 주민들이 어느 정도 나이가 되면 바다로 되돌아 간다는 전승도 있어, 일본 『해저인』의 콜로니라 여겨지는 지방도시 아카무(赤牟)와의 관련성에 대해서도 논의되고 있다.

해저 군과 야토우라

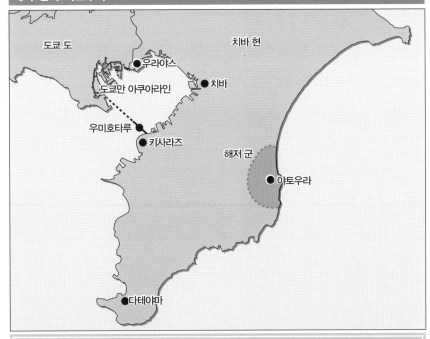

❖ 야토우라와 『비신』

아캄, 인스머스, 던위치 등 어둠이 깃든 마을들을 비롯해 이 책에서 소개해 온 크툴루 신화와 관련된 땅들 중에는 일본 열도에 위치한 것들도 있다. 앤솔러지 작품집 『비신(秘神)』의 공통 무대로 설정된 지방도시 야토우라가 바로 그것이다. 1999년 간행된 『비신』은 일본에서 최초로 일본작가들이 써 내려간 신화작품의 앤솔로지이며, 간행 당시 오래전부터 크툴루 신화의 팬이었던 사람들로부터 『일본에서도 이런 책이 나오게 되었구나』 하는 기쁨의 찬사를 받았다. 『비신』의 편집자인 아사마츠 켄 씨는 일본에서 크툴루 신화의 소개를 선도해 온 공적자 중 한 명이며, 편집자로서 국서간행회 재직 시절에는 수많은 관련 서적을 출간했다. 현재 소설가로 활동하고 있는 그에게는 이 책을 집필하면서 대단히 많은 조언을 받았다.

안타깝게도 야토우라를 무대로 한 작품은 그 후에는 등장하고 있지 않으며, 선행한 아캄 등과 비교하면 인상이 옅다는 감을 지울 수 없다. 이후 야토우라를 무대로 한 새로운 작품이 쓰여서 명실상부한 『일본의 아캄』 이라 불리는 날이 오게 되길 희망한다.

관련항목

● 「해저인」 → No.016

남극, 오세아니아

South Pole, Oceania

태고의 시대에 날아온 선주종족들이 지구상의 패권을 놓고 계속해서 다투어 왔던 분쟁지대. 그곳에는 그들이 살았던 대도시가 지금도 여전히 남아 있다.

● 지구 선주종족의 분쟁지대

남반구에 위치한 남극권과 오세아니아는 인류 발생 이전에 지구에 살았던 선주종족이 그 지배지를 놓고 흥망성쇠를 건 격렬한 패권 다툼을 벌인 장소이다.

10억 년 전에 남극대륙에 날아온 『옛 것들』은 쇼거스를 사역하여 해저에 대도시를 건설했다. 호주 대륙에 해당하는 장소에는 하늘을 나는 폴립형 생물이 날아와 창문이 없는 검은 현무암으로 된 도시를 건설했으나, 4억 년 전에 『이스의 위대한 종족』이 들어간 원추형 생물에 의해 해저동굴로 쫓겨나게 되었다. 그로부터 5천만 년 후, 무 대륙을 영유했던 위대한 크툴루의 일족과 다른 선주종족과의 사이에 전쟁이 발발하여 남극을 『옛 것들』이, 호주를 『이스의 위대한 종족』이, 무 대륙을 크툴루의 권속이 분할 통치하게 되었다. 5천만 년 전의 지각변동 후 『이스의 위대한 종족』은 원추형 생물의 몸을 버리고 미래로 떠나고, 『옛 것들』의 도시도 이 변동으로 멸망했다. 호주의 선주민족 애버리진들은 폴립형 생물의 기억을 거인 『부다이』의 전설로 정리하고 있다.

● 남극 탐험의 시대

거의 대부분이 두꺼운 얼음으로 뒤덮인 눈과 얼음의 대지, 남극대륙에 대한 본격적인 조사가 시작된 것은 19세기 이후의 일이었다. 노르웨이 출신의 로알 아문젠과 영국의 로버트 팰컨 스콧, 그리고 일본의 시라세 나오시 중위가 1910년에 남극점 도달을 겨루었다. 결과적으로 남극점에는 1911년 12월 14일에 아문젠 부대가 도달했다. 스콧의 탐험대는 이듬해인 1912년 1월 18일에 남극점에 도달했으나 귀로하다 조난 당해 전멸했다.

남극대륙에는 그 이후에도 몇 번이나 탐험대가 파견되었는데, 1930년에는 미스카토닉 대학 지질학과의 윌리엄 다이어 교수가 이끄는 탐험대가 광기의 산맥에 도달해 『옛 것들』의 도시의 유적을 발견했다.

호주의 지도

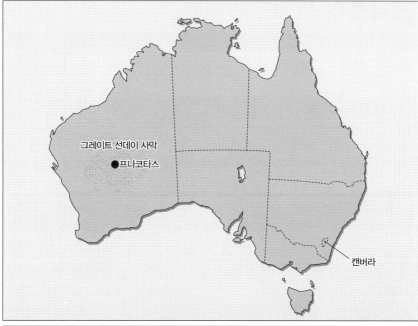

그레이트 선데이 사막
●프나코타스

캔버라

남극, 오세아니아의 관련 연표

연대	사항
4만 년 전	애버리진 호주 대륙에서 거주하기 시작.
1606년	유럽인, 호주 대륙에 상륙.
1770년	캡틴 쿡이 호주의 보터니 만에 상륙하여 영국 왕실의 영토임을 선언.
1788년	최초의 영국 이민 선단이 호주에 도착하여 식민지를 건설.
1821년	미국의 바다표범 사냥꾼에 의한 첫 남극대륙 상륙.
1840년	대영제국, 뉴질랜드를 식민지화.
1901년	호주연방 성립.
1911년	로알 아문젠 탐험대, 첫 남극점 도달.
1925년	뉴질랜드의 해변에서 해저화산 활동에 의한 섬의 융기가 확인된다.
1930년	미스카토닉 대학 지질학과에서 남극 탐험대 파견.
1946년	미국 해군에 의한 남극 탐험, 〈오퍼레이션 하이점프〉.
1947년	남극대륙에서의 영토권 주장의 근거를 의식한 각국의 기지 건설이 활발해짐.
1954년	태평양 상에서 수소폭탄 실험 후 거대 생물의 목격이 빈번해진다.
1956년	미국 해군에 의한 남극 탐험 〈오퍼레이션 디브리시〉.
1959년	남극지역의 평화적 이용을 제정한 「남극조약」 채택.

관련항목

● 「옛 것들」 → No.017
● 쇼거스 → No.018
● 그 밖의 존재 → No.024
● 「이스의 위대한 종족」 → No.019

● 무 대륙 → No.071
● 위대한 크툴루 → No.003
● 광기의 산맥 → No.065

프나코타스

Pnakotas

호주 서부의 사막에는 우주 끝의 저편으로 이어지는 유구한 시간을 살아가는 『이스의 위대한 종족』의 고대도시가 잠들어 있다.

● 초시간의 기록

1932년 호주 서부의 그레이트 선데이 사막을 조사하던 광산 기사 로버트 B.F. 맥킨지는 남위 22도 3부, 동위 125도 1부 지점에서 곡선과 문자가 깊이 새겨져 있는 30~40개의 거대한 석괴가 산재해 있는 것을 발견했다. 어보리진들이 지하에 잠든 늙은 거인 부다이의 전설과 연관시키는 이 거석유적이야말로 4억8천만 년 전에 원추형 생물의 몸에 전이해 들어간 『이스의 위대한 종족』의 과학도시 프나코타스의 지상 부분이다. 1908년 이후 5년간에 걸쳐 『위대한 종족』과 정신이 교환된 경험을 가진 미스카토닉 대학의 전 정치경제학 교수 나타니엘 윈게이트 피슬리는 미스카토닉 대학 지질학과의 협력으로 프나코타스로 가는 탐험대를 조직했다. 탐험대에는 같은 대학에서 교편을 잡고 있던 그의 둘째 아들 윈게이트 피슬리 심리학 교수, 1930년 광기의 산맥으로 가는 탐험대를 이끌었던 윌리엄 다이어 교수 등이 참가했다. 『이스의 위대한 종족』이 미래의 갑충류 몸에 전이해 간 이후 하늘을 나는 폴립형 생물에게 멸망된 프나코타스는 폐허로 변한 지 이미 5천만 년이 지났다. 유적의 지하에는 그들이 다양한 시간과 세계로부터 모은 지식이 서적의 형태로 집적된 중앙기록보관실이 남아 있고, 피슬리 교수가 직접 남긴 기록도 유적 탐사를 하는 도중에 확인되었다.

참고로, 1919년 케냐에서 행방불명된 미국의 대부호 로저 칼라일이 이끈 아프리카 탐험대의 생존자 중 하나인 로버트 휴스턴 박사는 프나코타스에서 니알라토텝 숭배자들의 교단인 『박쥐의 아버지 되는 것(Father of All Bats)』을 결성했다고 알려져 있다.

『위대한 종족』의 도시는 말레이 반도에서도 확인되고 있다. 또한 피슬리 교수처럼 정신교환 경험이 있는 미스카토닉 대학 직원 에이모스 파이퍼의 보고에 의하면, 하스터가 거주하는 황소자리의 암흑성에도 원추형 생물의 도시가 있었다는데, 지구를 왕래하는 방법에 대해서는 알려지지 않았다.

프나코타스를 둘러싼 시간의 굴레

4억 년 전	「이스의 위대한 종족」, 폴립형 생물을 지하로 내쫓고 프나코타스를 건설.
1908년	미스카토닉 대학 경제학과의 나타니엘 윈게이트 피슬리 교수, 「이스의 위대한 종족」에 정신을 교환 당하고 프나코타스로 전이.

피슬리 교수, 미스카토닉 대학에서 경제학 강의 중 혼절. |
1913년	피슬리 교수, 제정신으로 돌아오다.
1934년	광산기사 로버트 B.L.맥킨지가 서부 호주 사막에서 프나코타스의 일부를 발견.
1934년 5월 31일	피슬리 교수, 미스카토닉 대학 지질학과의 협력 아래 조사단을 조직하여 프나코타스 발굴을 위해 호주로.
1935년 7월 17일	피슬리 교수, 프나코타스의 깊은 곳에서 「이스의 위대한 종족」에게 정신을 교환 당했을 당시 자신이 한 작업의 흔적을 찾아낸다.

과거로

현재로

나타니엘 윈게이트 피슬리

그레이트 선데이 사막의 유적

호주 서부의 사막 한가운데에 문양이 새겨진 바위가 열을 지어 세워져 있다. 『위대한 종족』의 유적 일부가 지상에 노출된 것이다.

관련항목

- 「이스의 위대한 종족」 → No.019
- 미스카토닉 대학 → No.040
- 하스터 → No.008
- 광기의 산맥 → No.065
- 그 밖의 존재 → No.024
- 니알라토텝 → No.005

광기의 산맥

Mountains of Madness

수많은 희생자를 낸 미스카토닉 대학의 남극 탐험대가 빙설이 쌓인 대륙에서 발견한 것은 광기로 가득한 산맥이었다.

● 검은 산봉우리

너대니얼 더비 픽맨 재단의 자금 원조를 얻은 미스카토닉 대학 지질학과는 1930년에 신비감이 넘치는 눈과 얼음의 땅, 남극대륙으로의 학술탐험을 감행했다. 탐험대는 세 번에 걸쳐 파견되었으며, 일본의 연구기관과 합동하여 1월 중순 즈음 마닐라에서 출발한 제1차 조사대는 불운하게도 단 한 명의 생존자를 제외하고 리더인 채드윅 교수와 난고 요시노리(南豪義紀) 박사를 포함한 대원 전원이 행방불명되는 참담한 결과로 끝나고 말았다.

9월 2일 보스턴을 출항한 제3차 조사대에는 리더인 미스카토닉 대학 지질학과의 윌리엄 다이어 교수를 필두로 신식 드릴을 고안해낸 프랭크 H. 피버디 교수, 생물학과의 레이크 교수, 물리학과의 아트우드 교수 등 네 명의 우수한 두뇌가 나섰으며, 그 밖에도 16명의 조수가 참가했다. 11월 1일 로스 섬에 도착한 조사대는 이 섬에 저장 캠프를 설치하고 남극대륙의 학술조사를 개시했다.

한 해를 넘긴 1931년 1월 22일, 레이크 교수가 이끄는 북서부 조사대는 남위 76도 15부, 동위 113도 10부 지점에서 그 최고봉의 표고가 3만5천 피트에 달하는, 주로 선캄브리아대의 점토판으로 구성된 검은 산맥을 발견한다. 천공 작업을 통한 조사에 의해 발견된 공동 속에서 50만 년 전 빙하기의 도래로 절멸되었다고 여겨지는 생물의 화석이 발견되었다.

사실 그 『화석』은 가사 상태에 들어가 기나긴 잠에 빠진 『옛 것들』이었으며, 해부되는 도중에 각성해 패닉에 빠진 그들의 필사적인 반격을 받아 레이크의 대원들은 전멸하고 만다. 니콜라이 로에리히(Nicholas Roerich)가 그린 기괴한 그림을 연상시키며, 후에 『광기의 산맥』 이라는 이름으로 불리게 되는 이 산맥은 『네크로노미콘』 에 언급된 검은 카다스 산이 아닌가 하는 관점도 있으며, 표고 2만 피트의 산악지대에는 거석 건축물이 규칙적이고 기하학적인 모습으로 늘어서 있는 고신생기(古新生紀 : Paleogene)의 거대 도시가 존재한다.

남극 탐험대의 운명

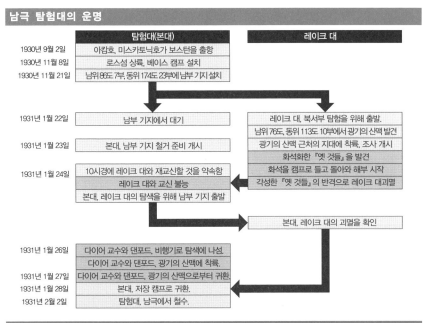

	탐험대(본대)	레이크 대
1930년 9월 2일	아캄호, 미스카토닉호가 보스턴을 출항	
1930년 11월 8일	로스섬 상륙, 베이스 캠프 설치	
1930년 11월 21일	남위 86도 7부, 동위 174도 23부에 남부 기지 설치	
1931년 1월 22일	남부 기지에서 대기	레이크 대, 북서부 탐험을 위해 출발.
		남위 76도, 동위 113도 10부에서 광기의 산맥 발견
1931년 1월 23일	본대, 남부 기지 철거 준비 개시	광기의 산맥 근처의 지대에 착륙, 조사 개시
		화석화한 『옛 것들』을 발견
1931년 1월 24일	10시경에 레이크 대와 재교신할 것을 약속함	화석을 캠프로 들고 돌아와 해부 시작
	레이크 대와 교신 불능	각성한 『옛 것들』의 반격으로 레이크 대 괴멸
	본대, 레이크 대의 탐색을 위해 남부 기지 출발	
		본대, 레이크 대의 괴멸을 확인
1931년 1월 26일	다이어 교수와 댄포드, 비행기로 탐색에 나섬.	
	다이어 교수와 댄포드, 광기의 산맥에 착륙.	
1931년 1월 27일	다이어 교수와 댄포드, 광기의 산맥으로부터 귀환.	
1931년 1월 28일	본대, 저장 캠프로 귀환.	
1931년 2월 2일	탐험대, 남극에서 철수.	

니콜라이 로에리히

광기의 산맥의 검은 산봉우리는 히말라야의 오지에서 전설의 샴발라를 찾아 헤매던 러시아 출신의 동양학자 니콜라이 로에리히의 그림을 방불케 했다고 한다.

출전: 니콜라이 로에리히 『구가 쵸한(Guga Chohan)』

관련항목

● 미스카토닉 대학 → No.040
● 『옛 것들』 → No.017
● 『네크로노미콘』 → No.025
● 카다스 → No.081

남태평양

The South Pacific

남태평양, 최대의 사악함이 그곳에 잠들어 있나니, 모든 것은 그곳에서 시작되었다. 종말의 나팔이 울려 퍼질 때 잊혀진 대륙이 모습을 드러낼 지어다.

● 사악함이 숨어 있는 바다

『저주받은 유적』이라 불리는 해상유적 난 마타르를 끼고 있는 캐롤라인 제도의 포나페 섬을 필두로 모아이 상으로 유명한 이스터 섬, 하몽가 아 마우이 유적이 있는 통가타브 섬, 그 외에도 쿠크 제도나 마케서스 제도 등의 남태평양 섬들에서는 명백히 공통적인 특징이나 의장을 가진 거석 구조물이나 신상들이 수없이 발견되고 있으며, 한참 먼 옛날에 이 섬들은 남태평양 지역 전체를 포함하는 동일 문화권에 속했다고 여겨지고 있다. 이 지역에 널리 퍼진 독특한 모티브는 남미 안데스 고원의 문화와도 공통점이 있으며, 남태평양의 섬 사람들이 남미에서 배로 건너왔다고 주장한 노르웨이의 탐험가 토르 헤위에르달(Thor Heyerdahl)은 1947년 페루의 카야오 섬과 동 폴리네시아 사이에 펼쳐진 8천 킬로미터의 바다를 콘티키호라고 이름 붙인 뗏목을 타고 101일간의 항해 끝에 횡단했다.

그러나 헤위에르달의 실험보다 15년 이상 앞서는 1931년, 미국의 제임스 처치워드는 그의 저서 『잃어버린 무 대륙』 속에서 이 공통된 문화권에 속한 섬들이 수만 년 전에 태평양에 가라앉은 무라는 거대한 대륙의 일부였다는 보다 대담한 가설을 주장했다.

탐험가 애브너 에제키엘 호에이그가 1734년 포나페에서 발견한 『포나페 경전』에는 선사시대 태평양에 존재했던 거대한 대륙과 그 땅에서 숭배된 위대한 크툴루나 『해저인』과 관련된 기술이 있어 처치워드의 설을 뒷받침하는 중요한 사료 중 하나가 되고 있다.

참고로, 1878년 5월 11일 뉴질랜드로부터 칠레를 향해 항해하던 화물선 엘리다누스호는 화산 활동에 의해 융기한 무 대륙의 일부라고 여겨지는 섬과 조우하여 거석건축물 속에서 한 구의 미이라와 두루마리를 들고 돌아왔다.

이 유물들은 미국 국내 최대의 미이라 컬렉션을 자랑하는 보스턴의 캐봇 고고학 박물관에 소장되어 1931년에 전시되었다.

남태평양의 지도

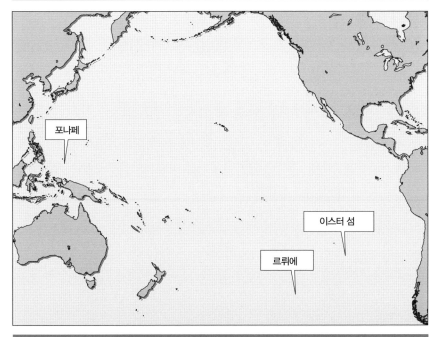

포나페

이스터 섬

르뤼에

남태평양의 관련 연보

연대	사항
4세기경	마르케서스 제도에서 이주해 온 인간이 이스터 섬에 거주하기 시작한다.
16세기경	이스터 섬 전체를 둘러싸고 모아이 쓰러트리기 전쟁이 발발.
1520년	페르디난도 마젤란, 해협을 빠져나와 넓은 바다에 도달하여 이것을 태평양이라고 명명한다.
1535년	스페인 사람인 프레이 토마스 데 베를랑가 주교, 갈라파고스 제도를 발견.
1722년	네덜란드 해군 제독 야곱 로헤벤이 이스터 섬을 발견.
1768년	영국 왕립협회에 고용된 캡틴 쿡, 최초의 항해에 나섬.
1779년	원주민과의 트러블로 인해 캡틴 쿡이 하와이에서 사망.
1835년	비글호를 타고 찰스 다윈이 갈라파고스 제도에 상륙.
1925년	르뤼에가 부상한다.
1946년	미국에 의한 마샬 제도에서의 핵실험이 시작된다.
1947년	토르 헤위에르달의 콘티키호, 페루를 출항.
1947년	미합중국 해군의 포나페 작전. 르뤼에에 핵공격이 가해진다.
1953년	헤위에르달, 갈라파고스 제도에서 고대의 아메리칸 인디언의 유물을 발견.
1954년	비키니 산호초에서 행해진 미국의 수소폭탄 실험에 의해 제5복룡환이 피폭.
1968년	포나페 섬의 난 마타르 유적이 조사된다.

관련항목

●이스터 섬 → No.068
●무 대륙 → No.071
●위대한 크툴루 → No.003
●「해저인」 → No.016

르뤼에

R'lyeh

그 섬의 중앙에 솟은 거대한 저택에는 죽음보다도 깊은 잠에 빠진 위대한 크툴루와 그 권속이 부활의 그 날을 기다리고 있다.

● 깊은 잠에 빠진 위대한 해저도시

남위 47도 9부, 서위 126도 43부. 뉴질랜드와 칠레 서해안 사이에 펼쳐진 남태평양 한 가운데, 이스터 섬을 북동쪽에 둔 해역에 태곳적 지각변동에 의해 바다 속으로 가라앉은, 녹색의 거대한 석괴로 만들어진 해저도시 르뤼에가 다시 떠오를 그날을 기다리며 깊고 조용히 기다리고 있다.

녹색 기미를 띠는 검은 진흙으로 표면이 뒤덮인 르뤼에는 유클리드 기하학을 무시한 기괴한 곡률을 그리는 선과 형태로 구성되어 있다. 그 중앙부에 솟은 산의 정상에는 거대한 묘소와도 비슷한 석조 저택이 세워져 있으며, 그 깊은 안쪽에는 위대한 크툴루와 그 권속들이 거대한 몸을 뉘인 채 단조로운 헛소리와도 비슷한 음성을 울리며 깊은 잠에 빠져 있다.

유사 이래 수많은 크툴루를 숭배해 온 자들이 이 르뤼에를 부상시키기 위해 끝없이 손을 써 왔다. 1925년 3월 해저화산의 영향에 의해 크툴루의 침소를 포함한 르뤼에의 일부가 수몰된 이후 처음으로 태평양 상에 떠올랐으나, 일설에 의하면 이 천지이변은 은색 황혼 연금술회라는 『외우주의 신』과 『옛 지배자』들을 숭배하는 비밀교단이 일으킨 것이라고도 한다. 이 부상이 있었던 때에 세계 각지에서 예술가 등 감수성이 예민한 사람들이 크툴루의 파동을 받아 일시적인 광기에 빠졌으며, 그중에는 기묘한 작품을 남긴 이들도 있다.

참고로, 크툴루 신자들 사이에는 어물거리는 듯한 마찰음이 간간이 섞이며 구조상 인간의 입으로 발음하기 매우 곤란한 『르뤼에 어(語)』라 불리는 언어가 사용되기도 하는데, 이는 본디 크툴루가 외우주로부터 들여온 인류 이전의 오래된 언어이다. 르뤼에어에 의한 기도의 말 중에서도 특히 유명한 것은 『흔글루이 므글루나프 크툴루 르뤼에 우가흐나글 프타근(Ph'nglui mglw'nafh Cthulhu R'lyeh wgah'nagl fhtagn)』, 번역하면 『르뤼에의 저택에 잠든 크툴루 꿈꾸시는 대로 기다리나이다』 라는 뜻이 되는 성구일 것이다.

해저의 르뤼에

바다 속 깊숙이 가라앉아 있는 르뤼에. 기하학을 무시한 괴이한 도시 깊은 곳에 위대한 크툴루와 그 권속들이 잠드는 거대한 석조 저택이 보인다.

르뤼에의 지도

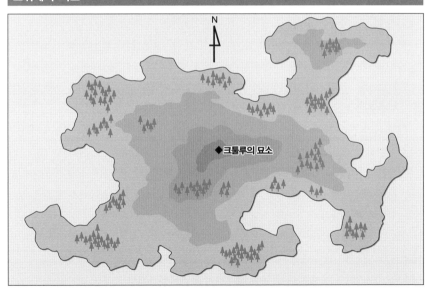

◆크툴루의 묘소

관련항목

● 위대한 크툴루 → No.003
● 은색 황혼 연금술회 → No.104

이스터 섬

Easter Island

현지인의 언어로 라파 누이(커다란 섬)라 불리는 태평양 상의 화산섬. 그 섬에서는 거대한 석상들이 그저 조용히 수평선의 저편을 바라보고 있다.

● 아후 모아이(Afu-Moai)의 섬

남위 27도, 서위 109도의 태평양 상에 이등변삼각형의 형태를 닮은 커다란 섬, 이스터 섬이 있다. 정식 명칭으로 파스쿠아(Pascua) 섬이라 불리는 칠레령의 이 화산섬은 캐롤라인 제도의 포나페 섬 등과 마찬가지로 한때 지구를 지배했던 오래된 옛 것들의 명백한 흔적이 남아 있는 비경 중 하나이다.

이스터 섬의 바다에 접한 산의 중턱에는 '아후 모아이' 라고 불리는 사람의 얼굴을 본뜬 거대한 석상이 늘어서 있다. 이 섬이 유네스코에서 지정한 세계유산에 포함되는 중요한 요인이며, 현재 이스터 섬 최대의 관광자원이 되고 있는 모아이야말로 한때 이 섬을 태평양 상의 거점으로 삼았던 『해저인』 들이 자신들이 숭배하는 위대한 크툴루가 잠들어 있는 해저도시 르뤼에의 부상을 지켜보기 위해 설치한 감시장치인 것이다.

모아이는 이스터 섬 전체에 산재해 있으며, 그중에서도 53채나 되는 신상이 세워져 있는 라노 라라크(Rano Raraku) 산의 지하에는 『모노리스의 성역(Santury of Monolith)』 이라는 크툴루 숭배자들의 성역이 있는데, 그 중앙에 위치한 모노리스 위에 위대한 크툴루의 모습을 본뜬 석상이 놓여 있다.

이 크툴루 상은 일종의 통신기와 같은 역할을 하고 있어 지상의 모아이가 르뤼에의 부상을 탐지하면 신들의 강건한 사자인 니알라토텝에게 그것을 알린다고 한다.

『해저인』 들의 거주지였던 동굴은 무른 화산암으로 만들어진 탓에 거의 대부분이 오래전에 무너져 내렸고, 그들이 이스터 섬을 떠난 후에는 크툴루를 신봉하는 인간들이 파수꾼 역할을 대신했다.

참고로, 이스터 섬과 『해저인』 의 관련성은 오래도록 알려져 있지 않았으나, 1925년 메틀리지라는 교수가 이끌던 미합중국 대학의 고고학 조사팀이 어인(漁人) 신앙의 흔적을 나타내는 조각이나 점토 항아리 등을 발견하여 학술적인 뒷받침을 해냈다.

아후 모아이

이스터 섬의 아키비에 늘어서서 바다를 바라보는 7개의 모아이 상. 그 눈이 바라보
는 곳에는 르뤼에가 가라앉아 있다.

이스터 섬의 지도

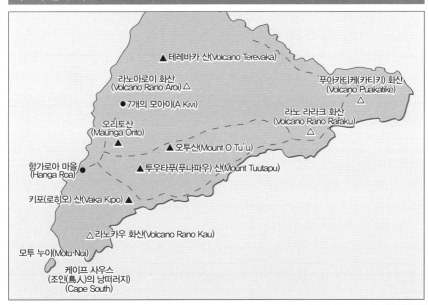

▲테레바카 산(Volcano Terevaka)

라노아로이 화산
(Volcano Rano Aroi) △

푸아카티케(카티키) 화산
(Volcano Puakatike)

●7개의 모아이(A Kivi)

라노 라라크 화산
(Volcano Rano Raraku)
△

오리토산
(Maunga Orito)
▲

▲오투산(Mount O Tu'u)

항가로아 마을
(Hanga Roa) ●

▲투우타푸(푸나파우) 산(Mount Tuutapu)

키포(로히오) 산(Vaka Kipo) ▲

△라노카우 화산(Volcano Rano Kau)

모투 누이(Motu·Nui)

케이프 사우스
(조인(鳥人)의 낭떠러지)
(Cape South)

관련항목

● 「해저인」 → No.016
● 르뤼에 → No.067
● 위대한 크툴루 → No.003
● 니알라토텝 → No.005

잃어버린 대륙

Lost Continents

결국 유구한 세월의 흐름 속에서는 거대한 대륙도, 장엄한 문명도 허무하게……. 파도 속에서 태어난 것은 이윽고 파도 속으로 사라져 간다.

● 바다 속 깊이

대홍수나 분화 등의 천지이변에 의해 바다 속에 가라앉은 육지에 관한 전설은 세계 각지에 남아 있는데, 구약성서 창세기에 있는 노아의 방주 전설이나 환태평양 지역에 전해지는 남매를 시조로 하는 홍수 신화 등을 그 예로 들 수 있다.

역사적으로 가장 유명한 『잃어버린 대륙』은 플라톤이 『클리티오스』, 『티마이오스』 속에서 언급한 대서양 깊숙한 곳에 가라앉은 아틀란티스 대륙일 것이다. 기원전 400년 전후의 그리스에서 서양철학의 기초를 닦은 플라톤은 기원전 6세기의 정치가 솔론이 이집트 신관으로부터 전해 들은 이야기를 바탕으로 아틀란티스 대륙의 지리와 역사, 문화에 대해 기록하고 있다. 이 아틀란티스 대륙의 이야기는 미국의 이그네이셔스 도널리(Ignatius Donnelly)가 1882년에 발표한 연구서 『아틀란티스』에서 일약 세간의 주목을 받게 된다.

이 부분의 배후에는 하인리히 슐레이만에 의한 1870년 트로이 발견의 충격이 있었기 때문이라고 생각되는데, 슐레이만 자신도 아틀란티스에 대한 중대한 단서를 쥐고 있었다고 하며, 그의 손자인 폴 슐레이만은 1912년에 아틀란티스를 발견했다는 보고를 미국 신문에 발표한 후 소식이 끊겼다.

하이퍼보리아 대륙은 아틀란티스와 마찬가지로 그리스에 전해지는 고대륙으로, 1세기 경에 정리된 프리니우스의 『박물지』, 『만물의 성질』을 보면 스코틀랜드 북부에 위치한 비옥한 낙원 하이퍼보리아에 대한 언급이 있다. 이들 대륙이 반쯤 신화상의 존재였던 데에 비해 태평양의 무 대륙과 인도양의 레무리아 대륙은 19세기 이후에 『발견』된 새로운 것인데, 신지학을 창시한 헬레나 P. 블라바츠키는 아틀란티스에서 잊혀진 센자르어로 쓰여졌으며, 압둘 알하자드가 『네크로노미콘』을 집필할 때 참고로 삼았다고 알려진 『드잔서』에 무 대륙이나 레무리아의 역사가 기술되어 있다고 주장했다.

「잃어버린 대륙」 발견사

연대	사항
기원전 640년	현자 솔론이 이집트의 신관에게서 아틀란티스의 전설을 듣는다.
기원전 350년	플라톤이 「크리티아스」, 「티마이오스」에서 아틀란티스에 대해 언급한다.
19세기 중반	영국의 생물학자 필립 슬레이터, 레무리아 대륙의 개념을 발표.
1868년	제임스 처치워드, 인도의 높은 승려로부터 무 대륙의 기록이 적힌 비문을 보게 된다.
1868년 2월 19일	파리 박물관의 라울 아로넉스 교수가 북위 33도 22부, 서위 16도 17부 지점의 심해에서 아틀란티스 유적을 목격한다.
1878년 5월 11일	무 대륙의 일부가 부상, 살아 있는 석화 미이라가 발견된다.
1912년 10월 20일	폴 슐레이만이 아틀란티스 대륙 발견 보고를 신문에 기고한다.
1920년대	랜돌프 카터, 처치워드와 나아카르어를 공동 연구했다?
1931년	제임스 처치워드, 「잃어버린 무 대륙」 을 발표.
1930년대?	라이오넬 어카트, 「무 대륙의 수수께끼」 를 발표.
1960년대	크툴루 신화 연구가 린 카터에 의해 레무리아의 왕에 관한 전설이 소개된다.
1969년 2월 19일	라이오넬 어카트 실종.

아틀란티스의 이름을 전한 플라톤

제자인 아리스토텔레스와 함께 서구철학의 기초를 만든 플라톤은 그의 저서 속에서 아틀란티스의 전설을 소개하고 있다.

출전 : 라파엘로 『아테네 학당』

하이퍼보리아

Hyperborea

빙하기로 멸망한 위대한 북방 왕국 하이퍼보리아. 부어미사드레스(Voormithadreth) 산의 지하에는 암흑의 신들이 거주하는 영역이 숨어 있다.

● 하이버보리아의 역사와 신앙

하이퍼보리아란 빙하기 이전의 유럽 북방, 그린랜드 주변에 존재한 대륙과 그곳에 번영했던 인류의 왕국의 이름이다. 왕국의 각 도시는 영주로 봉인된 귀족에 의해 통치되었으며, 쟈르나 파줄루 등의 화폐가 유통되는 높은 수준의 상업문화를 자랑하고, 그 최고의 전성기에는 멀리 무 대륙이나 아틀란티스로부터도 공물이 들어왔으며, 바다 건너의 땅과도 활발하게 교역이 이루어졌다.

수도 코모리엄과 가까운 부어미사드레스 산에는 300만 년 전부터 인류에 의해 산속으로 쫓겨나기까지 하이퍼보리아 대륙을 지배한 흉악한 부어미(Voormis) 족이 살고 있으며, 지하에 펼쳐진 광대한 동굴세계에는 그 부어미족을 창조했다는 뱀 인간의 도시나 거미의 신, 아트락 나챠, 차토구아, 압호스 등과 같은 오래된 신들의 거처가 있었다.

하이퍼보리아 왕국에서는 이호운데라는 헤라지카의 여신이 광범위하게 숭배되었으며, 저주스럽고도 탐욕스러운 신 차토구아의 교단은 사교로 규정되어 왕국에서 예배를 금했다. 그러나 이 외우주에서 날아온 『옛 지배자』 차토구아에 대한 신앙은 뿌리가 깊어 악튜러스(Arcturus)를 도는 이중성 키타밀에서 날아와 인류가 나타나기 전부터 하이퍼보리아 대륙에 거주해 온 무정형 생물도 그것을 숭배했다고 한다.

하이퍼보리아의 땅에서 숭배된 신으로 이 밖에도 우즐다로움(Uzuldaroum)에 신전이 있는 달의 여신 레니큐아나 거대한 빙산을 타고 나타난 하얗고 거대한 구더기 모습의 신성 르림 샤이코스 등의 이름이 언급된다.

인류사 초기에 큰 번영을 누리던 하이퍼보리아 왕국은 차토구아의 피를 잇는 부어미족 쿠니거틴 자움(Knygathin Zhaum)의 습격에 의해 수도 코모리엄을 버리게 된 후로 차츰 쇠퇴의 길을 걷기 시작했다. 그 후 지구를 습격한 대빙하기에 의해 결국 멸망하여 대륙은 바다 속으로 가라앉게 된다.

하이퍼보리아의 역사

연대	사항
까마득한 태고	응가이의 암흑세계로부터 차토구아가 하이퍼보리아의 지하에 눌러앉는다. 그 후 처음으로 하이퍼보리아를 지배한 키타밀 성인이 날아온다.
500만 년 전	뱀 인간이 이주하여 과학문명을 바탕으로 번영. 그 후 지하세계로 쫓겨나게 된다.
300만 년 전	차토구아와 연관된 부어미족의 문명이 번창한다. 후에 빙하기의 도래와 인류의 출현에 의해 쇠퇴한다.
100만 년 전~	하이퍼보리아의 수많은 왕국이 크게 번성한다. 수도 코모리엄, 이어지는 제2의 수도 우즐다로움의 시대, 인류는 하이퍼보리아에서 전성기를 맞이한다.
–	마도사 에이본이 토성으로 도망간다. 또한 이호운데의 신앙이 쇠퇴하면서 차토구아의 신앙이 번성한다.
–	움직이는 빙산 이이키르스를 타고 사신 르림 샤이코스가 나타남에 따라 무우 둘란 반도의 각 도시들이 멸망한다.
–	빙하기의 도래와 이어지는 대륙의 수몰에 의해 하이퍼보리아 멸망.

하이퍼보리아의 지도

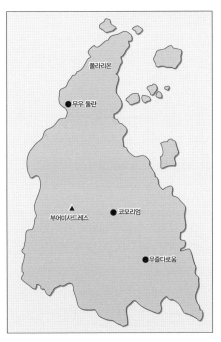

폴라리온

무우 둘란

부어미사드레스

코모리엄

우즐다로움

하이퍼보리아

현재의 그린랜드 가까이에 있었다고 알려진 고대대륙 하이퍼보리아의 지도.
차토구아나 아트락 나챠가 살았다고 알려진 부어미사드레스 산이나 쿠니거틴 자움의 습격에 의해 폐도가 된 코모리엄의 이름이 보인다.

관련항목

- 무 대륙 → No.071
- 그 밖의 존재 → No.024
- 그 밖의 신들 → No.015
- 차토구아 → No.012

무 대륙

Mu

인류의 요람기, 고도의 문명을 발달시킨 남태평양 상의 대륙은 한때 주민들에게 쫓겨난 신의 분노로 인해 하룻밤 사이에 바다 속 깊숙한 곳으로 침몰했다.

● 잃어버린 무 대륙

무 대륙은 수십만 년 전의 남태평양 상에 존재했던 광대한 대륙이다.

3억 년 전 무 대륙은 위대한 크툴루와 그 권속의 지배를 받고 있었다.

별들의 변화와 그에 따른 지각변동으로 고대도시 르뤼에가 수몰되며 위대한 크툴루가 잠에 빠진 후 1억6천만 년 전에 유고스 성인이 도래한다. 그들은 이윽고 무 대륙에서 모습을 감추었으나 야디스 고 산의 지하에 그들이 데려온 『옛 지배자』 과타노차를 남기고 갔다.

그 후 무 대륙에서는 인간의 왕국이 번영하게 되었으며, 아틀란티스나 하이퍼보리아와의 교역으로 번창했으나 결국 지각변동에 의해 수몰되고 말았다.

무 대륙이란 이름은 아틀란티스에서 쓰였다는 『드잔서』나 프리드리히 빌헬름 폰 윤츠의 『무명 제례서』와 같은 극소수 문헌 속에서나 찾아볼 수 있으며, 영국의 퇴역 육군 대령 제임스 처치워드가 인도의 힌두교 사원에 보존되어 있던 점토판 나칼 비문을 해독한 것을 바탕으로 『잃어버린 무 대륙』을 집필하여 1931년에 간행되기까지 인류사에서 오랫동안 잊혀진 이름이었다.

처치워드의 연구는 웨일즈 출신의 퇴역 육군 대령 라이오넬 어카트가 이어받아 그의 저서 『무 대륙의 수수께끼』로 결실을 맺었다. 어카트는 고대의 무 대륙이 안드로메다 성운으로부터 날아온 로이거족에 의해 지배되었다 여기고 처치워드가 저서 속에서 7개의 머리를 가진 사신 나라야나라 언급한 것은 로이거족의 수괴 과타노차라고 주장한다. 그는 또한 무 대륙을 하룻밤 사이에 태평양의 물거품으로 바꾸어 버린 과타노차가 그 후에도 수많은 문명이나 도시를 계속해서 파괴했다고 저서 속에서 경고하고 있다. 어카트는 1969년 2월 19일 체로츠빌 발 워싱턴 행 세스나기(機)를 타고 날아가던 중 소식이 끊겨 지금까지도 행방이 묘연하다.

처치워드 대령이 상상했던 무 대륙의 위치

아틀란티스

하와이

포나페

무대륙

사모아

마케서스

피지

타히티

통가타브

이스터

태평양

뉴질랜드

무 대륙의 흥망

3억5천만 년 전	무 대륙이 태평양 위로 융기한다.
	위대한 크툴루와 그 권속이 조스 성계로부터 날아온다. 무 대륙에 르뤼에를 건설한다.
3억 년 전	지각변동에 의해 무 대륙의 일부가 침몰한다. 르뤼에도 해저에 가라앉고 위대한 크툴루가 잠에 빠진다.
1억6천만 년 전	유고스 성인이 날아온다 ('미고'를 뜻하는 것인지는 불분명함). 야디스고 산에 지하요새를 구축하고 그 깊숙한 곳에 과타노차와 로이거족을 유폐시킨다.
20만 년 전	무 대륙에 인류의 문명이 세워진다. 레무리아, 하이퍼보리아 등과의 교역으로 번영하여 남미에 식민지가 생긴다.
〜	무 대륙에서 위대한 크툴루, 아버지이신 이그, 슈브 니구라스, 과타노차가 숭배된다.
17만5천 년 전	과타노차에 의해 무 대륙이 하룻밤 사이에 수몰된다.

관련항목
● 위대한 크툴루 → No.003
● 르뤼에 → No.067
● 하이퍼보리아 → No.070
● 프리드리히 빌헬름 폰 윤츠 → No.094

●『무명 제례서』 → No.029

레무리아

Lemuria

여우원숭이가 대지를 잇는 인도양의 초 고대대륙. 이 대륙에 불어 닥친 뱀 인간과 인류의 최후의 전쟁 기간은 천 년에 달한다.

● 뱀 인간 종언의 땅

레무리아 대륙은 까마득한 태고에 인도양에 존재했으며, 인류사의 여명기에 있어 인간과 뱀 인간(Serpent People) 사이의 최후의 전쟁의 땅이 되었던 대륙의 이름이다. 바다 속에 가라앉은 지 오래되지 않은 레무리아 대륙의 존재를 처음 알아챈 사람은 19세기 영국의 생물학자 필립 슬레이터이다.

여우원숭이의 일종인 레무르의 분포를 조사하던 중 슬레이터는 기묘한 사실을 깨닫게 된다. 인도네시아나 스리랑카, 수마트라에 분포해 있던 레무르가 멀리 바다 건너 아프리카나 마다가스카르에도 서식하고 있었던 것이다. 이 분포의 특이성을 설명하기 위해 슬레이터는 한때 인도양에 광대한 대륙이 존재했었다는 가설을 제창했다. 이 학설에 독일의 생물학자 에른스트 하인리히 헤켈도 찬동, 그는 이 설을 보다 발전시켜 레무리아야말로 인류 발상의 땅이라고 주장했다.

실제로 존재하던 레무리아 대륙이 인도양 위로 융기한 것은 지금으로부터 50만 년쯤 전의 일이다. 레무리아의 첫 지배자는 빙하기에 돌입하여 쇠퇴한 하이퍼보리아 대륙을 피해 신대륙으로 이주해 온 뱀 인간들이었다.

공룡이 번성하기 한참 전, 페름기에 파충류로부터 진화해 고도의 문명을 세웠던 뱀 인간들은 신천지였던 레무리아 대륙에 강대한 왕국을 세웠으나, 이윽고 심신 모두 충분한 힘을 갖추게 된 인류와 레무리아의 지배권을 두고 격렬한 전쟁을 벌이게 된다.

천 년이라는 오랜 시간에 걸친 전란 끝에 뱀 인간의 왕국은 붕괴했고 그들 대부분이 전쟁 속에서 살해되었다. 어떻게든 살아남은 뱀 인간의 마술사들은 외우주의 신들을 지구로 불러 들이려고 음모를 꾀했으나, 그들의 계획은 모두 인류의 영웅들의 손에 저지당하고 레무리아 대륙은 인류가 지배하는 땅이 되었다. 그 레무리아 대륙도 지금은 인도양 깊은 곳에 가라앉아 인류의 위대한 시대 중 하나가 종언을 고했던 것이다.

루이스 스펜스가 상상했던 레무리아 대륙의 위치

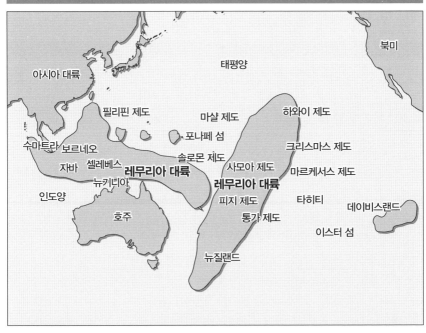

* 북미
* 태평양
* 아시아 대륙
* 필리핀 제도
* 마샬 제도
* 하와이 제도
* 포나페 섬
* 수마트라
* 보르네오
* 크리스마스 제도
* 솔로몬 제도
* 자바
* 셀레베스
* **레무리아 대륙**
* 사모아 제도
* 마르케서스 제도
* 뉴기니아
* **레무리아 대륙**
* 인도양
* 피지 제도
* 타히티
* 데이비스랜드
* 호주
* 통가 제도
* 이스터 섬
* 뉴질랜드

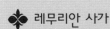 레무리안 사가

『레무리안 사가』는 1967년 간행된 『사신과 싸우는 통고르(Thonger Against god)』로 시작되는 린 카터의 히로익 판타지 소설이다. 크툴루 신화 연구가로서 이름 높은 린 카터는 본디 히로익 판타지의 창작, 평론으로도 유명한 인물이며 J.R.R. 톨킨의 『반지의 제왕』의 가이드북 등도 집필했다. 『레무리안 사가』는 초 고대의 레무리아 대륙을 무대로 강한 전사 통고르가 사악한 파충류인 또는 마도사의 음모에 맞서 싸우는 R.E. 하워드의 『코난』 시리즈에 버금가는 본격 히로익 판타지 소설로, 크툴루 신화의 뱀 인간을 연상시키는 파충류인 『악룡의 왕』이 등장한다. 린 카터 자신은 크툴루 신화와 『레무리안 사가』 사이에 명확한 관련성을 부여하지는 않았으나, 그가 죽은 후 캐오시엄(Chaosium)사(社)에서 출시한 TRPG 『크툴루의 부름(Call of Cthulhu)』 중 뱀 인간의 해설 속에 『악룡의 왕』이 들어가 있다. 이렇게 해서 『레무리안 사가』의 설정 또한 증식하고 진화하는 크툴루 신화체계에 포함되게 된 것이다.

관련항목
* 그 밖의 존재 → No.024
* 하이퍼보리아 → No.070

별들의 세계

The Stars

무지라는 이름의 거짓된 안온을 탐닉하는 인류는 어둠 속에 숨어 별들이 속삭여대는 무한한 악의와 그들이 흩뿌리는 공포에 대해 아무것도 알지 못한다.

● 저편으로부터

『네크로노미콘』이나 『에이본의 서』와 같은 금단의 서적 중에서 희미하게 표현된 이 우주의 진짜 모습은 짙은 어둠 속에서 반짝이는 별들 하나하나가 무한한 악의를 지닌 채 서로를 노려보고 있으며, 은하와 은하 사이에 누워 있는 암흑의 공간을 거칠게 휘감은 혼돈이 절규하며 건너 다니고, 무시무시한 파괴와 멸망을 뿌리는, 마치 거대한 유령의 집과도 비슷한 괴이와 공포로 가득한 세계이다.

밤의 어둠이 인간의 공포를 응축한 것이라고 한다면 끝없는 어둠이 가득 채워진 우주 공간에는 도대체 어느 정도의 공포가 만연해 있는 것일까? 깊고 푸른 바다에 숨어 있는 암흑에 대해서조차 거의 이해하지 못한 우리가 창궁의 건너편에 펼쳐진 시커먼 무한의 진공에 대해 알 수 있는 것은 극히 일부에 지나지 않을 뿐이다. 역사를 통틀어 인류가 지구 이외의 천체에 발자취를 남긴 것은 1969년 7월 20일 아폴로 11호가 유인 월면 착륙에 성공한 이래 단 몇 차례에 불과하며, 우주시대라 불리는 21세기가 되어서도 지구 주변 궤도의 외측까지 나간 인간은 단 한 명도 없다.

● 신들의 황혼

한때 천계에서 전쟁이 있었다고 주장하는 사람들이 있다. 그들에 의하면, 다른 차원에 사는 『외우주의 신』이나 『옛 지배자』라 불리는 사악한 신들이 우주의 패권을 놓고 격렬하게 다투던 중 오리온자리의 일등성 베텔기우스의 오래된 기록 속에서 글루 보(Glyu-Vho)라는 이름으로 불리는 붉은 항성에 사는 선한 신들, 『고대 신』이 이들 이형의 신들을 타도하고 우주의 외측이나 황소자리의 암흑성, 지구의 심해 등에 봉인했다는 것이다. 그러나 지금은 이러한 선악 이원론적인 우주관은 대부분 부정당하고 있다. 신들 대부분은 별들의 변화에 의해 깊은 잠에 빠져 있으며, 기나긴 세월이 흘러 별들이 제자리로 돌아갈 때 그들은 다시 깨어나 우주 지배자의 자리를 되찾게 될 것이라고 한다.

크툴루 신화와 관련된 천체

천체	설명
달	지하에 미고들의 콜로니가 있다.
화성	「화성의 내적인 이집트-인면암」이라 불리는 거석구조물이 존재한다.
수성	까마득한 미래에 「이스의 위대한 종족」이 정신을 전이하게 될 구근형 식물이 살고 있다.
르'직스(L' GY' HX, 천왕성)	「샤가이에서 온 곤충」이 지구에 날아오는 도중에 들렀다.
약쉬(Yaksh, 해왕성)	차토구아의 삼촌 격에 해당하는 흐지울퀴그문즈하가 들른 적이 있다.
포말하우트	「옛 지배자」인 크투가가 사는 남쪽 물고기자리의 항성.
키타밀(Kythamil)	지구에 날아온 차토구아를 숭배하는 부정형 생물의 모성.
샤가이	브리체스터에 도달한 「샤가이에서 온 곤충」의 별. 대규모 변이에 의해 소멸했다.
자이클로틀(Xyclotl)	「샤가이에서 온 곤충」이 노예화한 나무 같은 생물이 살고 있던 행성.
알데바란	「옛 지배자」하스터의 거처인 암흑성은 알데바란 가까이에 있다.
히아데스성단	세라에노를 포함한 오래된 옛 것 하스터가 사는 장소로 알려진 성단.
베텔기우스	「고대 신」이 산다고 알려진 별.
야디스성	고도의 문명을 가지면서도 그 모두는 돌에 의해 멸망된 지적 생명체가 존재했다.
조스성계	위대한 크툴루와 그 권속이 있던 성계.
이스	「이스의 위대한 종족」의 출신지. 「엘트다운 도편본」속에 초은하라는 기록이 있다.

 별들에게 매혹된 소년

『러브크래프트는 대우주를 하나의 거대한 「유령의 집」으로 만들어, 말하자면 현대과학의 발견과 고딕 소설의 풍미를 융합시켰다』라고 하는 것은 히로익 판타지 작가이자 몇 편의 신화 작품도 저술한 리처드 L. 티아니의 평이다.

크툴루 신화라기보다는 그 원천이 되었던 우주적 공포를 창조한 H. P. 러브크래프트는 소년 시절부터 천문학에 흥미를 가졌고, 13세 때 천문학 잡지에 에세이 등을 기고한 조숙한 천문 소년이었다. 그는 하늘 위에 펼쳐진 암흑의 우주공간을 어떤 생각으로 바라보았던 것일까?

러브크래프트가 살았던 20세기 전반기의 시대는 과학의 발달과 발견의 시대이기도 했다. 태양계에서 가장 먼 행성이라고 알려진 명왕성의 발견은 1930년이었는데, 이 가장 먼 행성은 유고스라는 불길한 이름으로 그의 작품 속에 빈번하게 등장한다. 마치 태양계라는 좁고 답답한 정원 속에 우두커니 서 있는, 지구라는 작은 저택에 사는 인간을 위협하는 존재가 소리 없이 들어오는 문처럼 외우주에서 지구로 도래하는 신들이나 사람이 아닌 것들 대부분이 이 태양계에서 가장 먼 행성에 족적을 남기고 있다. 『크툴루 신화』는 우주 규모의 시점을 가짐으로써 광기 넘치는 공포에 당황하는 인간이란 참으로 하찮은 것에 불과하다고 독자들을 냉정하게 절망으로 밀어넣고 있는 것이다.

관련항목
● 「네크로노미콘」→ No.025
● 「에이본 서」→ No.031

달

Moon

항상 한쪽 면만을 보이며 지구의 주위를 도는 신비스러운 위성. 달 뒤편에 숨어 있는 사악함은 꿈속을 계속해서 침식하고 있다.

● Moon Shine

오래전부터 끊임없는 낭만의 대상이었던 지구의 위성, 달.

1969년 7월 20일, 아폴로 11호에 의한 유인 월면 착륙의 성공으로 인해 드디어 인간에게 있어 미지의 땅(테라 인코그니타)이 아니게 된 것처럼 간주되고 있는 달이지만 실제로는 지금도 수없이 많은 비밀을 안고 있어 신비스러움으로 넘치는 장소이다.

무수한 크레이터에 뒤덮여 곰보 같은 얼굴을 드러내고 있는 달의 지하에는 『미고』의 콜로니가 건조되어 있으며, 안데스 산중에 있는 그들의 채굴장에서 전이해 오는 것이 가능하다.

달의 콜로니에는 천 개체 이상의 『미고』와 100명이 넘는 인간 협력자가 체재하고 있으며, 달 표면의 어떤 크레이터 바닥에는 그들이 숭배하는 슈브 니구라스를 모신 제단이 존재한다.

드림랜드에 있어 달은 지상의 달과는 또 다른, 하나의 독립된 작은 세계를 형성하고 있다.

드림랜드의 교역의 중심지인 딜라스 린(Dylath-Leen)에는 지상세계 어느 곳에서도 구할 수 없는 홍옥을 다루는 상인들이 있는데, 이들은 악취가 떠도는 갤리 선을 타고 교역지를 방문한다. 이 수수께끼의 상인들은 일을 마치면 비밀스러운 달의 뒤편에 있는 악취 나는 도시로 돌아가 그들이 모시는 핑크색 촉수가 달린 개구리를 닮은 괴물, 문 비스트에게 황금이나 노예를 바치는 것이다.

달의 뒤편에는 또한 지구의 고양이들이 몰래 방문하는 비밀스러운 영역이 있어 고양이족만의 연회를 열고 있다고 한다. 지구에서 달까지 닿는 커다란 도약에 의해 달 뒤편으로 건너가는 고양이들과 문 비스트 사이에는 증오만이 존재하며, 양자의 충돌이 전쟁으로 발전하는 일도 적지 않다.

이 지구의 고양이들이 유일하게 두려워하는 토성에서 온 고양이도 이 달의 뒤편을 자주 찾는다. 토성에서 온 고양이는 문 비스트와 협정을 맺고 불구대천의 원수인 지구의 고양이에 대해 공동전선을 펴고 있다.

달의 뒤편을 둘러싼 세력

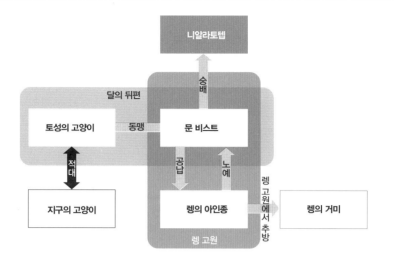

니알라토텝

달의 뒤편

토성의 고양이 — 동맹 — 문 비스트

숭배

적대

공납 노예

지구의 고양이

렝의 아인종

렝 고원에서 추방

렝의 거미

렝 고원

달

지구에서 가장 가까운 천체인 달은 눈에 보이는 위치에 있는 이세계(異世界)이며, 오래전부터 다양한 신화나 전설의 무대가 되었다.

관련항목
- 미고 ―『유고스에서 온 균사체』→ No.022
- 슈브 니구라스 → No.007
- 드림랜드 → No.080

화성

Mars

로마신화에 등장하는 전쟁의 신의 이름을 가진, 지구 바로 바깥쪽을 도는 붉은 별. 지구인의 영혼에 끊이지 않는 낭만이 일게 했던 전쟁의 행성.

● 화성의 인면암

달을 제외하면 지구에서 가장 가까운 거리의 천체인 화성은 까마득한 태고부터 외우주의 존재가 지구로 날아오기 전에 거치는 일종의 전초기지였다.

20세기를 맞이하고 화성이 크게 접근했던 1902년 6월에는 영국의 워킹에, 제2차 세계대전을 목전에 둔 1938년 10월에는 미국의 뉴저지주 트렌튼에 화성에서 사출된 원통형 물체가 각각 낙하하였고, 그 안에서 거미라고 하기에도, 문어라고 하기에도 애매한 기괴한 생물이 나타나 주변에 파괴와 공포를 안기고 군대가 출동하는 소동으로 발전한 사례가 있다.

보스턴의 몽상가 랜돌프 카터는 화성의 지표에 거석건조물의 폐허가 펼쳐진 것을 목격했다고 친구들에게 이야기하고 있다. 그를 포함한 일부 신비학자들 사이에 화성은 시드니아(Cydonia) 지구에 『화성의 내적 이집트』라 불리는 사람의 얼굴을 본뜬 듯한 거대한 건조물이 존재하며, 『은열쇠』에 관한 태고의 장치가 그곳에 있다는 믿음이 깔려 있다. 길이 2.6킬로미터, 폭 2.3킬로미터에 달하는 이 괴이한 구조물은 1976년 7월 화성 탐사기 바이킹 2호에 의해 우연히 촬영되었으며, 고대문명의 유적이 아닌가 하는 억측이 난무했다. 그러나 보다 성능이 뛰어난 기재를 갖춘 화성 탐사기 마스 글로벌 서베이어가 1998년 4월에 다시 한 번 촬영을 시도했을 때 그곳에는 바위산이 존재했던 흔적밖에 남아 있지 않았다.

랜돌프의 대숙부에 해당하는 버지니아의 전 남군 기병대위 존 카터는 남북전쟁 종결 후인 1866년 애리조나의 동굴에서 불가사의하게 실종되었다. 그의 전기작가인 SF작가 에드거 라이스 밸로우즈에 의하면, 존 카터는 15~16년 후 홀연히 귀환하기까지 화성에 체재했다고 한다. 또한 보스턴의 발명가 조나단 맥클러스키는 그가 개발한, 사람의 몸에서 영체를 분리시키는 장치를 사용해 몇 번이나 화성에 간 적이 있다고 주장한다.

스키아파렐리(Giovanni Virginio Schiaparelli)의 화성도

이탈리아의 천문학자 조반니 스키아파렐리가 관측한 화성지표의 홈은 후에 미국의
퍼시벌 로웰(Percival Lowell)에 의해 운하로 규정되었다.

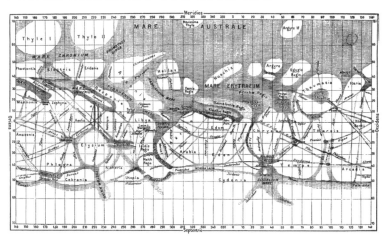

「화성의 내적인 이집트」

『전쟁의 별』
지구의 바깥쪽을 도는 태양계 제4행
성, 화성.
그 붉게 빛나는 모습은 태고로부터
화염과 연관 지어 생각되어 로마신
화의 전쟁의 신 『마르스』의 이름을
부여받았다.

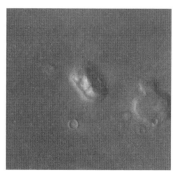

화성의 인면암
1976년 바이킹 2호에 의해 화성의
시드니아 지구에서 촬영된 인면암. 지
적 생명체가 존재하는 흔적이 아닌가
하며 매스컴에서도 활발히 다루었다.

관련항목
● 랜돌프 카터 → No.091
● 이집트→ No.055

토성

Cykranosh

거대한 테를 가진 태양계 제6행성. 차토구아의 일족과 연이 있는 이 별은 인간이 생존하는 것도 가능할 만큼 생명력이 넘치는 행성이다.

● 사이크라노쉬

행성을 둥글게 감는 테가 특징인 토성은 과학적인 탐사 결과 등에 의해 추측되고 있는 것처럼 가스로 가득 찬 행성이 결코 아니라 실제로는 유황 냄새가 나는 산성이 강한 대기가 존재하며, 테두리가 씌인 검은 하늘에는 거대한 세 겹의 테가 눈부신 빛을 발하며 작은 태양과 함께 지상을 비추고 있다.

하이퍼보리아 대륙 북방의 반도 무우 둘란에 있어 『사이크라노쉬』라는 이름으로 알려져 있던 토성에는 광물성 식물이나 균류의 숲, 수은과 비슷한 액화금속의 강이나 호수로 구성된 자연환경이 있으며, 머리 부분과 몸이 일체화된 블렘프로임(Bhlemphroim)족, 날개가 없는 조인(鳥人) 드주히비(Djhibbi)족, 수다쟁이 소인족인 에피그(Ephigh)족, 빛을 두려워해 지하에 사는 글롱그(Ghlongh)족, 머리 부분의 흔적이 남아 있는 이딤(Ydheem)족 같은 여러 종족의 지적 생명체가 서식하고 있다.

이호운데(Yhoundeh)의 신관들에게 쫓겨 차토구아의 힘을 빌어 토성으로 도망친 마도사 에이본은 이호운데의 신관 모르기(Morghi)와 함께 차토구아의 백부에 해당하는 토성의 신 흐지울퀴그문즈하를 알현했다.

참고로, 위대한 크툴루가 권속들을 이끌고 암흑의 조스 성계에서 태양계로 날아올 때, 지구에 도달하기 전에 잠시 이 별에서 날개를 쉬게 했던 모양이다.

●토성의 고양이

드림랜드의 태양계에는 현실의 태양계와 마찬가지로 토성이 존재하는데, 이 토성에서는 때때로 『토성의 고양이』라 불리는 매우 커다란 고양이가 달의 뒤편이나 지구로 날아온다. 고양이라고는 하지만 지구의 고양이처럼 우아하고 아름다운 모습은 아니고 몸이 복잡한 모양을 가진 작은 보석 덩어리로 형성되어 있다. 토성에서 온 고양이는 그들 자신 이외에는 알 방도가 없는 어떤 이유로 지구의 고양이에 대한 적의를 불태우며 고양이끼리의 싸움을 위해 토성과 그 위성에서 지구를 향해 날아오는 것이다.

사이크라노쉬의 생물들

이름	종별	설명
흐지울퀴그문즈하	신	차토구아의 부계 숙부에 해당하는 토성의 신. 온몸이 털로 뒤덮여 있으며, 짧은 다리와 긴 팔을 가지며, 구형 몸통에서는 졸린 표정을 한 얼굴이 거꾸로 매달려 있다.
블렘프로임족	토성인	머리와 몸이 일체화된 고결한 종족. 실리주의자이며 신을 향한 신앙심 따위는 오래 전에 잊었다.
드주히비족	토성인	날개가 없는 조인족. 막힌 곳에서 우주에 대한 명상에 빠져 있다.
에피그족	토성인	버섯의 줄기를 주거지로 삼는 수다쟁이 소인족. 버섯은 금방 무너져 버리기 때문에 항상 새로운 집을 찾고 있다.
글롱그족	토성인	태양과 토성의 테에서 나오는 빛을 두려워하기 때문에 지하에서 결코 모습을 드러내지 않는 수수께끼의 종족.
이딤족	토성인	흐지울퀴그문즈하를 숭배하는 온건한 종족. 마도사 에이본과 신관 모르기는 그들의 비호 하에 들어갔다.
온몸이 비늘로 뒤덮인 괴물	동물	원형 발자국을 남기는 다족생물. 블렘프로임족의 가축.
광물식물	식물	흑요석의 광택을 가진 청자색 선인장을 연상시키는 광물식물.
버섯	식물	블렘프로임족의 주식인 거대한 버섯. 사이크라노쉬에는 다양한 종류의 버섯이 자란다.

토성과 그 위성

거대한 테를 가진 것으로 유명한 토성이지만, 타이탄이나 야누스를 필두로 21개에 달하는 위성이 그 주위를 맴돌고 있는 것도 특징 중 하나일 것이다.

관련항목
●하이퍼보리아→ No.070
●차토구아 → No.012
●위대한 크툴루 → No.003
●드림랜드 → No.080

●달 → No.074

명왕성

Yuggoth

금단의 지식이 적힌 책에는 다른 이름으로 기재되어 있는 태양계 바깥쪽의 왜소한 행성. 외우주로부터 날아온 자들이 날개를 쉬는 태양계의 현관문.

● 암흑성 유고스

1895년에 간행된 저서 『화성』 속에서 화성의 표면을 뒤덮는 운하에 대해 보고하고, 화성인의 존재를 둘러싼 수많은 논의의 계기가 된 미국의 천문학자 퍼시벌 로웰은 또한 태양계의 이미 알려진 행성의 움직임을 통해 해왕성의 바깥을 도는 『행성 X』의 존재를 예측한 인물이기도 하다. 로웰의 사후 14년이 지난 1930년 3월 13일, 그가 1894년 애리조나에 창설한 로웰 천문대의 클라이드 윌리엄 톰보(Clyde William Tombaugh)에 의해 명왕성의 발견이 보고되는데, 기이하게도 그날은 로웰의 생일이었다.

이 태양계 바깥 테두리의 별이 로마신화의 명계의 지배자 플루토에서 연유한 『명왕』이라는 이름을 부여받은 것은 우연이라는 말로는 설명하기 어려운 매우 인과성이 높은 이야기다. 명왕성이야말로 『네크로노미콘』 등 여러 금단의 서적 속에서 『유고스』라는 이름으로 언급되며, 『외우주의 신』 다오로스가 숭배되고 있다는 암흑성에 다름 아니기 때문이다.

고대 무 대륙에 날아와 성지 크나아에 솟은 야디스 고(Yaddith-Gho) 산에 요새를 건설했다고 알려진 유고스 성인은 『옛 지배자』 과타노차를 지구로 데려온 장본인이지만 『유고스에서 온 균사』와의 관계는 현재까지 불명이다.

태양계의 바깥 둘레에서 날아오는 수많은 종족들이 방문하는 명왕성은 태양계의 현관과 같은 역할을 하는 일이 많은 모양인데, 버몬트주의 산악지대에 숨어 사는 균류생물 '미고'나 『옛 지배자』 차토구아의 권속들은 그들이 지구로 날아오기 전에 이 별을 전선기지로 활용했다.

참고로, 아자토스의 후예이자 차토구아의 조부모에 해당하는 자웅동체의 신 크삭스클루트는 일족과 함께 지금도 명왕성에 남아 있는 모양이다.

지구상의 유고스 성인은 그리 오래지 않은 옛날에 이미 멸망해 버렸기 때문에 현재 『명왕성인』, 『유고스 성인』 등으로 불리는 것은 대부분의 경우 '미고'를 가리키는 것으로 생각해도 무방할 것이다.

명왕성의 역사

연대	사항
까마득한 태고	외우주로부터 차토구아와 그 일족이 명왕성에 도착. 잠시 머문 후 사이크라노쉬(토성)로 향한다.
–	이후 『빛나는 트라페조헤드론』이 만들어진다.
쥐라기	미고가 지구에 침공. 『옛 것들』과 교전에 들어가고 『옛 것들』을 북반구에서 구축한다.
20만 년 전	당시 전성기였던 무 대륙에 유고스 성인이 만든 요새가 있었고 그곳에는 유고스에서 날아온 사신 과타노차가 있었다. 무의 주민들은 당시 이 사신에 제물을 바치곤 했다.
1920년대	에드워드 테일러가 브리체스터 교외의 바위산 『악마의 계단』에서 유고스로 향했으나 발광한 상태로 발견되었다.
1927년 11월	버몬트주의 홍수로 '미고'의 사체가 발견된다. 윌머스 교수가 이 사건에 대한 문장을 기고.
1928년	이 즈음에 던위치에서 진행 중이던 음모를 막기 위해 '미고'가 미스카토닉 대학의 교수진과 접촉을 시도했다, 라는 설이 있음.
1928년 5월	윌머스 교수, 버몬트에 거주하는 헨리 에이클리로부터 '미고'에 대한 편지를 받는다.
1928년 8월	버몬트의 에이클리 저택 주변에서 '미고' 및 그 심복들이 수상한 움직임을 보이기 시작한다.
1928년 9월	헨리 에이클리 실종.
1930년 2월 18일	로웰 천문대의 클라이드 톰보에 의해 명왕성이 발견된다.
1937년 3월 14일	'미고'의 하수인이 로드 아일랜드 병원에 침입, 빈사 상태에 있던 젊은 신사의 뇌수를 가지고 사라졌다는 소문.
1961년 9월 19일	힐 부부가 외계인에게 유괴되는 사건이 발생. 이때 목격된 『그레이』 타입의 우주인을 '미고'의 심복이라고 여기는 설이 있다.

명왕성의 발견자들

퍼시벌 로웰
1855년에 메사추세츠주의 보스턴에서 태어난 천문학자. 화성인의 존재를 주장한 것 외에도 명왕성의 존재를 계산을 통해 예측했다.
일본문화의 연구가이기도 했으며, 신도에 관한 저작물이 있다.

클라이드 W. 톰보
1906년에 일리노이주에서 태어났다. 캔자스 대학에서 공부한 후 로웰 천문대의 연구원으로 입소했다. 1930년에 명왕성을 발견한 것으로 알려졌다.

관련항목
- 『네크로노미콘』 → No.025
- 그 밖의 신들 → No.015
- 무 대륙 → No.071
- 미고 –『유고스에서 온 균사체』→ No.022
- 차토구아 → No.012
- 아자토스 → No.004

세라에노

Celaeno

대우주 저편에 솟은 돌로 만들어진 거대한 도서관. 암흑의 신들에 의해 만들어진 도서관에는 『고대 신』 들의 비밀이 잠들어 있다.

● 신들의 대도서관

세라에노는 황소자리 안에 있는 플레이아데스 성단의 항성 중 하나로, 지구로부터는 1,400광년 거리에 있다. 항성이라고는 해도 등급이 7등성 정도로 매우 낮아 지구에서 육안으로 발견하는 것은 어려울지도 모른다.

이 세라에노를 주성으로 삼는 행성계, 금속성 냄새가 짙은 안개에 휩싸인 제4행성 위에는 차가운 회색의 액체를 가득 담은 커다란 호수가 있다.

돌로 만든 부두가 있는 그 근처에는 보는 각도에 따라 금색이나 녹색으로 변하는 검은 돌을 검고 두꺼운 블록으로 쌓아 만들어진 거대한 건물이 서 있다. 정면에 높이 400피트 이상의 거대한 원기둥이 빼곡히 늘어서 있어 흡사 장엄한 신전을 연상시키는 이 건축물이 야말로 『옛 지배자』들이 자신들의 적대자 『고대 신』에게서 훔쳐낸 지식의 모든 것이 담겨 있다고 알려진 세라에노의 대도서관이다.

도서관의 정면 입구를 통과하면 장대한 규모를 자랑하는 커다란 홀이 펼쳐진다. 홀의 사방 벽에는 진열단 같은 관람석이 놓여 있으며, 하나하나의 자리에 갖춰진 책장에는 잊혀진 언어로 기록된 괴이한 책들이 빼곡히 채워져 있다.

세라에노의 대도서관은 황소자리의 알데바란과 가까운 암흑성에 산다고 알려진 『형언하기 어려운 자』 하스터의 지배 지역과 중첩되기 때문에, 이 『옛 지배자』와 적대관계에 있는 위대한 크툴루로부터 쫓기는 자들에게는 긴급 피난 장소로 종종 이용되곤 한다. 아캄의 라반 슈뤄즈베리 박사와 그의 동지였던 5명의 젊은이들이 한때 크툴루의 권속과 『해저인』의 마수에서 벗어나기 위해 일시적으로 세라에노로 피신한 적이 있었다.

슈뤄즈베리 박사는 이 대도서관 속에서 『옛 지배자』에 대항하는 방법을 기술한 커다란 석판을 발견하고 『세라에노 단장』이라는 제목으로 영어로 번역해냈다.

황소자리를 둘러싼 상관도

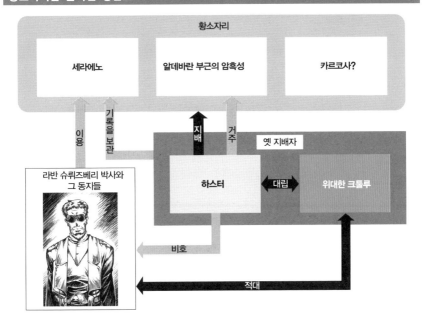

세라에노의 대도서관

세라에노를 둘러싼 행성 중 하나에 있다는 거대한 석조 대도서관. 『고대 신』에게서 빼앗은 자료나 문헌이 소장되어 있다.

관련항목
- 하스터 → No.008
- 위대한 크툴루 → No.003
- 아캄 → No.039
- 라반 슈뤼즈베리 박사 → No.106
- 「해저인」 → No.016
- 「세라에노 단장」 → No.035

카르코사

Carcosa

제정신을 유지한 채로는 결코 다다를 수 없으며, 수많은 이들을 파멸의 운명으로 이끌어 온 이계도시.

● 황색 옷을 입은 왕의 그림자

카르코사는 광기의 희곡 『황색 옷을 입은 왕』의 무대가 되는 이계의 고대도시 이름이다. 카르코사 가까이에 있는 검은 하리 호수 바닥에는 『형언하기 어려운 자』라 불리는 『옛 지배자』 하스터가 문어 같은 몸뚱이를 숨기고 있다고 알려졌으며, 카르코사 그 자체가 하스터의 지배라고 하는 문헌도 있다.

적어도 지구상의 장소는 아니라는 한 가지 사실을 제외하면 카르코사가 이 우주의 어디에 존재하는지에 대해서는 전혀 알려져 있지 않으며, 일설에 의하면 황소자리 한가운데에서 빛나는 붉은 항성 알데바란 가까이의 암흑성이 그것이 아닌가 하는 추측이 있으나 이것을 확인해 본 자는 없다.

카르코사의 땅에 다다르는 가장 빠른 길은 『황색 옷을 입은 왕』을 읽고 광기에 미쳐버리는 것인데, 그 밖에도 방법이 있는 듯하여 아캄 교외의 숲에서 활동했던 마술사 리처드 빌링턴의 하인 크아미스는 카르코사를 방문한 적이 있다 했고, 1940년에 옹가이의 숲에서 실종된 위스콘신 주립대학의 업튼 가드너 교수는 니알라토텝에 의해 카르코사로 끌려갔다고 한다.

참고로, 불확실한 소문에 의하면 뉴욕의 고급 클럽 아포칼립스의 지하 5층에 있는 녹색 문이 카르코사로 이어진다고도 하는데, 진위 여부는 확실하지 않다.

카르코사와 관련된 전설 중 하나로 다음과 같은 것이 있다. 카르코사는 다른 도시를 흡수함으로써 성장하는데, 타락과 황폐의 극에 달한 도시는 이윽고 그에 먹히고 만다는 이야기가 전해진다. 이러한 도시에는 전조로 『진실의 유령(Phantom of Truth)』이 모습을 드러내며, 카르코사에 흡수되기에 합당한지의 여부에 대한 판단을 내린다. 그런 연후에 '황색 옷을 입은 왕'이 강림하면 그 도시는 영원히 카르코사와 융합된다고 한다.

카르코사

황소자리에 있다고 알려진 고대도시 카르코사. 이 땅의 공간은 극도로 일그러져 있으며, 도시의 첨탑을 달이 가로질러 지나가는 괴상한 광경을 볼 수 있다.

 카르코사에 관한 이야기

1842년에 태어난 앰브로즈 비어스는 탁월한 저널리스트, 소설가, 시인이며 특히 『악마의 사전』의 저자로 유명하다. 남북전쟁에 북군의 병사로 참가하여 그 용맹으로 명예 소령까지 승진했으나, 전화에 휘말린 민중의 비참함과 장군들의 추악한 공명심에 대한 목격이 그의 신랄하고 냉소적인 작품의 토대가 되었다고 한다. 1914년 혁명 치하의 멕시코에서 실종되었다. 늙은 몸을 이끌고 혁명군에 가담하다 정부군에게 처형된 것이 아닌가 추측되고 있다. 참고로, 클라크 애쉬튼 스미스는 그의 손자뻘 되는 제자에 해당한다.

카르코사에 관한 이야기의 원류는 비어스이며, 그는 『양치기 하이타』 속에서 하스터를, 『카르코사의 주인』에서 카르코사와 하리를 창조했다. 단, 비어스의 작품 속에서 카르코사는 이세계의 도시가 아니고, 하리는 예언자의 이름으로 등장한다.

로버트 윌리엄 챔버스를 필두로 하는 작가들의 손이 더해지면서 하스터나 카르코사의 신화는 지금과 같은 양상을 띠게 된 것이다.

관련항목
- 하스터 → No.008
- 『황색 옷을 입은 왕』 → No.033
- 아캄 → No.039
- 리처드 빌링턴 → No.100
- 응가이의 숲 → No.045
- 니알라토텝 → No.005

드림랜드

Dream Land

깊은 잠의 바닥 중에서도 가장 아래, 거대한 문을 넘은 끝에 펼쳐지는 드림랜드. 사람이 꿈꾸는 좋은 꿈도, 나쁜 꿈도 이 환상세계 중 하나이다.

● 드림랜드

드림랜드는 사람이 꾸는 꿈의 더욱 깊은 곳에 존재하는 이세계이다. 단지 잠드는 것만으로는 이곳에 다다를 수 없으며, 우선은 얕은 잠 속에서 아래로 향하는 거대한 계단을 찾아내야만 한다. 이 계단을 70계단 내려가서 『불꽃의 신전』으로 향한 후 나슈트(Nasht)와 카만-타(Kaman-Ta)라는 두 명의 신관을 알현하고, 그들의 환송을 받은 뒤 다시 700계단을 내려가면 『깊은 잠의 문』에 도달한다. 그 문을 넘어선 끝에 광대한 드림랜드가 펼쳐져 있는 것이다.

랜돌프 카터를 필두로 드림랜드로 가는 방법을 알고 있는 사람들은 『꿈꾸는 자』라고 불리고 있으며, 그들 중에는 셀레파이스(Celephais)를 통치하는 쿠라네스(Kuraness) 왕과 같이 각성의 세계와는 다른 이름을 가진 자들도 있다.

지구의 드림랜드 이외에도 포말하우트나 알데바란의 반성(伴星)에도 드림랜드가 존재한다고 하는데, 이러한 별개의 드림랜드를 방문하는 것은 극히 어려우며, 그것을 시도하여 생환한 사람은 오직 세 명뿐이다. 그것도 그중 한 명인 쿠라네스 왕을 제외한 두 명은 완전히 미쳐 있었다고 한다.

드림랜드에서는 셀레파이스나 딜라스 린(Dylath-Leen)과 같은 수많은 도시가 번성하고 있으며, 드림랜드에서 나고 자란 많은 사람들이 생활하고 있다. 이들 도시의 문명은 산업혁명 이전의 시대를 연상시키는 수준이다. 드림랜드의 자연환경이나 기후 등은 각성의 세계와 크게 다르지 않지만, 공중에 도시가 떠 있고 별과 별 사이를 갤리 선이 오가며, 사람의 말을 이해하는 고양이나 이 세상의 것이 아닌 괴생물체가 수없이 서식하고 있는 것으로 미루어, 이곳이 사람의 지식으로 이해할 수 있는 자연과학의 법칙에 매이지 않는 꿈속의 세계라는 것을 강하게 느끼게 해 준다.

드림랜드의 인간 대부분은 『대지의 신들(Great One)』이라 불리는 지구의 신들을 숭배하고 있다. 『외우주의 신』이나 『옛 지배자』들 만큼의 힘을 가지고 있지는 못한 『대지의 신들』은 드림랜드의 북방에 솟은 얼어붙은 카다스의 궁전에 살고 있으며, 니알라토텝과 노덴스가 각각 그들을 자신의 비호 아래 두고 있다.

드림랜드로 가는 길

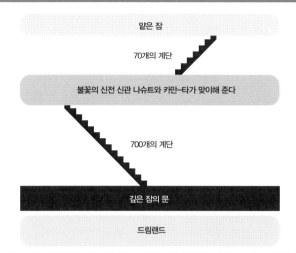

얕은 잠

70개의 계단

불꽃의 신전 신관 나슈트와 카만-타가 맞이해 준다

700개의 계단

깊은 잠의 문

드림랜드

드림랜드의 지도

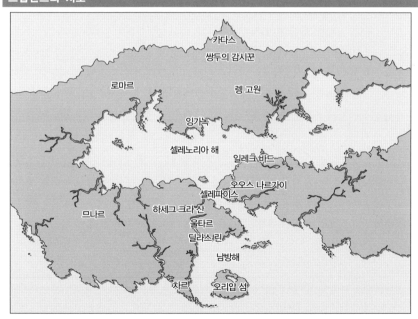

관련항목
- ●랜돌프 카터 → No.091
- ●셀레파이스 → No.082
- ●카다스 → No.081
- ●니알라토텝 → No.005

- ●노덴스 → No.013

카다스

Kadath

『대지의 신들』이 거주하는 전설의 땅, 얼어붙은 황야에 있는 미지의 카다스. 그 소재는 커다란 수수께끼이며, 문헌의 비밀을 풀어 봐도 확실한 기록은 존재하지 않는다.

● 신들이 사는 장소

얼어붙은 황야에 있는 미지의 카다스는 드림랜드의 주민들의 숭배를 받는 『대지의 신들』이 거처로 삼는 거대한 오닉스(Onyx: 마노)의 성이 솟은 시커먼 산이다.

압둘 알하자드는 『네크로노미콘』 속에서 카다스라는 땅이 렝 고원의 경우와 마찬가지로 중앙아시아에 위치한 장소라고 기록했으나, 전승에 통달한 자들 사이에는 우주 어딘가의 별에 속하는 드림랜드야말로 카다스가 있는 곳이라고 여겨지는 모양이다.

지구의 드림랜드에서 카다스를 찾아 헤매던 랜돌프 카터는 『대지의 신들』이 인간의 모습으로 변해 인간의 마을을 찾아 아내를 맞이한다는 전설을 통해 카다스 부근에는 『대지의 신들』의 피를 잇고 그들 용모의 특징인 길고 가는 눈, 귓불이 긴 귀, 얇은 코, 뾰족한 턱을 가진 사람들이 사는 마을이 있을 거라고 생각했다. 그리고 탐색 끝에 렝 고원 근처의 빛이 희박한 한랭지에서 신들의 후예가 거주하는 잉가녹(Inganok)을 찾아낸 것이다.

오닉스 바위 덩어리로 만들어진 잉가녹은 구근형의 둥근 지붕과 독특한 형태의 첨탑이 솟아오른 아름답고도 괴이한 모습의 낡은 도시이다. 도시 전체가 검은색으로 통일되어 있으며, 금을 상감한 소용돌이 장식, 가로 줄무늬 장식, 당초 장식으로 꾸며져 있다. 하나같이 높이가 높은 건물의 아름다운 창문에는 균일하게 정돈된 어둠을 지닌 모양이나 꽃이 새겨져 있다. 도시 주변에는 수많은 채석장이 있으며, 오닉스의 거대한 덩어리가 그곳에서 잘리고 연마되어, 검은 배를 통해 셀레파이스를 비롯한 드림랜드의 많은 도시를 향해 운반됨으로써 비취 조각이나 금실, 지저귀는 붉고 작은 새 같은 아름다운 물건과 교환되곤 한다.

잉콰노크의 북부에 위치한 산맥에는 삼각형 왕관을 쓴 머리가 두 개 달린 거대한 괴물의 모습을 한 산이 침입자를 가로막고자 높이 솟아올라 있다. 그리고 그것을 넘어가게 되면, 오닉스의 성이 솟은 신들이 거주하는 산, 얼어붙은 황야에 위치한 미지의 카다스가 숨겨 두었던 위용을 드러낸다.

카다스에 거주하는 『대지의 신들』

은그라넥 산의 중턱에 새겨진 것과 같이 길고 가는 눈, 귓불이 긴 귀, 얕은 코, 뾰족한 턱을 가진 『대지의 신들』은 카다스의 궁전에 살고 있다.

얼어붙은 황야에 있는 미지의 카다스

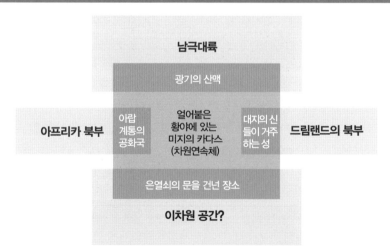

남극대륙

광기의 산맥

아프리카 북부 | 아랍 계통의 공화국 | 얼어붙은 황야에 있는 미지의 카다스 (차원연속체) | 대지의 신들이 거주하는 성 | 드림랜드의 북부

은열쇠의 문을 건넌 장소

이차원 공간?

관련항목

●압둘 알하자드 → No.088
●『네크로노미콘』 → No.025
●렝 고원 → No.060
●드림랜드 → No.080

●랜돌프 카터 → No.091
●셀레파이스 → No.082

173

셀레파이스

Celephais

깊은 잠의 문을 지난 저편, 오오스 나르가이의 계곡에서 조물주이신 왕을 기다리는, 천 개의 탑이 늘어선 장엄한 광명의 도시.

● 바다와 하늘이 만나는 장소

셀레파이스는 드림랜드 타나르 구릉의 저편, 오오스 나르가이(Ooth-Nargai)의 계곡에 있는 천 개의 탑이 늘어선 장엄한 도시로 나스 호르타스라는 신을 믿는 신앙이 널리 퍼져있는데, 터키석으로 만들어진 신전에는 만 년도 더 이전부터 늘어나지도 줄어들지도 않는 난의 화관을 쓴 80명의 신관들이 그를 모시고 있다.

잉가녹에서 생산된 아름다운 오닉스로 포장된 셀레파이스의 거리에서는 이 도시의 주민들뿐 아니라 드림랜드의 다양한 토지에서 찾아온 행상인이나 선원 등 색다른 사람들의 모습도 발견할 수 있다.

셀레파이스에서는 항구에 정박한 금색 갤리 선에 탑승하여 하늘로 이어지는 셀레넬 해(Cerenian Sea)로부터 대리석으로 만들어진 구름의 도시 셀라니안(Cerenian)에 갈 수도 있다. 이 셀라니안과 셀레파이스를 포함하는 오오스 나르가이 부근의 영역을 지배하는 것은 런던에 거주하던 어느 '꿈꾸는 자'인데 랜돌프 카터와도 교우관계가 있었다고 한다. 드림랜드에서는 쿠라네스(Kuranes)라는 이름으로 알려진 왕이다. 청동의 조각상이 세워져 있는 셀레파이스의 대리석 대문으로 이어지는 나라쿠사 강에 놓인 나무 다리에서는 까마득히 오래전에 그가 새겨 넣은 이름을 찾아낼 수 있을 것이다. 드림랜드에서는 꿈꾸는 자가 꿈속에서 상상한 좋은 꿈이 모든 존재를 창조한다. 셀레파이스와 셀라니안 또한 쿠라네스가 꿈꾸었던 도시이다. 그야말로 오오스 나르가이의 계곡의 왕이며, 주신이며, 조물주(데미우르고스, Demiourgos)인 것이다.

현실세계의 쿠라네스는 이미 고인이 되어 버렸고, 그의 유해는 멀리 바다 거너 인스머스의 바닷가 바위지대 근처에서 발견되었다고 한다. 그토록 꿈꾸었던 도시의, 『70가지 환희의 궁전』의 옥좌에 자리한 그의 치세는 미래 영겁까지 계속될 것이 약속되어 있음에도 불구하고 약속의 땅에서 그가 마지막으로 바랐던 것은 고향 콘 월의 풍경이었다. 쿠라네스는 현재 도시 주변의 해안이나 계곡에 고향을 연상시키는 어촌이나 수도원을 건설하여 추억에 둘러싸인 채 살아가고 있다.

셀레파이스의 도시

오오스 나르가이의 계곡에 있는, 드림랜드에서 가장 아름다운 도시. 그것이 셀레파이스이다. 이 도시는 쿠라네스에 의해 창조되어 쿠라네스가 영원토록 통치한다.

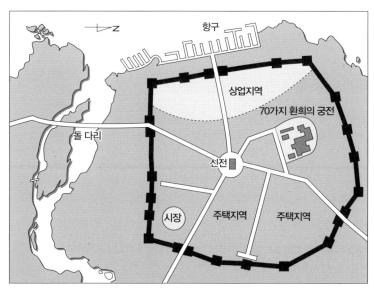

셀레파이스의 도시

셀레파이스의 대리석 성벽과 그곳에 숨어 있는 거대한 돌 다리. 나라쿠사 강을 작은 배들이 지나고 있다.

관련항목

●드림랜드 → No.080
●랜돌프 카터 → No.091
●인스머스 → No.041

울타르

Ulthar

스핑크스의 언어를 이해하고 스핑크스보다 나이를 더 많이 먹었으며, 스핑크스가 잊어버린 것을 기억하고 있는 고양이. 고양이를 죽이는 자에게 재앙 있으라.

● 고양이를 죽여선 안 되는 마을

드림랜드의 입구인 『깊은 잠의 문』을 지나 마법의 숲을 통과하여 스카이 강을 따라 걷노라면, 커다란 돌다리 끝에 고풍스런 뾰족지붕이 이어지고, 여기저기 고양이의 모습을 볼 수 있는 오래된 마을, 울타르가 있다. 이 마을은 각 도시와 활발하게 교역하고 있어 드림랜드 유수의 무역도시인 딜라스 린에서도 상인들이 무리를 지어 찾아온다.

울타르의 현자 바르자이는 『대지의 신들』을 신봉하는 언덕 꼭대기의 작은 신전에 보관되어 있는 『나코트 사본』, 『산(瓦山)의 일곱 비밀 성전(The Sever Cryptical Books of Hsan)』 등의 고문헌을 통해 한때 하세그 크라(Hatheg-Kla) 산을 거처로 삼았던 『대지의 신들』이 달이 빛나는 밤이 되면 구름의 배를 타고 이 산을 방문하여 연회를 열어 소란스레 춤추고 논다는 것을 알고, 신의 얼굴을 한 번 보고자 제자인 신관 아타르(Atal)를 데리고 산스(Sansu)의 시대 이래 인간이 오른 적 없는 영봉에 도전했다. 홀로 살아 돌아와서 현재 신전을 맡게 된 아타르는 『대지의 신』들을 수호하는 변신의 분노를 사 바르자이가 목숨을 잃었을 때의 모습을 전하고 있는데, 미치광이 아랍인이 저술한 『네크로노미콘』의 기술에 의하면, 바르자이는 하세그 크라의 산 정상에서 『바르자이의 언월도(Schimatar of Barzai)』라는 신검을 제련하고 있었다고 한다.

울타르는 또한 고양이를 죽여서는 안 된다는 기묘한 법률로 알려진 마을이다. 한때 근처의 고양이를 함정에 빠뜨려 지독히도 잔혹한 방법으로 죽이는 것을 즐겼던 소작농 노부부가 남쪽 땅에서 상인 무리에 섞여 온 메네스라는 소년이 귀여워했던 작고 검은 새끼고양이를 죽였는데, 사건의 진상을 알고 태양에 기도를 올린 소년이 이 마을을 떠난 지 얼마 지나지 않아 그 노부부는 무참한 최후를 맞이했다고 전해지며, 그 후 고양이의 살해를 금지하는 법률이 제정되었다.

현재 울타르에는 고양이의 신전이 세워져 있으며, 랜돌프 카터의 친구였던 늙은 장군 고양이가 고양이들을 통솔하여 마법의 숲 즈구(Zgoogs)족이나 토성의 고양이와 같은 적대종족과 때때로 전쟁을 벌이고 있다.

울타르의 위치

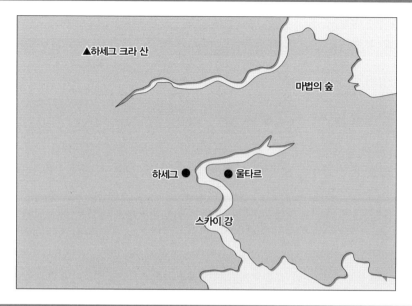

▲하세그 크라 산

마법의 숲

하세그 ●　● 울타르

스카이 강

울타르

울타르는 『고양이를 죽여선 안 된다』는 법률로 알려져 있다. 이 때문에 수많은 고양이들이 모여들어 드림랜드에서 고양이들의 거점이 되고 있다.

므나르

Mnar

선주생물의 저주에 의해 하룻밤 사이에 멸망한 광업도시 사르나스(Sarnath). 그 재앙에 관한 소문은 지금도 여전히 행상인이나 여행자들 사이에서 작은 목소리로 전해지고 있다.

● 재앙의 도시 사르나스

므나르는 드림랜드의 어떤 지역의 이름이며, 끝 부분이 깨진 오망성 형태를 새겨 넣은, 오래된 옛 것들이나 『외우주의 신』의 힘에 대항하기 위한 부적으로 종종 이용되는 회백색 돌의 산지로 알려져 있다.

아이 강을 따라 거슬러 올라간 검은 머리의 유목 민족들이 개척을 시작하여 투울라(Thraa), 이라네크(Ilarnek), 카다테론(Kadatheron) 같은 마을을 건설했다. 이 유목 민족들 중에서도 특출하게 강건했던 부족이 므나르 호반의 귀금속 광석지대 근처에 사르나스라는 마을을 건설했을 때, 그 부근에는 방첨탑이 늘어선 이브라는 이름의 회백색 돌로 만들어진 마을이 존재했다.

이브의 주민들은 녹색 몸을 가진 물고기 같은 풍모를 지닌 생물로, 거대한 수생 도마뱀 보크라그(Bokrug)를 본뜬 녹색 조각상을 숭배했다. 그 선주생물의 기괴한 모습에 일방적인 혐오감을 품게 된 사르나스 사람들은 그들을 남김없이 죽여 버릴 목적으로 전쟁을 시작하여 이브의 마을을 철저히 파괴했다.

그 후 일라르넥(Ilarnek)과의 사이에 상인들을 위한 길이 정비되고, 광산에서 채굴되는 귀금속의 교역에 의해 사르나스는 5천만이 넘는 주민이 거주하는 거대도시로 발전, 수많은 궁전과 탑이 빼곡히 들어서고, 아름다운 정원이나 주신인 조-카랄(Zo-Kalar)을 비롯한 타마쉬(Tamash), 로본(Lobon) 등의 신들에게 바치는 17개의 신전이 세워졌다.

전성기에는 므나르 전토뿐 아니라 그 근처의 땅까지 지배하는 도시가 된 사르나스였으나, 이브 몰락 천 년을 기념하는 축하연 도중 왕후 귀족들 모두가 그들이 천 년 전에 완전히 멸망시킨 녹색 수생생물로 변이하는 바람에 불어 닥친 광란 속에서 사르나스 도시 전체가 므나르 호수 속으로 가라앉아 버렸다고 한다. 현재 사르나스는 멸망한 재앙의 도시로서만 그 이름이 알려져 한때 세계의 경이라고까지 불렸던 도시의 옛 터에는 녹색 도마뱀이 기어 다니는 습지대만 남아 있을 뿐이다.

므나르 지방의 지도

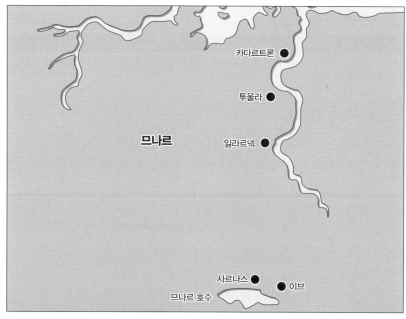

카다르트론 ●

투울라 ●

므나르

일라르넥 ●

사르나스 ● ● 이브
므나르 호수

보크라그의 돌비석

보크라그의 돌비석

태곳적 이브의 도시에서 인간이 아닌 주민들에 의해 보크라그의 돌비석이 숭배되고 있었다. 이브 붕괴 후에는 드림랜드에서도 보크라그를 숭배하는 자들은 사라지고 말았다.

관련항목
● 드림랜드 → No.080

179

은그라넥 산
Mauntain Ngranek

『대지의 신들』이 스스로의 용모를 그 중턱에 새겨 넣은 산은 나이트 건트의 무리가 엄중하게 수호하는 금단의 성지였다.

● 신들의 용안

은그라넥 산은 드림랜드 유수의 무역항인 딜라스 린에서 남방해를 건너 열흘 정도 남하한 곳에 떠 있는 오리압(Oriab) 섬의 항구마을 바하르나(Baharna)에서 다시 얼룩말을 타고 이틀을 더 달린 곳에 솟아오른 표고 만 미터 정도의 휴화산이다.

한때 대지의 신들은 하세그 마을 돌의 황야 한참 저편에 솟아오른 영봉 하세그 크라에 살고 있어, 그 꼭대기나 달이 창백한 안개에 뒤덮이는 밤에는 구름의 배를 탄 대지의 신들이 그곳을 방문하여, 예전에 이 산에서 살았던 오래된 과거를 추억하며 춤추고 즐겼다고 한다.

인간을 피하기 위해 카다스의 장엄한 석양의 도시에서 살기로 결정한 신들은 하세그 크라 산을 뒤로할 때 모든 흔적을 지웠는데, 단 한 가지 은그라넥 산의 암벽에 새겨 넣은 스스로의 모습들만은 그대로 남겨 두었다.

미지의 카다스를 찾아 헤매며 여행하던 랜돌프 카터는 은그라넥 산 남쪽 중턱에서 발견한 대지의 신들의 얼굴로부터 그들의 핏줄을 이어받은 사람들이 살고 있다는 오닉스로 지어진 도시 잉가녹을 찾아내 카다스에 다다르기 위한 단서를 얻었다고 한다.

은그라넥 산은 얼굴 없는 나이트 건트들의 서식지이며, 그들의 수호를 받는 성스러운 장소이다. 부주의하게 이 산에 다가선 인간은 소리 없이 다가오는 나이트 건트들에게 붙잡힌 채 지하세계로 끌려가 거대한 돌족과 구울들의 거처인 나스 계곡에 남겨지게 되는 것이다.

약한 『대지의 신』들을 보호 하에 두는 니알라토텝과 나이트 건트의 주인인 『위대한 심연의 대제』 노덴스는 적대관계에 있으나, 대지의 신들을 호기심 왕성한 인간으로부터 지킨다는 점에 있어 양자의 이해는 드물게도 일치했던 모양이다.

『대지의 신들』의 용안

『대지의 신들』이 카다스로 모습을 감추고부터 그들이 존재했던 증거가 되는 것은 은그라넥 산에 조각된 그 얼굴의 모습들뿐이다.

오리압 섬

오리압 섬

● 바하르나

야스 호수

▲
은그라넥 산

관련항목

- 나이트 건트 → No.023
- 드림랜드 → No.080
- 카다스 → No.081
- 랜돌프 카터 → No.091
- 노덴스 → No.013
- 니알라토텝 → No.005
- 구울 → No.020

『하스터 신화』에 대해서

어거스트 덜레스의 연작 『크툴루의 실마리(the Trail of Cthulhu)』 등의 작품들을 통해 크툴루의 적대자로 알려진 『옛 지배자』 하스터이나, 사실 이 신성은 원래 러브크래프트 스쿨 주변에서 도입된 존재가 아니었다.

하스터라는 존재에 대해 처음으로 언급한 것은 미국의 작가 앰브로즈 비어스(Ambrose Bierce)이다. 그의 『양치기 하이타(Haita the Shepherd)』 라는 단편 속에서 양치기들의 온후한 신으로 하스터가 등장한 것이다.

그 후 로버트 챔버스의 소설에 등장한 하스터는 비어스의 그것으로부터 크게 변화하게 된다. 챔버스의 『황색 옷을 입은 왕』 이라는 단편집에서 그려지는 수수께끼의 하스터는 도시의 이름처럼 암시되지만 신 또는 사람의 이름으로 해석할 여지도 남겨져 있었다. 러브크래프트가 하스터에 대해 언급한 것은 『어둠 속에서 속삭이는 자』 가 최초이지만, 여기서도 하스터는 '유고스에서 온 균사' 인 미고와 대립하는 수수께끼의 존재로 암시될 뿐이고, 황소자리에 몸을 숨긴 『형언하기 어려운 자』 의 이미지와는 거리가 멀었다.

현재 잘 알려진 하스터의 이미지를 확립시킨 것은 어거스트 덜레스이다. 『어둠 속에서 속삭이는 자』 에 감명을 받은 그는 러브크래프트에게 보낸 편지 속에서 그가 쓴 작품의 총칭을 『하스터 신화』 라고 하면 어떨까 하고 제안했다. 그러나 러브크래프트는 자신은 비어스나 챔버스보다 던세이니나 메켄으로부터 영향을 받았다면서 덜레스의 제안을 거절했다(참고로, 크툴루 신화의 팬들 사이에서도 때때로 간과되기 쉬우나, 덜레스와 러브크래프트가 직접 얼굴을 마주한 적은 한 번도 없다).

그러나 『하스터 신화』 에 미련이 남았던 것일까? 1931년 덜레스는 스콜라와의 합작인 『잠복하는 자(Lair of Star spawn)』 속에서 하리 호수에 봉인된 하스터라는 설정을 제시하고 있다. 『옛 지배자』 하스터가 등장한 순간이다.

게다가 1939년 발표된 『하스터의 귀환(The Return of Hastur)』 에서 덜레스는 하스터와 크툴루의 대립관계를 도입한다. 『하스터의 귀환』은 발표 자체는 늦었지만 집필은 이미 오래전에 이루어진 듯하여 러브크래프트도 읽고 나서 높이 평가했다고 전해진다.

참고로, 덜레스와 같은 시기에 또 하스터가 등장하는 작품을 쓴 작가가 『임종의 간호(The Death Watch)』 의 저자 휴 B. 케이브(Hugh B. Cave)이다. 인터뷰 등에 의하면, 그 자신은 『비어스와 챔버스의 영향을 받았다』고 언급하고 있지만, 러브크래프트와 편지를 주고받던 시절도 있어 니알라토텝을 작품 속에 등장시키기도 했다.

러브크래프트가 죽은 후 그의 작품을 체계화시키는 작업에 착수한 덜레스는 『하스터 신화』 를 대신해서 『크툴루 신화』 라는 단어를 창조하고 그 보급에 힘썼으나, 그가 구상했던 하스터 신화는 그의 작품을 통해 꾸준히 살아 숨쉬며 사후에도 다양한 작가들에 의해 하스터의 새로운 신화가 쓰여지고 있다.

제 4 장
영겁의 탐구

탐구와 그 대가

Sacrifice for Study

아는 것은 힘이라지만 도를 지나친 지식은 때때로 광기를 부른다. 대가 없이 무언가를 얻는 것은 불가능하며, 그에 대한 속죄는 항상 돌이킬 수 없을 정도의 응보를 요구한다.

● 금단의 지식에 손을 댄 자들의 말로

크툴루 신화에서 언급되는 존재가 안겨 주는 공포의 그림자는 근처에 불온한 소문이 들리는 아주 낡은 저택이나 밖에서 오는 이를 거부하며 일족들끼리만 모여 사는 폐쇄적인 촌락, 수수께끼의 고대 거석 유물, 빛이 없는 깊은 심연의 바닥 등 누가 봐도 수상한 곳뿐만 있는 것은 아니다.

예를 들면, 사람과 마주치는 것을 꺼리는 옆집 사람이나 길모퉁이에서 간혹 들려오는 바이올린의 선율, 매주 같은 요일, 같은 시간이 되면 노이즈가 심해지는 라디오 방송, 어린 시절의 기억의 기묘한 결손 등과 같은 일상 속의 작은 일그러짐 속에야말로 우주적 공포의 미세한 단편이 숨어 있는 경우가 있다.

이러한 사소한 일들의 축적이 어느 순간 인간의 뇌리에서 유기적으로 연결되어 선명한 모습을 그려내는 순간이 찾아오는데, 우주의 비밀로 이어지는 문은 대개의 경우 이처럼 소리도 없이 열린다. 호기심이나 모험심 같은 인간 특유의 정신의 움직임에 의해 무방비 상태로 그곳에 들어가 버린 인간이 마지막으로 도달하는 곳은 대체로 비참한 말로와 피할 수 없는 죽음이라는 2인조가 기다리는 종착역뿐이다. 그들 대부분은 학문을 깊이 연구하기 위해 금기로 여겨지는 영역의 지식에 너무 깊이 발을 들여 버린 작가들이나, 이름도 모르는 먼 땅의 혈연에게서 어느 날 갑자기 유산을 물려받은 상속자인 경우가 많다.

크툴루 교단과의 투쟁에 생애를 바친 미스카토닉주 아캄의 라반 슈뤼즈베리 박사는 동인도제도의 태고 생물에 대한 발표를 하겠다고 선언하고서 얼마 지나지 않아 익사체가 되어 테임즈 강에서 끌어올려진 영국의 학자나, 호주의 서부에서 검은 돌기둥을 발견한 직후 사고로 죽은 고고학자, 괴기소설의 형태를 빌려 『외우주의 신』이나 『옛 지배자』들을 숭배하는 신앙에 대해 상세히 기술한 후 태고의 시대에 있었던 기이한 병에 걸려 타계한 소설가 등을 예로 들면서 금단의 지식에 손을 대고 만 자들 앞에 기다리는 운명에 대해 언급하고 있다.

파멸로 향하는 길

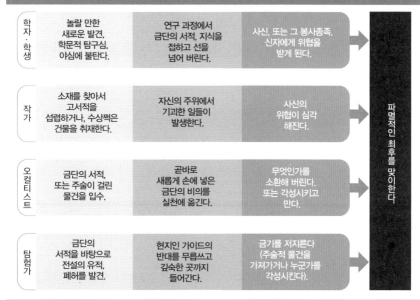

학자·학생	놀랄 만한 새로운 발견, 학문적 탐구심, 야심에 불탄다.	연구 과정에서 금단의 서적, 지식을 접하고 선을 넘어 버린다.	사신, 또는 그 봉사종족, 신자에게 위협을 받게 된다.	
작가	소재를 찾아서 고서적을 섭렵하거나, 수상쩍은 건물을 취재한다.	자신의 주위에서 기괴한 일들이 발생한다.	사신의 위협이 심각 해진다.	파멸적인 최후를 맞이한다.
오컬티스트	금단의 서적, 또는 주술이 걸린 물건을 입수.	곧바로 새롭게 손에 넣은 금단의 비의를 실천에 옮긴다.	무엇인가를 소환해 버린다. 또는 각성시키고 만다.	
탐험가	금단의 서적을 바탕으로 전설의 유적, 폐허를 발견.	현지인 가이드의 반대를 무릅쓰고 깊숙한 곳까지 들어간다.	금기를 저지른다 (주술적 물건을 가져가거나 누군가를 각성시킨다).	

✤ 금단의 지식에 손을 댄 자들

크툴루 신화의 세계에 있어 인간사회와 사신들이 숨어 있는 암흑의 영역은 인접한 장소에 있다. 사신의 희생자 대부분은 우연히 저편의 경계를 넘어 이차원(異次元)의 영역에 발을 들여 버린 자들인데, 그중에는 사신의 먹이가 될 것을 자청하는 자들도 있다. 여기서는 신화작품에서 몇 가지 예를 들어 보자.

지식을 원하는 학자나 학생들은 발을 들여서는 안 되는 선을 넘어서는 유혹을 이기지 못하고 사신의 함정에 빠지는 일이 많다. 그 전형적인 예가 H. P. 러브크래프트의 『크툴루의 부름(The Call of Cthulhu)』, 『마녀의 집의 꿈(The Dreams in the Witch House)』 등의 작품이다. 러브크래프트의 동업자인 괴기작가들도 사신들의 함정에 빠지기 쉬운 듯, 러브크래프트의 『어둠 속을 방황하는 자(The Haunter of The Dark)』나 F.B. 롱의 『섭식하는 자(The Space Eaters)』가 그러한 소재를 다루고 있다.

롱의 또 다른 작품인 『틴달로스의 사냥개(The Hounds of Tindalos)』나 C.A. 스미스의 『우보 사틀라(Ubbo-Sathla)』에 등장하는 것과 같은 신비학자, 로버트 블록의 『얼굴 없는 신(The Faceless God)』과 『암흑의 파라오의 신전(Fane of the Black Pharaoh)』에 등장하는 탐험가 또한 사신의 그럴듯한 먹잇감이다.

관련항목
- 크툴루 신화 → No.001
- 아캄 → No.039
- 라반 슈뤼즈베리 박사 → No.106

하워드 필립스 러브크래프트

Howard Philips Lovecraft

에드거 앨런 포우의 뒤를 잇는 환상과 괴기의 대가. 지구와 그것을 둘러싼 우주의 모습을 고하는 암흑신화의 전도자.

● I AM PROVIDENCE

20세기 미국 최대의 괴기소설가라 불리는 하워드 필립스 러브크래프트는 1890년 8월 20일 로드아일랜드주 프로비던스에서 태어났다. 식민지 시대의 화려한 기억이 남아 있는 뉴잉글랜드 지방의 전통을 중시하는 기풍 속에서 자라며 그 풍토를 더없이 사랑한 러브크래프트는 또한 밤마다 망원경으로 하늘을 올려다보는 천문학 소년이기도 했다.

인문학과 자연과학 양쪽에 모두 흥미를 가지고 유년기부터 문필활동에서 기쁨을 느낀 그는 10대 때부터 잡지에 칼럼이나 기사를 싣곤 했다.

러브크래프트가 『위어드 테일즈(Weird Tales)』 등의 펄프 매거진에서 괴기소설을 발표하게 된 것은 1920년대 이후의 일이다. 그의 작품 대부분은 인류 탄생 이전의 지구와 우주를 지배하던 신들의 존재에 관해 폭로하는 것으로, 러브크래프트를 찰스 포트(Charles Fort)와 같은 일종의 경고자였다고 보는 시각도 적지 않다. 참고로, 러브크래프트가 3세 때 정신 이상을 일으킨 부친 윈필드는 혁명 전야의 프랑스에서 암약했던 칼리오스트로 백작(Alessandro di Cagliostro)이 각지에 설립한 이집트 프리메이슨의 회원이었다.

이 결사에는 『네크로노미콘』과 모종의 관계가 있다는 소문이 떠도는 『키타브 마니알 나프스』라는 이름의 비의서가 전해지고 있으며, 이를 접한 윈필드에게서 그의 아들로 금단의 지식이 전해졌을 가능성이 지적되고 있다.

러브크래프트가 그리는 우주적 공포(Cosmic Horror)는 과학 기술에 대한 깊은 조예가 뒷받침되면서 독자들뿐 아니라 동업자들 사이에서도 열광적인 신봉자를 낳았다. 러브크래프트는 이러한 사람들과 열심히 편지를 주고받으며 문장 첨삭 등의 창작 지원을 했기 때문에 이런 편지 연락을 주고받았던 그룹을 『러브크래프트 스쿨(Lovecraftian School)』이라고도 부른다.

남극의 금단의 황야에 대해 언급한 장편소설 『광기의 산맥(At the Mountains of Madness)』을 완성한 1937년 러브크래프트는 46세의 젊은 나이에 지구상에서 사라진 것으로 알려져 있던 기묘한 병에 걸려 사망했다.

하워드 필립스 러브크래프트

H. P. 러브크래프트

후세에 영향을 미친 위인들의 예처럼 생전에는 명성과 무관했던 러브크래프트. 프랑스에서는 에드거 앨런 포우와 같은 수준의 높은 평가를 받고 있다.

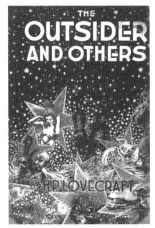

『아웃사이더와 그 외』

러브크래프트가 죽은 지 2년 후인 1939년에 간행된 최초의 작품집. 아캄 하우스는 러브크래프트의 작품을 간행하기 위해 창설된 것이다.

 가공의 러브크래프트

하워드 필립스 러브크래프트는 그를 따르는 작가들에 의해 신화작품 속에 등장하는 일이 적지 않다. 이야기 속의 러브크래프트는 어거스트 덜레스가 때때로 언급하는 것처럼 소설의 형태를 취해 사신의 위협을 인류에 경고하는 예언자로서 그려지는 경우도 있고, 로버트 블록의 『첨탑의 그림자(The Shadow From the Steeple)』의 주인공처럼 러브크래프트와 친밀한 괴기소설가에게 귀중한 정보를 주는 역할로 그려지는 경우도 있다. 그가 등장하는 작품 중에서도 특히 눈길을 끄는 작품이 프리츠 라이버의 『아캄, 그리고 별의 세계에(To Arkham and the Stars)』이다. 현실의 아캄의 마을을 라이버가 방문하여 소설 속에서 그려진 사건의 무대에 직접 가 보거나 미스카토닉 대학의 교수들과 대화를 나누는 등 러브크래프트 작품에 대한 사랑이 넘쳐나는 이 이색작 속에서 라이버는 러브크래프트가 실은 죽음을 면해 살아 있다는 놀랄 만한 진상을 제시했다. 이렇게 해서 러브크래프트는 마치 자신의 꼬리를 무는 우로보로스처럼 자신이 창조했던 세계관 속에 포함되어 갔던 것이다.

관련항목
● 「네크로노미콘」 →No.025

압둘 알하자드

Abdul Alhazard

금단의 지식을 전하는 마술서 『네크로노미콘』을 저술하였으며, 밤의 어둠의 세계에서 영원히 평안한 잠을 빼앗고 그 대신 광기를 불러온 아라비아의 마법사.

● 미치광이 아랍인

압둘 알하자드는 세계 최초의 이슬람 왕조인 우마이야(Umayyad) 시대에 예멘의 사나(Sana'a)에서 활약했던 마법사이다. 이슬람 교도이기는 했으나 이슬람의 가르침이나 코란에는 관심을 갖지 않고 요그 소토스나 크툴루 등 『옛 지배자』들을 신봉했다.

바빌론의 폐허나 멤피스의 지하동굴을 방문하여 사령과 괴물이 서식한다고 알려진 아라비아 남부의 대사막에서 10년간 혼자서 지내는 등 기행을 반복했으며, 그 외에도 전설의 원주도시 아이렘이나 아라비아 남부의 사막에 있는 『이름 없는 도시』의 지하에 가서 지구 선주민들의 비밀스런 연대기를 발견했다고 하는 등 믿기 어려운 주장을 펼치는 통에 세간에서는 광기를 발하는 미치광이 시인, 미치광이 아랍인 등의 별명으로 불렸다.

만년이 되어 수도 다마스커스에 정착한 그는 730년경에 후세에서는 『네크로노미콘』이라는 이름으로 알려지는 궁극의 비의서 『키타브 알 아지프(Kitab al-Azif)』를 집필하고, 전 생애를 걸쳐 알아낸 금단의 지식이나 비의를 남김없이 그 30여 장 이상의 방대한 분량을 자랑하는 저작물에 담았다.

738년 알하자드의 불가사의한 최후 또는 소멸에 관해서는 몇 가지 서로 다른 설이 존재한다. 알하자드의 전기를 저술한 12세기의 전기작가 이븐 칼리칸(Ebn Khallikan)에 의하면, 백주 대낮의 다마스커스 거리에서 눈에 보이지 않는 마물에 사로잡힌 알하자드는 엄청난 공포로 인해 멈추어 선 수많은 사람들이 지켜보는 가운데 처참하게 먹혀 버렸다고 한다. 그러나 미스카토닉 대학의 라반 슈뤼즈베리 박사의 주장에 따르면, 알하자드가 군중 앞에서 먹혀 버렸다는 것은 일종의 집단환각과 비슷한 현상이며, 실제로는 『옛 지배자』들이나 『외우주의 신』들의 비밀을 그의 저서에 기술한 탓에 알하자드 자신이 방문했다고 주장하는 이름 없는 도시로 끌려가 처참한 고문 끝에 살해된 것이라고 한다.

알하자드의 생애

연대	사항
700년경	압둘 알하자드, 우마이야 칼리프조 시대에 활약한다.
~	알하자드, 바빌론의 폐허 및 멤피스의 지하동굴을 방문한 후 아라비아 남부의 사막에서 10년간 홀로 생활한다. 또한 전설의 원주도시 아이렘을 목격하고 이름 없는 도시의 지하에서 인류 탄생 이전의 비밀을 깨달았다고 주장한다.
만년	만년의 알하자드, 다마스커스에 거주한다.
730년	알하자드, 「키타브 알 아지프」를 집필.
738년	알하자드, 다마스커스의 길거리에서 기괴한 죽음을 맞이하다(혹은 실종된다).
950년	그리스어판 「네크로노미콘」이 콘스탄티노플에서 간행된다.
1228년	올라우스 보르미우스에 의한 라틴어판이 간행된다.
1232년	교황 그레고리우스 9세, 라틴어판 「네크로노미콘」을 발행 금지한다.
15세기	라틴어판 「네크로노미콘」의 고딕활자판이 독일에서 간행된다.
16세기	그리스어판이 이탈리아에서 인쇄된다.
17세기	라틴어판 「네크로노미콘」을 바탕으로 한 스페인어판이 간행된다.
1940년대	라반 슈뤼즈베리 박사 등이 이름 없는 도시에서 알하자드의 망령과 해후.

『네크로노미콘』의 번역자들

조 디
영국의 고명한 학자. 오컬티스트. 『네크로노미콘』의 영어번역을 했다고 알려져 있다. 그의 번역은 불완전한 사본들이 돌아다닐 뿐이다.

올라우스 보르미우스
의사이자 『네크로노미콘』의 라틴어 번역자로서 알려져 있다. 다만 연대가 맞지 않는 것으로 보아 동명이인일 가능성도 제기되고 있다.

관련항목

- 요그 소토스 → No.006
- 위대한 크툴루 → No.003
- 이름 없는 도시 → No.059
- 『네크로노미콘』 → No.025
- 미스카토닉 대학 → No.040
- 라반 슈뤼즈베리 박사 → No.106

조지 감멜 에인젤

George Gammel Angel

여러 개의 독립적인 정보를 관련시키는 통찰력이 반드시 인간에게 행복한 인생을 가져다준다고는 할 수 없다. 크툴루의 부름은 원로 학자에게 죽음을 선사하였다.

● 진지하게 학문을 탐구하는 자

로드 아일랜드주 프로비던스의 브라운 대학에서 셈어(Semitic)의 강의를 맡았던 조지 감멜 에인젤 명예교수는 고대 비석문자의 권위자로 학계에 널리 알려져 있었다. 이 원로 학자가 크툴루 신화의 세례를 받은 것은 1908년의 일이었다. 이 해 세인트 루이스에서 개최된 미국 고고학회에 존 레이몬드 루글러스 경감이 가져온 기괴한 신의 조각상은 일대 센세이션을 불러일으켰다. 두족류와 드래곤, 인간의 키메라 같은 추악한 형상을 한 그 신상은 뉴올리언스의 남부 늪지에서 불법집회를 열고 있던 부두교 집단을 검거했을 때 압수된 것이라고 했는데, 의논이 있은 후 이 집단의 의식은 그린랜드 서부의 구릉지대에서 조사한 에스키모의 기괴한 신앙과 합치한다는 사실이 판명되었다. 이때 처음으로 『크툴루』라는 신의 이름이 학계에서 공공연하게 오르내리게 된 것이다.

늙은 학자가 크툴루의 이름을 다시 듣게 된 것은 1925년 3월, 살던 지방의 젊은 예술가 헨리 앤서니 윌콕스의 입을 통해서였다. 청년이 가져온 얕은 돋을새김 기법으로 된 점토판은 그가 꿈에서 보았던 고대도시의 광경을 주제로 한 것으로, 상형문자와 괴물의 모습, 빈번하게 들려왔다는 『크홀루 후타근』, 『르뤼에』라는 두 단어가 교수의 과거 기억을 불러일으켰다.

이후 무언가에 홀린 것처럼 스스로 명명한 『크툴루 교』의 조사를 개시한 교수는 세계 각국의 신문을 수집하여 조각가가 기묘한 꿈을 꾸었던 3월 23일부터 4월 2일에 걸쳐 광기에 사로잡혔다고밖에 설명할 수 없는 기묘한 사건이 이상하리만큼 증가했다는 사실을 알아챘다. 그것은 르뤼에의 일부가 태평양 위로 부상한 시기와 완전히 일치했던 것인데, 교수는 그것을 결국 끝까지 알지 못하고 1926년 겨울 뉴포트에서 자택으로 돌아가는 길에 흑인 부부와 부딪쳐 혼절한 후 그대로 영영 돌아오지 않는 사람이 되고 말았다.

뉴올리언스의 크툴루 교단

뉴올리언스에서 적발된 크툴루 교단의 광기 어린 축제의 모습. 위대한 크툴루의 신상을 중심에 두고 부두교 식의 제물을 바치는 잔혹한 의식이 집행되었다.

1925년의 사건들

날짜	사항
3월 1일	헨리 앤서니 윌콕스가 꿈을 바탕으로 점토로 만든 얕은 돋을새김 작품을 완성.
–	윌콕스 청년, 얕은 돋을새김 작품을 에인젤 교수에게 가져감.
3월 22일	윌콕스 청년, 원인불명의 열병에 시달린다.
3월 22일	인도에서 현지인들의 불안감이 높아진다.
–	아이티에서 부두교의 광기어린 축제가 늘어난다.
–	아프리카 변경의 식민지에서 「소름끼치는 속삭임이 들린다」는 보고가 들어온다.
–	필리핀에서 특정한 부족 사이에 불온한 움직임이 보고된다.
–	뉴욕에서 경관이 미친 폭도에게 습격당한다.
–	런던에서 잠들어 있던 사람이 끔찍한 비명을 지르며 창밖으로 뛰어내려 자살.
–	이 즈음 전세계에서 예술가나 시인들이 기묘한 꿈을 꾸기 시작한다.
–	전 세계의 정신병원에서 환자들이 소동을 일으킨다.
3월 23일	뉴질랜드 선박인 엠마호가 얼러트호라는 배에게 습격당한다. 엠마호 승무원이 역습에 성공한다.
4월 1일	엠마호의 생존자가 르뤼에에 표류하여 도착. 부활한 크툴루에 의해 요한슨을 제외한 다른 선원들은 모두 죽고 만다.
4월 2일	윌콕스 청년 회복. 3월 22일 이후의 기억을 잃어버림.
4월 12일	엠마호의 생존자 요한슨이 구조된다.

관련항목

● 위대한 크툴루 → No.003
● 르뤼에 → No.067

로버트 해리슨 블레이크

Robert Harrison Blake

탐구심 넘치는 괴기소설가. 한때 사신 숭배가 만연했던 폐교회 깊숙한 곳에서 『불타는 세 개의 눈』의 금기를 저지른 그에겐 처참한 말로가 기다리고 있었다.

● 러브크래프트의 제자

1930년대 펄프 매거진을 중심으로 『땅속에 숨어 있는 자(The Burrower Beneath)』, 『구멍으로 통하는 계단(The Stairs in the Crypt)』, 『샤가이(Shaggai)』, 『나스의 계곡(In the Vale of Pnath)』, 『별에서 날아와 향연을 기다리는 자(The Feaster from the Stars)』 등의 괴기소설이나 그림을 발표했던 로버트 해리슨 블레이크는 로버트 블록이나 에드먼드 피스크 등의 동업자와 어깨를 나란히 하며 하워드 필립스 러브크래프트를 스승으로 모시고, 그를 중심으로 편지를 통해 교류하던 『러브크래프트 스쿨』의 일원이었다.

작품 집필을 위해 금단의 지식을 얻게 되는 것도 두려워하지 않던 블레이크는 사우스 이더본 스트리트의 헌책방에서 루드비히 프린의 『벌레의 신비』 초판본을 손에 넣는 행운을 누린 적이 있다. 그는 그 금단의 마술서를 번역 받고자 러브크래프트와도 서로 아는 친구인 프로비던스의 늙은 신비학자에게 가져갔으나, 실수로 인간의 피를 빨아먹는 『별이 보낸 하인』을 소환해 버린 불운한 노인이 죽자 그 집에 불을 지르고 간신히 프로비던스에서 도망쳐 나왔다.

이와 같은 처참한 경험에도 아랑곳하지 않고 왕성한 호기심과 행동력이 조금도 위축되지 않은 블레이크는 결국 그로 인해 목숨을 잃게 된다.

1935년 러브크래프트의 추천으로 오래 살아온 밀워키에서 프로비던스로 옮긴 블레이크는 뉴잉글랜드 지방의 마녀신앙에 관한 장편소설의 소재를 찾아 19세기 프로비던스에서 맹위를 떨친 별의 지혜파의 본부였던 페데럴 힐의 폐교회에 숨어들었다. 폐허 속을 조사하며 돌아다니던 중 별의 지혜파에서 모시는 신체라고도 할 수 있는 빛나는 트라페조헤드론의 상자를 찾아낸 그는 감히 그 뚜껑을 열어 니알라토텝을 소환해 버린다. 교회를 탐색한 지 1주일이 지난 8월 8일, 블레이크는 서재에서 감전사한 시체가 되어 발견된다. 죽음의 직전까지 적어 내려갔던 일기에는 니알라토텝에 대한 공포가 끊임없이 적혀 있었다.

페데럴 힐의 폐교회

한때 프로비던스에서 공포의 대상이었던, 별의 지혜파의 본부가 있던 터. 별의 지혜파가 사라진 지 오래이지만 이후에도 이 장소에 관한 안 좋은 소문이 끊이지 않고 있다.

❖ 러브크래프트 스쿨의 놀이 ②

로버트 블록의 작품에 『별에서 찾아온 자(The Shambler from the Stars)』 라는 신화단편이 있다. 블록 자신을 연상시키는 젊은 작가와 H. P. 러브크래프트를 연상시키는 늙은 작가가 등장해 소환된 마물에게 늙은 작가가 무참히 살해되는 전말을 그린 것이다. 이 작품을 집필하기 전에 블록은 『당신을 죽이는 소설을 쓰고 싶다』 며 러브크래프트에게 허락을 구했으며, 이에 대해 『늙은 작가』 는 크툴루 신화의 등장인물들과 함께 이름을 적으며 살해허가서를 블록에게 발행했다.

『별에서 찾아온 자』 가 발표된 후 독자들로부터 『러브크래프트도 블록을 죽이는 소설을 쓰면 어떨까』 하는 제안이 있었는데, 이에 응하여 러브크래프트가 집필한 것이 『어둠 속을 헤매는 자(The Haunter of the Dark)』 이다. 러브크래프트는 젊은 작가인 블록의 이름을 딴 로버트 블레이크라는 이름을 부여하며 니알라토텝의 피해자로 만들어 버렸다. 그로부터 십수 년이 더 흐른 뒤 블록은 『어둠 속을 헤매는 자』 의 속편을 집필했으나, 그때 러브크래프트는 이미 이 세상 사람이 아니었다.

관련항목

- 하워드 필립스 러브크래프트 → No.087
- 『벌레의 신비』 → No.026
- 별의 지혜파 → No.103
- 니알라토텝 → No.005

랜돌프 카터

Randolph Carter

환상을 지극히 사랑하는 딜레탕트(dilettante, 문학, 예술 애호가). 한때 잃어버린 이정표를 찾아 초차원(超次元)의 문을 넘어 깊은 우주로 건너간 영원의 여행자.

● 꿈꾸는 사람

보스턴에 거주하는 몽상가 랜돌프 카터는 1874년 10월 7일에 아캄에서 태어났다. 그의 일족에는 엘리자베스 왕조의 영국에서 존 디와 어깨를 나란히 할 정도의 마법사였던 초대 랜돌프를 필두로 기괴한 사람들이 여럿 이어지며, 1692년 마녀재판이 벌어졌을 때 아캄으로 옮겨 와 살게 된 살렘의 마법사 에드먼드, 남북전쟁에 기병장교로 참전한 후 1866년 애리조나에서 실종된 대숙부 존이 있다. 랜돌프 또한 고대언어의 연구나 환상소설의 집필 등 독특한 딜레탕트적 생활을 보냈으며, 취미를 통해 알게 된 친구들과 활발하게 편지를 교환했다.

카터 가에는 고딕풍의 추악한 조각이 새겨진 떡갈나무 재질의 상자에 들어 있는 커다란 은열쇠가 대대로 전해 내려오고 있는데, 에드먼드 카터는 1781년 아캄에 살던 사람들이 『뱀의 소굴(Snake Den)』이라 부르는 숲의 경사면에 위치한 동굴 끝에서 이것을 이용하여 어디인지 알 수 없는 곳으로 자취를 감추고 말았다고 전해진다.

드림랜드로 가는 방법을 터득하고 있던 랜돌프는 대지의 신들이 거주하는 도시를 찾기 위한 기나긴 여행 끝에 노덴스의 도움을 받아 그를 함정에 빠트리고자 한 니알라토텝을 따돌리고 결국 미지의 땅 카다스를 발견해냈으나, 그 대가로 드림랜드로 이어지는 문이 닫혀 버리고 말았다.

30세가 되어 꿈꾸는 힘을 잃어버린 후 프랑스 외인부대에 가담하여 제1차 세계대전에 참전하거나 금단의 지식에 통달한 사우스 캐롤라이나의 할리 워렌과 함께 행동하는 등, 꿈이 없는 인생에서 도피하는 방법을 찾아 헤매던 그는 53세 생일을 맞은 1928년 10월 7일 일족에 전해지는 은열쇠를 들고 『뱀의 소굴』로 갔다가 그곳에서 영영 자취를 감추었다고 한다.

그 후의 행적에 대해서는 드림랜드의 일렉-바드(Ilek-Vad)족의 왕좌에 군림하고 있다고도 하고, 단테의 『신곡』과도 비슷한 초차원의 편력 끝에 야디스(Yadith) 성의 마도사 즈카우바(Zkauba)와 조우해 지구로 귀환하는 방법을 모색하고 있다고도 한다.

랜돌프 카터 상관도

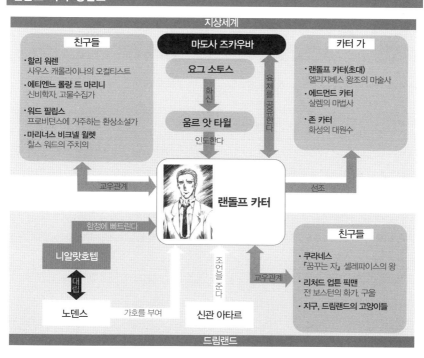

지상세계

친구들
- 할리 워렌
사우스 캐롤라이나의 오컬티스트
- 에티엔느 롤랑 드 마리니
신비학자, 고물수집가
- 워드 필립스
프로비던스에 거주하는 환상소설가
- 마리너스 비크넬 윌렛
찰스 워드의 주치의

마도사 즈카우바

요그 소토스
화신

움르 앗 타윌
인도한다

육체를 공유한다

카터 가
- 랜돌프 카터(초대)
엘리자베스 왕조의 마술사
- 에드먼드 카터
살렘의 마법사
- 존 카터
화성의 대원수

교우관계 → **랜돌프 카터** ← 선조

함정에 빠트린다

니알랏호텝
대립

노덴스 가호를 부여

조언을 준다

교우관계

신관 아타르

친구들
- 쿠라네스
『꿈꾸는 자』 셀레파이스의 왕
- 리처드 업튼 픽맨
전 보스턴의 화가, 구울
- 지구, 드림랜드의 고양이들

드림랜드

랜돌프 카터 연보

연대	사항
16세기	엘리자베스 왕조의 영국에서 초대 랜돌프 카터가 활약.
1692년	살렘의 요술사 에드먼드 카터, 마녀재판을 피해 아캄으로.
1874년	랜돌프 카터 태어남.
1883년	소년 카터, 『뱀의 소굴』에서 기묘한 체험을 한다.
1904년	카터, 카다스를 찾아 드림랜드를 헤매다 니알라토텝의 분노를 사 이후 꿈을 꿀 수 없게 됨.
1912년	할리 워렌에게 지혜를 구한다.
1916년	프랑스 외인부대에 참가하여 제1차 세계대전에 참전하던 중 빈사에 빠질 정도의 중상을 입는다.
1919년 12월	할리 워렌, 카터와 지하묘지를 조사하던 중 실종.
1928년 10월	랜돌프 카터 실종.
1930년 10월	찬드랍툴라라는 수도사가 미국에 나타나서 카터의 친구와 편지로 연락을 주고받기 시작함.
1932년 10월	랜돌프 카터의 유산 상속에 관한 토론 석상에서 카터의 먼 친척에 해당하는 애스핀월이 사망한다.

관련항목
- 아캄 → No.039
- 드림랜드 → No.080
- 카다스 → No.081
- 니알라토텝 → No.005
- 노덴스 → No.013

헨리 웬트워스 에이클리

Henry Wentworth Akeley

버몬트주에서 고독한 연구를 계속하던 그 지방 토박이인 명사. 산악지대의 괴이에 너무 깊이 관여해 버린 그에게는 무시무시한 운명이 기다리고 있었다.

● 성간으로 사라진 연구자

미국 북동부 버몬트주에 은거하는 헨리 웬트워스 에이클리는 버몬트 대학에 재직하던 때부터 수학, 천문학, 생물학, 인류학 및 민속학 분야에서 이름을 떨친 재야의 연구가였다.

1721년 미국으로 이주한 이래 실무가 타입의 명사들을 여럿 배출해 온 에이클리 가의 전통 속에서는 그와 같은 학자 타입의 사람은 매우 드물어 헨리 이외에는 그의 사촌형의 아들이자 아캄의 미스카토닉 대학에서 고고학과 인류학을 공부한 윌버 에이클리가 있을 뿐이다.

그의 저택 근처의, 버몬트주의 산악지대에 출몰하는 연한 복숭아 색의 갑충류를 연상시키는 기괴한 생물에 관심을 가졌던 에이클리는 1927년 11월의 홍수로 인해 범람한 강에서 목격되었다는 그 생물의 시체에 관한 논쟁을 통해 미스카토닉 대학의 알버트 N. 윌머스 교수와 친교를 맺었다. 윌머스 교수라는 좋은 상담 상대를 얻은 에이클리는 그와 빈번하게 편지를 주고받으며 구술녹음용 축음기와 녹음용 레코드를 사용해 수수께끼 생물의 목소리를 녹음하거나, 에이클리 저택의 동쪽에 있는 라운드 힐 산속에서 마모로 인해 반쯤 사라진 상형문자가 새겨진 검고 커다란 돌을 채취하는 등 적극적인 조사를 진행해 나갔다.

그때는 아직 둘 다 모르던 사실이었으나 이 생물은 버몬트주의 산속에서 광물을 채취하던 『미고』였다. 에이클리의 조사를 탐탁치 않게 여기던 그들과 그 협력자로 활동하던 인간들은 1928년 9월 5일부터 6일까지 에이클리를 습격하고, 고도의 기계장치를 사용해 그로 변장한 다음 며칠 후 에이클리의 집을 방문한 윌머스 교수로부터 레코드와 검은 돌 등의 증거품을 되찾았다. 에이클리의 소식에 대해서는 그 후로 전혀 알려져 있지 않으나, 그의 저택에서 교수가 보고 들은 몇 가지 정황을 두고 볼 때 명왕성으로 끌려간 것으로 추정되고 있다.

에이클리 실종까지의 흐름

연대	사항
1721년	에이클리 가, 미국으로 이주.
1915년~	윌버 에이클리, 미스카토닉 대학 졸업 후 중앙아시아에서 3년간 지낸다.
1918년~	윌버, 미국 중서부에서 3년간 지낸다.
1921년	윌버, 아캄으로 돌아온다. 이 즈음 숙부인 헨리 웬트워스 에이클리와 교류한다.
1924년	윌버, 미스카토닉 대학 부속도서관에서 사망.
1927년 11월	미스카토닉 대학의 알버트 N. 윌머스 교수가 버몬트주의 강에서 발견된 「미고」의 시체에 관한 문장을 신문에 기고.
1928년 5월	윌머스 교수, 헨리 웬트워스 에이클리로부터 「미고」에 대한 편지를 받고 서로 주고받기 시작함.
1928년 6월 말	에이클리로부터 윌머스 교수에게 「미고」들의 목소리를 녹음한 것으로 생각되는 납관(蠟管, 레코드)이 발송됨.
1928년 7월	에이클리가 윌머스 교수에게 「검은 돌」을 발송. 그러나 운송 도중 누군가에 의해 도난당함.
1928년 8월	에이클리 주변에서 「미고」들의 움직임이 거칠어지며, 에이클리가 자기방어를 위해 개를 구입.
1928년 8월 5일	에이클리의 차를 누군가 총격.
1928년 8월 12일	에이클리 저택에 누군가 총을 쏴서 개가 살해당한다.
1928년 9월 초	윌머스 교수에게 에이클리로부터「모든 것이 호전되었다. 「미고」를 적대시한 것은 오해였다」라는 내용이 담긴 편지가 도착함.
1928년 9월 12일	윌머스 교수, 에이클리에게 초대 받아 버몬트주의 에이클리 저택으로 향한다.
1928년 9월 13일	이날 이후로 에이클리의 소식을 알 수 없게 되었다.

그 뒤에 남겨진 것

에이클리 저택에서 윌머스 교수가 마지막으로 본 것은 『미고』들의 놀라운 외과수술 능력을 보여주는 공포스러운 것이었다.

관련항목

● 미고─「유고스에서 온 균사체」→ No.022
● 명왕성 → No.077
● 아캄 → No.039
● 미스카토닉 대학 → No.040

저스틴 조프리

Justin Geoffrey

숲의 폐가에서 꾼 악몽은 소박한 소년을 하룻밤 사이에 광기 어린 재능이 넘치는 이로 바꾸어 버렸다. 요절한 천재시인의 악몽과 광기로 점철된 생애.

● 꿈에 씌어 버린 소년

저스틴 조프리는 뉴욕에 거주하는 보들레르 파의 천재시인이다. 이 요절한 시인의 연구에 일생을 바친 제임스 콘라드는 그의 출생에 대해 다음과 같이 밝히고 있다.

조프리 가는 몰락하여 미국으로 건너온 후 그 땅에 흩어진 영국의 젠트리 계급에 속하는 일족 중 하나이다. 일족에 속하는 사람들은 대부분 건실하고 근면한 상인이었으나 동시에 참을 수 없을 만큼 지루하고 상상력이라고는 털끝만치도 없는 인간들뿐이었다. 이 조프리 가의 500년 역사 속에서 유일한 예외에 해당하는 것이 천재시인이라고 칭송 받기에 이른 저스틴이었다.

10세경 길을 잃은 저스틴은 어떤 폐가에서 하룻밤을 지내게 되었는데, 그 후로 매일밤 악몽에 시달리게 되었다. 이것을 계기로 시인으로서의 재능을 싹틔우게 되어 저스틴은 밤마다 그를 덮쳐오는 악몽에 홀린 듯이 시를 쓰기 시작한 것이다. 소년 시절의 그의 작품은 거칠기는 하지만 나중에 쓴 작품에서도 볼 수 있는 광기의 번뜩임은 이미 그 시절부터 느껴지고 있었다. 그의 재능을 도리어 불건전한 것이라고 느낀 그의 부모에 의해 일시적으로 창작을 금지 당하지만, 17세 때 집을 뛰쳐나간 저스틴은 친구의 도움으로 시를 발표, 얼마 지나지 않아 문단에서 높은 평가를 받게 되었다.

천부적 재능과 광기의 힘겨루기 속에서 태어난 그의 특이한 작품은 때로 에드거 앨런 포우의 그것과 비견되기도 하며, 그 악명에도 불구하고 많은 이들에게 재능을 인정받았다. 그가 스트레고이카바르의 검은 비석에서 『비석의 일족』에게 영감을 받았다는 수수께끼의 헝가리 여행 또한 이 시기의 일이다.

그러나 명성과 성공을 함께 얻은 후에도 변함없이 악몽에 시달리며, 이윽고 꿈과 현실을 구별할 수 없게 된 저스틴은 수용된 정신병원에서 주술적인 단어들을 뇌까리다 21세의 젊은 나이에 미쳐 죽고 말았다.

저스틴 조프리의 시

녀석들이 밤을 건너 걸어오고 있다
터무니없이 발을 구르며
나는 두려워 공포에 떨고 있다
침대 속에 웅크리고 숨어서
녀석들은 무식하게 큰 날개를 펼친다
맞배지붕의 높은 곳에 올라탄 채로
짓밟고 돌아다니며 이리저리 흔든다
까마득한 발을 구르며

— 『구세계로부터』

태고의 백성, 비석의 계율은 새긴다
명계의 힘을 사용하는 자
스스로에게 재앙을 내리며
애도하지 않는다 하여도 애도하지
않을 수 없을 진데

— 『비석의 일족』

오 오 여왕이여 살아 있으면서 사당에 갇힌 채
그 왕좌 더는 저주받을 일도 없으리

여왕의 비밀 피라미드 아래 파묻혀
사막의 모래 흔적도 없이 덮어 버리리

〈거울〉도 함께 묻혀
깊은 밤의 이계로부터 온 〈마(魔)〉를 비추리

그리하여 〈마〉와 함께 사로잡혀
여왕 공포 속에서 죽으리

— 『비석의 일족』

로버트 E. 하워드 『검은 비석(The Black Stone)』, B. 램리
『타이터스 크로우의 사건부(The Compleat Crow)』

저스틴 조프리의 연보

연대	사항
17세기	조프리 가는 영국의 젠트리 계급이었으나 몰락하여 신대륙으로 건너온다.
1690년	조프리 가, 뉴욕으로 이주. 이후 상인가계로서 착실하게 살아간다.
1905년	저스틴 조프리 태어남.
1915년	저스틴, 폐가에서 하룻밤을 지낸다. 그날 이후 악몽에 시달린다.
1915~1921년	초기 창작기. 가족에 의해 창작활동을 금지 당한다.
1922년	저스틴은 집을 나와 고독하게 창작활동에 전념한다. 친구의 진력에 힘입어 시가 출판되어 생명을 연명함.
1923~1926년	헝가리 여행에서 스트레고이카바르에 체재. 『비석의 일족』을 집필한다.
—	『아자토스와 그 외』로 알려진 아캄의 시인 에드워드 픽맨 더비와 편지를 주고받는다.
1926년	저스틴, 정신병원에서 미쳐 죽음.

관련항목

● 스트레고이카바르 → No.053

프리드리히 빌헬름 폰 윤츠

Friedrich Wilhelm von Junzt

『무명 제례서』를 저술하고, 숨겨져 있던 신들의 비밀을 파헤친 독일의 신비학자. 그를 기다리는 운명은 흉악한 갈고리 손톱의 모양을 하고 있었다.

● 괴이한 죽음을 맞이한 신비학자

1795년 독일에서 태어난 프리드리히 빌헬름 폰 윤츠는, 어떤 종류의 세계에서는 『흑의 서』 또는 『무명 제례서』라는 이름으로 알려진 금단의 비의서의 저자로 유명한, 19세기 전반에 활약한 독일의 기괴한 신비학자이다.

폰 윤츠는 그 결코 길다고는 할 수 없는 생애에 걸쳐 전 세계를 돌아다니며 다양한 유적이나 유물을 탐색하고, 무수한 비밀결사에 가담하여 태고부터 전해지는 비의전승을 익히고, 『네크로노미콘』의 그리스어판을 비롯해 수많은 금단의 마술서의 원전에 접했다고 알려져 있다.

그가 수집한 지식의 집대성이 1893년 뒤셀도르프에서 간행된 『무명 제례서』이다.

『흑의 서』라는 별칭으로 알려진 이 책은 원래 발행부수가 적었던 데다 간행 이듬해인 1840년 반년간의 여행에서 막 돌아온 폰 윤츠가 열쇠와 빗장이 걸린 밀실에서 목덜미에 커다란 갈퀴 손톱 자국이 남은 처참한 교살시체가 되어 발견되는 바람에 소유자 대부분이 공포에 떨며 이 책을 파기해 버렸기 때문에 현존하는 책이 극히 조금밖에 없다.

폰 윤츠의 죽음의 방아쇠가 되었다고 생각되는 『무명 제례서』 발행 직후의 이 최후의 여행에 대해서는 기록이 파기되어 버렸기 때문에 상세한 내용이 알려지지 않았다. 통설로는 몽골을 여행한 거라고 하지만, 무명(無明)의 렝 고원을 찾기 위한 여행이었다고 지적하는 이들도 적지 않다.

폰 윤츠가 죽기 직전까지 집필한 초고는 시신을 발견했던 당시 갈기갈기 찢어진 채 바닥에 흩어져 있었다. 윤츠의 친구였던 알렉시스 라도는 하룻밤에 걸쳐 이 초고를 복구했으나, 그 내용을 다 읽고 나자 곧바로 원고를 불태우고 스스로 자신의 목을 면도칼로 그어 버렸다고 한다.

폰 윤츠의 연보

연대	사항
1795년	프리드리히 빌헬름 폰 윤츠, 독일에서 태어남.
1795~1839년	폰 윤츠는 온두라스의 두꺼비의 신전이나 네프렌 카의 묘소를 포함한 전 세계의 고대유적을 탐색, 각지의 비밀교단과 친교를 맺고 다양한 비의서의 원전을 독파했다고 한다.
1839년	폰 윤츠, 뒤셀도르프에서 『무명 제례서』를 출간. 그 후 몽골로 여행을 떠난다.
1840년	폰 윤츠, 아시아 여행에서 귀환. 여행의 기록을 정리하는 도중 밀실에서 변사체가 되어 발견. 그의 유고는 친구인 알렉시스 라도에 의해 소각된다.
1845년	런던의 브라이드 월 사가 『무명 제례서』의 영어번역판을 해적판으로 출판한다.
1909년	뉴욕의 골든 고블린 프레스사가 『무명 제례서』의 영어판을 출간한다.
1940년대	나치 친위대의 특무기관이 알렉시스 라도의 무덤 등을 파헤쳐 폰 윤츠의 잔존 원고를 발견했다고 한다.

♠『파멸의 남자』브란 마크 몬

하워드 필립스 러브크래프트와 친교를 맺고 있던 로버트 E. 하워드는 그의 단편 『밤의 후예(The Children of the Night)』에서 프리드리히 빌헬름 폰 윤츠의 『무명 제례서』 속에서 크툴루 신화의 사신을 숭배하는 교단과는 별개로 브란이라는 남자를 신으로 숭배하는 암흑교단에 관한 기술이 있으며, 그 신앙은 지금까지도 살아남아 있다고 넌지시 암시하고 있다. 이 브란이라는 남자는 킴메르의 만왕 코난의 모험담을 그린 『정복왕 코난』의 시리즈를 통해 히로익 판타지라는 장르를 개척한 로버트 E. 하워드가 탄생시킨 또 하나의 영웅, 픽트족의 전사 왕 브란 마크 몬(Bran Mak Morn)이다. 하워드가 그리는 세계에서 픽트족은 『역사상 가장 용맹하면서 야만적인 종족』이다. 하지만 그러한 픽트족도 강대한 로마제국의 압력 앞에서 멸망의 위기에 직면해 있었고, 그 와중에 민족의 미래를 등에 짊어지고 왕으로 추대된 것이 브란이었다. 『암흑의 제왕』이라는 단편 속에서 브란은 하워드가 낳은 또 다른 영웅 킹 쿨(King Kull)과 함께 싸우고 있는데, 이 킹 쿨의 숙적인 뱀 인간이 크툴루 신화의 뱀 인간의 설정과 이어져 있다는 사실은 특필할 만한 가치가 있다.
전사 왕 브란 마크 몬은 하워드의 히로익 판타지 작품군과 크툴루 신화 세계를 잇는 중요한 존재인 것이다.

관련항목
- 『무명 제례서』 → No.029
- 『네크로노미콘』 → No.025
- 렝 고원 → No.060

신앙과 그 대가

Value of worship

그들을 사악한 존재로 보고 꺼리고 싫어하는 것도, 되돌아올 혜택을 바라며 봉사에 광분하는 것도, 인간이 멋대로 착각해서 행동하는 것에 지나지 않는다.

● 사신 숭배자들

지구나 여러 행성의 지하에서 영원한 잠에 빠져 있는 『옛 지배자』들은 태곳적부터 그들에게 봉사하는 인외의 종족이나, 미약하나마 때때로 그들의 부름에 감응할 수 있는 예민한 정신을 가진 인간들에게 항상 꿈을 통해 말을 걸고 있으며, 그들의 수족이 되고자 하는 수많은 교단을 각지에 형성하고 있다.

캐롤라인 제도에서 『해저인』을 숭배하던 카나카이족이나 다곤 비밀교단을 받아들인 인스머스의 주민들처럼 황금의 장신구나 풍어 같은 현세이익적인 이유로 신을 숭배하는 자들부터, 오래된 옛 것들이 꿈을 통해 보여주는 사념으로 인해 발광하여 지고한 존재에게 봉사하는 것 자체에 희열을 느끼는 광신도들까지, 그 동기는 제각각이다.

이 신자들 중 일부는 『옛 지배자』들이 그 적대자에 의해 유폐되어 있다 생각하고 있으며, 그들이 그 장소로부터 탈출하기 위한 시공의 문을 열 준비를 하고 있노라 굳게 믿고 있다. 그러나 실제로는 그들이 손을 쓸 것도 없이 별들의 위치가 제자리를 찾아갈 까마득한 미래에 오래된 옛 것들은 그 묘소로부터 다시금 부활하도록 되어 있다. 신자들에게 주어지는 명령의 대부분은 뉴욕에서 폭풍을 일으키기 위해 북경의 나비를 날갯짓하게 만드는 것과 같은 종류의, 인간의 이해의 범주에서 크게 벗어난, 신들 자신밖에 알 길이 없는 어떠한 의도를 구현화하기 위한 것에 지나지 않는다.

이들 『옛 지배자』들을 숭배하는 교단에 비해 『외우주의 신』에게 봉사하는 교단의 대부분은 그들의 사자인 니알라토텝의 개입에 의해 조직된 거라고 한다. 니알라토텝 자신은 제물을 바친 신자에 대해 마술의 힘이나 미래를 보는 천리안을 준다고 알려져 있다. 니알라토텝과 관계가 있는 교단으로는 이집트의 네프렌 카 교단을 필두로 미국의 별의 지혜파와 야수의 결사(Brotherhood of the Beast), 상해의 『부푼 여자의 교단(Order of the Bloated Woman)』, 호주의 『박쥐의 아버지 되는 것』 등이 알려져 있다.

암혹교단의 그림자

아자토스

아캄의 마녀단
모리아티 교수의 조직
·병적인 광인들로 이루어진
신자

니알라토텝

네프렌 카의 신관들
별의 지혜파 교회
야수의 결사

요그 소토스

조셉 커윈의 일당
리처드 빌링턴
웨이틀리 가

슈브 니구라스

무 대륙의 신관들
드루이드 승려와 그들의
후예

위대한 크툴루

크툴루 교단
은색 황혼 연금술회
마쉬 가(간접적으로)

하스터

하스터 교단
피에르 시몬 드 라플라스

 ## 어둠을 모시는 자들

오래된 옛 것들의 부활이나 외우주의 신의 강림은 인류세계의 파멸을 의미한다. 이와 같은
무시무시한 일을 하는 인간이 존재한다고는 생각되지 않지만, 사신의 숭배자는 전 세계에
존재한다. 그리고 그들은 지금도 자신들의 『신』을 위해 암암리에 활약하고 있다.
가장 광범위하게 숭배되고 있는 크툴루의 교단을 살펴보자. 러브크래프트의 『크툴루의 부
름』에 의하면, 크툴루의 교단은 중국 오지의 본부를 필두로 전 세계에 신도가 있다. 참고로,
『해저인』들도 크툴루를 숭배하고 있다.
크툴루의 라이벌 격인 하스터도 숭배자들은 존재하지만 교단의 존재는 확인되고 있지 않다.
러브크래프트의 『어둠 속에서 속삭이는 자』에서 하스터와 관계 있는 비밀결사가 암약하
고 있다는 사실이 넌지시 암시되고 있을 뿐이다.
『외우주의 신』 중에서는 니알라토텝이 별의 지혜파에게 숭배 받았다. 그러나 이것은 예외
적인 일로, 『외우주의 신』은 너무나도 이질적이어서 교단이 조직되는 경우는 적고, 웨이
틀리 가나 커윈 같은 미술사가 단독으로 숭배하는 일이 많다.

관련항목

- 『해저인』 → No.016
- 인스머스 → No.041
- 니알라토텝 → No.005
- 별의 지혜파 → No.103

마쉬 가

Marches

메사추세츠주의 항구도시 인스머스에 『해저인』을 끌어들인 오비드 마쉬(Obed Marche) 선장의 저주받은 자손들.

● 심연의 대사제

마쉬 가는 1812년 영미전쟁의 영향으로 불황의 어두운 그림자에 휩싸였던 인스머스에서 유일하게 불황에 전혀 굴하지 않고 동인도나 태평양에 교역선을 내고 있던 모험주의적 상인, 오비드 마쉬 선장을 그 중흥의 조상으로 삼는 인스머스의 명가 중 하나이다.

서인도제도의 어떤 섬에서 『해저인』을 숭배하는 카나카이(Kanakas) 족 주민들로부터 제물을 대가로 분명한 형태의 은혜를 베푸는 오래된 신들에 대해 이야기를 들은 오비드 선장은 1838년 그 섬의 주민들이 홀연히 모습을 감춘 후 그들에게 배워 두었던 방법을 이용해 인스머스 만의 악마의 암초에서 『해저인』들과 접촉했다. 『해저인』들에게 바친 제물의 대가로 받은 황금을 공장에서 제련하여 순도 높은 금을 금속공장에 납품, 거대한 재력을 쌓은 실업가 마쉬 가는 동시에 프리메이슨 회관을 본부로 삼는 다곤 비밀결사의 사제를 담당하는 일족이기도 하다.

오비드 선장이나 그와 인간 아내 사이에서 태어난 장남 오네시포루스(Onesiphorus)는 동시에 『해저인』을 아내로 두고 있었기 때문에 그들 뒤로 이어지는 마쉬 가 출신들의 몸에는 모두 인간 아닌 것들의 피가 섞여 있다.

미합중국 정부에 의해 1928년 인스머스 일제 소탕이 있었을 때는 마쉬 가의 사람들 대부분이 교묘히 각지로 도망쳐 있었는데, 어떤 이는 해저의 위하 은슬레이로 도망쳐 『해저인』으로 새로운 삶을 살기 시작했고, 어떤 이는 소동이 잠잠해진 후 인스머스로 되돌아와 다곤 비밀결사를 재부흥시키고, 또 어떤 이는 캘리포니아주 등 다른 장소에서 비슷한 활동에 종사하고 있다.

참고로, 스페인의 임보카(Imboca) 마을을 필두로 영국이나 일본의 해안 지역에도 인스머스처럼 마을 전체가 『해저인』들을 숭배하는 곳이 존재한다. 마쉬 가의 사람들은 때때로 그러한 다른 지역의 동맹들과도 혼인관계를 맺어 그들 중 가장 유력한 일족으로 활동하고 있다.

마쉬 가계도

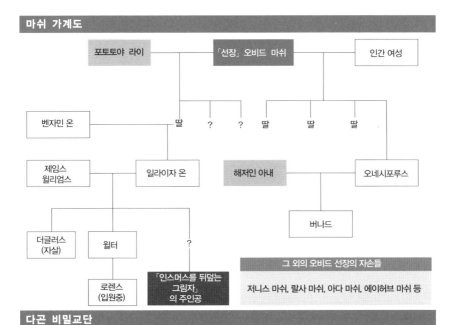

```
포토토야 라이 ─┬─ 「선장」 오비드 마쉬 ─┬─ 인간 여성
              │                       │
벤자민 온 ──── 딸   ?   ?   딸   딸   딸
              │                       │
제임스                            해저인 아내 ─┬─ 오네시포루스
윌리엄스 ──── 일라이자 온                      │
              │                           버나드
더글러스       월터        ?
(자살)
              │
          로렌스      「인스머스를 뒤덮는
          (입원중)    그림자」
                     의 주인공
```

그 외의 오비드 선장의 자손들
저니스 마쉬, 랄사 마쉬, 아다 마쉬, 에이허브 마쉬 등

다곤 비밀교단

인스머스의 중앙에 있는 뉴처치 그린 광장의 프리메이슨 회관을 사들인 오비드 마쉬는 이곳을 다곤 비밀교단의 거점으로 삼았다.

관련항목

- 인스머스 → No.041
- 「해저인」 → No.016
- 다곤 → No.009

웨이틀리 가

Whateleys

마녀사냥을 피해 던위치로 이주, 대대로 근친혼을 반복함으로써 생물학적 퇴화의 정점에 있는 무시무시한 마법사 일족.

● 던위치의 공포

웨이틀리 가는 1692년 살렘의 마녀재판을 피해 아캄이나 던위치로 이주한 일족 중 하나로, 비숍 가와 마찬가지로 원래는 메사추세츠주의 문장을 지닐 자격을 가진 오래된 명가이다. 대지주였던 본가의 핏줄에 가까운 자 중에는 하버드 대학이나 미스카토닉 대학, 소르본 대학 등의 명문에서 고등교육을 받은 자들도 적지 않다. 그러나 살렘에서 가져온 마술서의 연구에 몰두하는 일부 타락한 사람들의 존재가 근래 웨이틀리 가의 평판을 최악으로 만들고 있다.

『마법사』노아 웨이틀리(Noah Whateley)는 1912년의 오월제 전야(Walpurgis Night)에 센티넬 언덕의 제단에서 요그 소토스를 소환하는 의식을 행해 이것과 딸인 라비니아(Lavinia Whateley)가 관계를 갖게 했다. 이렇게 해서 성십자가 송영일 전날 밤에 해당하는 1913년 2월 2일 저주받은 쌍둥이가 태어나게 되었다. 미스카토닉 대학의 헨리 아미티지(Henry Armitage) 교수에 의하면, 1928년에 라틴어판 『네크로노미콘』을 훔쳐내려고 동 대학 부속도서관에 숨어들어 개에게 물려 죽은 윌버(Wilbur Whateley)는 15세라는 나이에 어울리지 않는 9피트의 체구를 가졌는데, 뱀의 비늘 같은 것에 뒤덮인 하반신은 짐승처럼 검은 털이 나 있었던 데다 배에는 끝에 빨판이 달린 붉은 촉수가 있었다고 한다. 이름도 없는 또 한 명의 쌍둥이는 보다 아버지와 닮은 모습을 가진 보이지 않는 거대한 괴물이며, 1928년 아미티지 교수 등에게 퇴치당하기 전까지 던위치의 집들을 습격하여 주민들을 공포에 떨게 했다.

『마법사』의 사악한 평판을 이어받은 것은 노아와 같은 세대인 루터 S. 웨이틀리이다. 엄격히 규율을 행하는 사람이었던 루터 자신은 사실 일족의 마술적인 유산과는 연관이 없었다. 그러나 그의 딸이었던 샐리가 인스머스의 오비드 마쉬 선장의 증손에 해당하는 랄사와의 사이에서 『해저인』의 피를 이어받은 이형의 자식을 낳았기 때문에, 루터는 인간이나 가축을 습격하는 이 괴물을 제분소 2층 철문에 못을 박아 막은 방에 유폐한 것이다.

웨이틀리 가계도

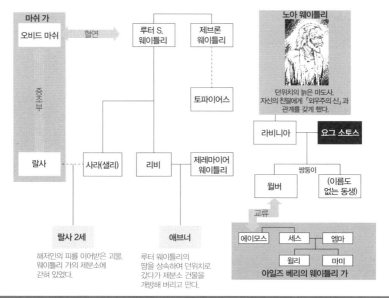

마쉬 가

오비드 마쉬 ──혈연── 루터 S. 웨이틀리 │ 제브론 웨이틀리

증조부

토파이어스

노아 웨이틀리

던위치의 늙은 마도사.
자신의 친딸에게 「외우주의 신」과
관계를 갖게 했다.

랄사 ----- 사라(샐리) │ 리비 │ 제레마이어 웨이틀리

라비니아 ── **요그 소토스**

랄사 2세

해저인의 피를 이어받은 괴물.
웨이틀리 가의 제분소에
갇혀 있었다.

애브너

루터 웨이틀리의
땅을 상속하여 던위치로
갔다가 제분소 건물을
개방해 버리고 만다.

쌍둥이

윌버 │ (이름도 없는 동생)

교류

에이모스 │ 세스 │ 엠마

윌리 │ 마미

아일즈 베리의 웨이틀리 가

저주받은 쌍둥이

윌버 웨이틀리

이 그림을 보는 한 그는 보통인간
인 것처럼 보인다. 그러나 그도 그
의 형제와 마찬가지로 이차원(異
次元)의 피를 이어받았다.

이름도 없는 동생

던위치를 공포에 빠트린 윌버의
쌍둥이 동생. 그는 지나치게 이차
원(異次元)의 피가 짙었다.

키자이어 메이슨

Keziah Mason

『마녀의 집』의 다락방에 숨어 있는 혼돈을 모시는 마녀. 사역마 브라운 젠킨과 함께 수백 년에 걸쳐 아캄에 공포를 안겨다 주었다.

● 공간을 도약하는 마녀

150명이 넘는 주민들이 마녀라는 의혹을 받아 연달아 고발당하고 투옥되었던 1692년 살렘의 마녀재판에서는 고문이나 처형에 의해 최종적으로 25명의 사망자가 나왔다고 하는데, 이들 희생자들은 모두 불행하게도 있지도 않은 죄를 추궁 당한 무고한 살렘의 시민들이었다. 살렘에서 진실로 사악한 요술에 손을 물들이고 있던 마녀나 마술사는 교묘하게 경찰들의 손과 갤로우즈 힐(Gallows Hill)의 교수대로부터 몸을 피해 재빨리 아캄이나 던위치 등의 땅으로 도망친 다음 더 이상 추궁 당할 일이 없어질 때까지 몸을 숨기고 있었다.

고등형사재판소에서 열린 공판 석상에서 존 호손 판사에게 어떤 종류의 직선과 곡선을 이용하는 것으로 공간과 공간 사이를 이동하는 것이 가능하다고 증언한 후, 형무소 내에서 그 술법을 이용해 보란듯이 탈출해 버린 늙고 교활한 마녀 키자이어 메이슨은 그중에서도 특히 유명한 사람 중 하나이다.

나하브(Nahab)라는 마녀명을 가지고 굽은 허리에 긴 코, 쭈그러진 턱 같은 동화에나 등장하는 마녀 그대로의 모습을 한 그녀는 검은 법의를 두른 『암흑의 남자』의 모습으로 사바스를 관리하는 니알라토텝과 함께 성간 우주를 자유자재로 이동하며, 불경하게도 궁극의 혼돈 한가운데에 자리한 『외우주의 신』들의 제왕 아자토스의 옥좌에까지 다가간 것도 한두 번이 아닌 듯하다.

그녀의 곁에는 브라운 젠킨(Brown Jenkin)이라는 이름으로 알려진 사역마가 항상 함께 있으며, 그녀나 『암흑의 남자』의 발에 달라붙어 몸을 비비곤 한다. 브라운 젠킨은 얼핏 커다란 쥐 같은 모습이지만, 수염을 기른 인간 같은 얼굴과 5개의 손가락을 가진 사람 같은 손의 존재가 그것이 자연에 속하는 생물이 아니라는 것을 암시하고 있다.

키자이어가 맞배지붕의 옥탑방을 은신처로 삼고 있던 아캄의 저택은 『마녀의 집』이라 불리며, 1931년 3월에 강풍으로 붕괴된 그 터에서는 마녀의 것을 포함한 다수의 인간의 뼈와 거대한 생쥐의 유해가 발견되었다.

키자이아 메이슨 상관도

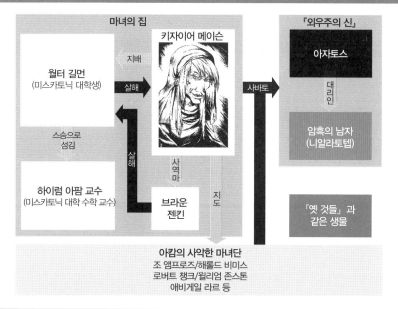

마녀의 집

월터 길먼
(미스카토닉 대학생)

키자이어 메이슨

「외우주의 신」

아자토스

지배

살해

사바토

스승으로
섬김

살해

대리인

암흑의 남자
(니알라토텝)

하이럼 아팜 교수
(미스카토닉 대학 수학 교수)

사역마

지도

브라운
젠킨

「옛 것들」과
같은 생물

아캄의 사악한 마녀단
조 앰프로즈/해롤드 비미스
로버트 챙크/윌리엄 존스톤
애비게일 라르 등

브라운 젠킨

브라운 젠킨

쥐와 비슷한 괴물은 마녀의 명령에 따라
암약했다. 그것과 비슷하게 보이는 유해
가 발견되기는 했지만, 그 주인만큼이나
저주스러운 이 사역마도 어딘가에 살아
남아 있는지도 모른다.

관련항목

● 살렘 → No.044
● 니알라토텝 → No.005
● 아자토스 → No.004
● 아캄 → No.039

● 던위치 → No.042

조셉 커윈

Joseph Curwen

인간의 죽음을 가지고 노는 사악한 마술사. 그와 흡사한 용모를 가진 자손의 호기심은 150년의 시차를 뛰어넘어 과거의 악마를 불러들였다.

● 프로비던스의 네크로맨서

1662년 내지는 1663년의 2월 18일, 살렘에서 탄생한 조셉 커윈은 수많은 비열한 행동들로 손을 더럽힌 악명 높은 흑마술사이다.

15세 때 집을 뛰쳐나와 뱃사람이 된 다음 해외에서 손에 넣은 비의서에 매혹된 그는 같은 취향을 가진 사이먼 온(Simon Orne), 에드워드 해친슨(Edward Hutchinson) 두 명만을 친구로 삼아 살렘의 마을에서 흑마술의 실험에 흠뻑 빠져 있었다.

1692년 마녀사냥 직전에 동료들과 함께 살렘을 떠난 커윈은 로드 아일랜드주 프로비던스로 이주하여 지방산업에 크게 협력하는 실업가로 행동했다. 하지만 그는 당시에도 여전히 실험을 계속했으며, 오래된 저명인사의 묘를 파헤쳐 마법으로 부활시킨 다음 고문을 가해 과거의 비밀을 알아내서는 점차 지식을 쌓아 갔다.

연인인 일라이자 틸링거스트(Elijah Tillinghast)를 커윈에게 빼앗기고 복수를 맹세한 항해사 에즈러 위든(Ezra Weeden)은 탐색 끝에 적의 사악한 행동에 대한 증거를 잡고 이전부터 커윈을 의심하던 마을의 유력자들과 1771년 오르니 코트(Olney Court)의 커윈 저택을 습격하여 타도했다.

1918년 모제스 브라운(Moses Brown) 스쿨에서 역사학을 연구하던 중에 스스로가 악명 높은 흑마술사의 자손이라는 사실을 알게 된 찰스 덱스터 워드(Charles Dexter Ward)는 학문적 탐구심에 이끌려, 커윈이 써 내려간 비의를 사용해 150여 년 전에 죽은 커윈을 부활시켰다. 유럽에 살아남아 있던 동료들과 연락을 취해 예전의 실험을 재개한 커윈은 처음에는 협력적이었으나 차츰 후회에 휩싸이기 시작한 찰스를 방해꾼으로 판단하고 가차없이 살해해 버린다. 진상을 알아차린 의사 마리너스 빅넬 윌렛(Marinus Bicknell Willett)은 구 커윈 저택의 지하실에서 우연히 그가 부활시킨, 118호라는 번호가 붙은 뼈 항아리에 그 유해가 담겨 있던 수수께끼의 존재가 지시한 주문을 이용, 흑마술사 조셉 커윈을 영원히 묻어 버린다.

조셉 커윈의 연보

연대	사항
1662년 2월 18일	조셉 커윈, 살렘에서 태어나다(1663년이라는 설도 있음).
1677~1681년	커윈, 선원이 되어 해외를 유랑. 금단의 마술서를 손에 넣는다.
1681년	커윈, 살렘으로 귀환. 두 명의 친구들과 마술의 연구에 열중한다.
1692년 3월	커윈, 마녀재판을 피해 프로비던스로 이주. 방파제의 권리를 사들여 해운업을 시작한다.
1692~1763년	커윈, 프로비던스 유수의 해운업자가 됨.
1763년 3월 7일	커윈, 일라이자 틸링거스트와 결혼. 일라이자의 연인 에즈러 위든이 커윈에게 복수할 것을 맹세한다.
1770년 가을	위든, 마을의 유력자들과 접촉하여 커윈 말살에 대해 논의를 시작한다.
1771년 4월 12일	마을의 유지들이 커윈의 농장을 습격. 커윈은 살해 당하고 그와 관계된 기록도 말소된다.
1902년	찰스 덱스터 워드가 태어난다.
1918년	찰스, 악명 높은 조셉 커윈이 자신의 선조임을 알아낸다.
1919년	찰스, 커윈이 살고 있던 집을 조사한다. 커윈의 초상화와 비밀문서를 발견.
1919~1927년	찰스, 온 미국의 도서관 및 유럽을 정력적으로 돌아다니며 금단의 지식을 익힌다.
1927년 4월 15일	찰스, 커윈을 부활시키는 데에 성공. 커윈, 의사 알렌이라고 칭하며 찰스와 공동생활을 하기 시작한다.
1927~1928년	프로비던스와 그 주변에서 묘소가 파헤쳐지거나 흡혈귀 소동 등의 괴사건이 다수 발생하게 된다.
1928년 2월	이 즈음 커윈이 찰스를 살해. 이후 커윈은 찰스 행세를 하기 시작한다.
1928년 4월 13일	의사인 마리너스 빅넬 윌렛, 마술을 이용해 커윈을 멸한다.

조셉 커윈 상관도

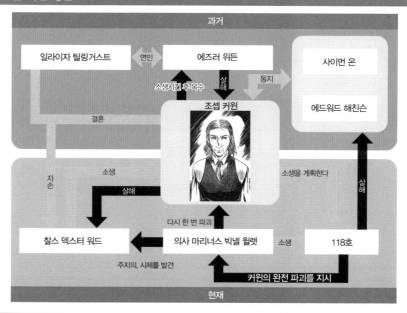

관련항목

● 살렘 → No.044

리처드 빌링턴

Richard Billington

이세계로 추방된 후에도 자손들의 몸을 잇따라 빼앗아 이 세상에 돌아온 후 숲 속 깊은 곳에 있는 탑에서 암흑의 의식을 반복하는 아캄의 흑마술사.

● 빌링턴의 숲

아캄 북부의 구릉지대에 펼쳐져 있는 수해(樹海)는 오래전부터 이 땅에 살고 있는 사람들 사이에서는 『빌링턴의 숲』이라 불리며, 이 일대 토지의 소유자인 빌링턴 가의 오래된 저택이 그 깊숙한 곳에 서 있다.

18세기의 대지주 리처드 빌링턴은 금단의 마법서나 왐파노아그족의 늙은 주술사 미스크아마커스(Misquamacus)로부터 비의를 배운 마법사였다. 빌링턴의 숲을 흐르는 강의 작은 섬에 둥글게 환상열석과 석조탑을 세우고, 외우주를 향해 열린 그 개구부에서 인디언이나 왐파노아그족이 오사다고와라 부르는 요그 소토스의 예지를 받은 리처드. 비숍 가나 웨이틀리 가 등 던위치의 타락한 주민들에게 오래된 신화나 의식의 절차를 가르친 그는 그들 사이에 지금도 마스터라 불린다. 그 후 리처드는 미스크아마카스에 의해 탑의 저편에 봉인되지만, 그 잔류 사념은 빌링턴의 숲에 여전히 남아 그의 자손들에게 사악한 영향을 미쳐 왔다.

19세기 초 알리야 빌링턴(Alijah Billington)은 리처드에게 빙의를 당해 탑의 개구부에서 이타콰를 소환하여 1807년 던위치를 들썩이게 한 연속 실종 사건을 일으키지만, 비의에 정통해 있던 그는 이윽고 자신을 조종하는 선조의 존재를 깨닫고 다시 한 번 탑을 봉인한 다음 아들 라반(Laban) 과 함께 영국으로 건너갔다.

1921년 라반의 증손에 해당하는 앰브로즈 듀어트(Ambrose Dewart)가 빌링턴 가의 재산을 상속 받아 저택에 살게 된다. 호기심으로 인해 탑이나 환상열석을 복구시킨 자손의 몸에 빙의하여 부활한 리처드는 암흑의 의식을 행하여 차례차례 괴사건을 일으키지만, 미스카토닉 대학의 세네카 라팜(Seneca Lapham) 교수나 윈필드 필립스(Winfield Phlips) 등에 의해 다시 한 번 탑이 파괴된다.

참고로, 리처드에게는 나라간셋 인디언을 자칭하는 쿠아미스라는 하인이 있었다. 마술사가 부활할 때마다 쿠아미스도 탑 속에 모습을 드러내 주인의 영혼이 깃든 빌링턴 가의 사람을 모셨다.

빌링턴 가 상관도

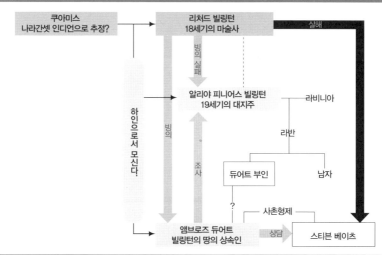

『빌링턴의 숲』 주변 지도

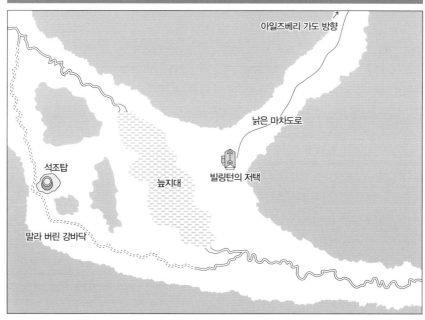

관련항목

- ● 요그 소토스 → No.006
- ● 웨이틀리 가 → No.097
- ● 이타콰 → No.010
- ● 던위치 → No.042

- ● 미스카토닉 대학 → No.040

리처드 업튼 픽맨

Richard Upton Pickman

인간이 아닌 존재와 친근하게 지내며 결국 스스로도 사람이 아닌 것으로 변해 버린, 살렘 마녀의 피를 이어받은 보스턴의 천재 화가.

● 픽맨의 모델

1926년 실종된 리처드 업튼 픽맨은 그 병적인 화풍을 생리적인 이유로 혐오하는 일부 보수적인 사람들을 제외하면 귀스타브 도레(Paul Gustave Dore), 시드니 H. 사임(Sidney Herbert Sime)과 같은 환상화의 대가들과도 비견될 만큼 보스턴 최고의 화가이며, 정말 무시무시하고 진실에 가까운 것을 캔버스 위에 그려낼 수 있는 천재로 높이 평가되는 유미주의의 예술가이다. 신고전주의의 거장인 프란시스코 데 고야(Francisco De Goya) 이래로 일그러진 얼굴이나 표정 위에 틀림없는 지옥을 나타낼 수 있는 화가는 픽맨 외에는 영국의 버질 홀워드 정도만을 꼽을 수 있을 뿐이다.

한때 살렘에 거주하던 픽맨 가는 리처드의 4대 전의 조모가 1692년 악명 높은 마녀재판에 연루되어 교수형에 처해진 후 이 마을에서 도망치듯 보스턴으로 옮겨 살았다. 픽맨은 노스 엔드의 빈민가에 있는 오래된 집을 피터스라는 가명으로 빌린 후 방약무인한 그조차도 남의 눈을 꺼리는 듯한 작품을 만드는 아틀리에로 사용했다.

『지하철의 사건』, 『가르침』, 『마운트 오번에 묻힌 홈즈, 로웰, 롱펠로』, 『식사하는 구울』 등과 같은 지하세계에 숨어 있는 구울을 다룬 일련의 섬뜩한 작품들은 모두 이 아틀리에에서 탄생한 것인데, 무서우리만큼 리얼리티가 넘치는 이들 작품은 보스턴 주변의 지하 납골당, 노스 엔드의 지하에 거미줄처럼 깔린 통로에서 나타나는 살아 있는 구울들을 모델로 그려진 틀림없는 사실화인 것이다.

구울들과 깊이 교우하는 와중에 그 자신도 인간이기를 포기한 픽맨은 지금은 구울이 되어 드림랜드에서 살고 있다. 픽맨 가에는 16세기에 간행된 그리스어판 『네크로노미콘』이 소장되어 있었으나, 픽맨이 자취를 감춘 뒤로 소재를 알 수 없게 되었다고 한다.

리처드 업튼 픽맨

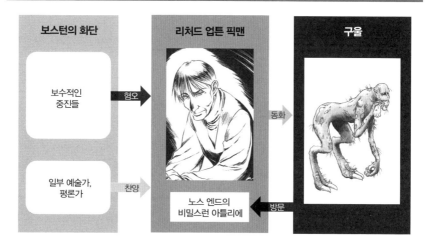

| 보스턴의 화단 | | 리처드 업튼 픽맨 | | 구울 |

보스턴의 화단
- 보수적인 중진들 —혐오→
- 일부 예술가, 평론가 —찬양→

리처드 업튼 픽맨
- 노스 엔드의 비밀스런 아틀리에

—동화→ 구울

방문→ 노스 엔드의 비밀스런 아틀리에

『식사하는 구울』

『식사하는 구울』

인간의 시체를 게걸스레 먹어 치우는 구울을 세밀하면서도 극명하게 그려낸. 리처드 업튼 픽맨의 최고 걸작이라 불리는 이 스케치는 그의 비밀스런 아틀리에에 초대한 실제 구울을 모델로 그려진 것이라고 많은 이들이 목소리를 낮춰 수군거리고 있다.

관련항목
- 살렘 → No.044
- 구울 → No.020
- 드림랜드 → No.080
- 「네크로노미콘」 → No.025

제임스 모리아티 교수

Professor James Moriaty

고명한 수학자는 또한 악의 천재이기도 했다. 지나치게 예민한 사고가 생사의 경계를 넘어섰을 때 성간에 울려 퍼지는 플루트 소리가 그의 영혼을 사로잡았다.

● 범죄계의 나폴레옹

연쇄살인마 『잭 더 리퍼(Jack the Ripper)』를 상징으로 하여 자주 언급되는 빅토리아 왕조 영국의 어두운 면모, 그 어둠의 세계를 공포로 지배하는 강대한 범죄조직이 있었다. 당시 런던의 암흑가에서 발생하던 범죄의 대부분에 관여했다는 이 조직의 수령이 바로 제임스 모리아티 교수이다.

『교수』라는 지위가 나타내는 바와 같이 모리아티는 겉으로는 영국 서부의 대학에서 교편을 잡고 있는 수학교수로 세간에 알려져 있었다. 그가 이 명예로운 지위를 얻은 것은 1867년 발표한 이항정리에 관한 논문 덕분이었는데, 유럽 수학계에 명성을 확고히 한 것은 1872년 발표한 『소행성의 역학』이라는 대저서이다. 모리아티는 이 논문 속에서 화성과 목성 사이에 있던 행성이 무엇인가 강대한 에네르기와의 접촉에 의해 산산조각 나서 현재의 소행성대를 형성했다는 가설을 제시하고 있는데, 놀랍게도 그것은 까마득한 태고에 아자토스가 태양계에 소환되었을 때 일어난 일을 정확히 논증한 것이었다.

모리아티가 『외우주의 신』에 대한 지식을 얻은 것이 『소행성의 역학』을 집필하기 전이었는지, 혹은 그 후였는지에 대해서는 확실하게 알려진 게 없다. 어쨌든 이 천재적인 수학자가 조직적 범죄에 손을 댄 경위와 『소행성의 역학』에 의해 문이 열려 버린 금단의 지식에 대한 갈망은 서로 결코 무관한 일이 아닐 것이다.

범죄자로서의 모리아티는 자신의 존재가 표면에 드러나지 않도록 극도로 교묘하게 행동했으나, 한때 그의 제자였던 한 사립탐정의 추궁에 의해 조직이 괴멸되고, 1891년 그는 결국 쫓기는 입장이 되고 만다. 그 후 스위스의 라이헨바흐 폭포에서 목숨을 잃은 듯 보였던 모리아티였으나, 실제로는 『외우주의 신』들의 도움을 받아 구사일생한 뒤로 그 경건한 사도가 되어 역사의 그림자 속에서 암약했다고 한다.

모리아티 교수의 범죄조직

모리아티 교수

영국의 화가 시드니 패짓(Sidney Edward Paget) (1860~1908)이 그린 제임스 모리아티 교수의 초상화, 「그는 키가 매우 큰 마른 남자로,이마는 깨끗한 곡면을 그리며 튀어나와 있고, 두 눈은 얼굴에 깊숙이 파묻혀 있다. 그는 수염을 깔끔하게 면도하고, 창백하고, 금욕적인 겉모습을 하고 있으며, 얼굴은 어느 정도 교수적인 면모를 가지고 있다. 오랜 학문탐구 생활로 인해 그의 어깨는 둥글게 굽어 있고, 얼굴은 앞으로 튀어나와 파충류 같은 기묘한 동작으로 좌우로 천천히 흔들리며 움직이고 있다.」

(번역, 모리세 료)

세바스찬 모란 (Sebastian Moran) 대령

교수의 조직의 부두목 급이라고 알려져 있던 「런던에서 두 번째로 위험한 남자」 세바스찬 모란 대령. 1894년에 살인죄로 체포되어 사형 판결을 받았다.

지배하에 둠

대립

빅토리아 왕조 영국의 다양한 범죄

| 소매치기 | 들치기 | 절도단 | 영리 목적 유괴 | 매춘 | 공갈 | 스파이 |

■ 런던 경찰
　(스코틀랜드 야드)
■ 시티 폴리스
■ 디오게네스 클럽

 ### 런던에서 가장 위험한 남자

말할 필요도 없이 잘 알려진, 빅토리아 왕조의 영국에서 활약한 사립탐정 셜록 홈즈의 불구대천지원수란 바로 제임스 모리아티 교수를 뜻하는 말이다.

아서 코난 도일의 인기 탐정소설과 크툴루 신화를 연결시킨 것은 미국 캐오시엄사에서 테이블 토크 RPG 『크툴루의 부름』의 서플먼트로 1988년에 발매된 『크툴루 바이 가스라이트(Cthulhu By Gaslight)』이다. 빅토리아 왕조의 영국을 무대로 한 이 시나리오는 상세한 해설이 달린 셜록 홈즈 전집을 편찬한 것으로 알려진 홈즈 연구가 W. S. 베어링 굴드(Baring Gould)가 쓴 홈즈의 전기 『셜록 홈즈 가스등에 떠오른 그 생애』에 기반하고 있으며, 그 항목의 기술도 이 내용과 맞추고 있다. 아자토스에 관련된 기술은 아이작 아시모프(Isaac Asimov)의 연작 추리소설 『흑거미클럽』2권에 수록된 단편 『완전범죄(The Ultimate Crime)』에서 가져온 것으로, 캐오시엄사의 "S. Petersen's Field Guide to Cthulhu Monsters"의 크툴루 신화 속에 들어가 있다.

관련항목
● 화성 → No.075
● 아자토스 → No.004

별의 지혜파

Starry Wisdom

『어둠 속에서 날뛰는 자』 니알라토텝을 숭배하는 사교집단. 한 번 해체된 뒤, 다시 부활한 지금 이 순간에도 세계를 위협하고 있다.

● 암흑교단의 그림자

별의 지혜파는 1843년 이집트에서 네프렌 카의 묘소를 발굴 조사했던 이노크 보웬(Enoch Bowen) 교수가 그 이듬해에 프로비던스의 페데럴 힐 언덕에 서 있는 자유의지파 교회를 본거지로 삼아 설립한 신흥종교이다.

보웬이 가지고 돌아온 『빛나는 트라페조헤드론』에 그 신앙의 기반을 두고 니알라토텝을 주신으로, 위대한 크툴루, 슈브 니구라스 등 『옛 지배자』들이나 『외우주의 신』들을 숭배했다.

시간과 공간 모두로 통하는 창문이라 일컬어지는 『빛나는 트라페조헤드론』은 명왕성에서 만들어진 후 『옛 것들』이 지구로 가지고 와 발루시아(Valusia)의 뱀 인간의 손을 거쳐 인간의 손에 들어온 것으로, 그 측면에 몸을 뒤트는 생물이 새겨진 광택 없는 금색 상자에 수납되어 있으며, 뚜껑을 덮고 검은 다면체의 결정을 어둠 속에 드러냄으로써 니알라토텝을 소환할 수 있다.

한때는 200명 이상의 신자를 거느린 커다란 종파가 된 별의 지혜파이지만, 인신공양과 관련된 불온한 소문으로 인해 활동지역의 주민들이 모두 꺼려해 1877년 당국의 지적을 받고 해산 위기에 몰렸다. 이때 본부 교회도 폐쇄되었으나 1893년 에드윈 M. 릴리브릿지라는 신문기자가 교회에 숨어든 후로 소식이 끊기고, 1935년에 역시 교회에 침입한 괴기소설가 로버트 해리슨 블레이크가 돌아온 지 1주일 만에 기괴한 죽음을 맞이하는 등 다양한 사건이 끊이지 않고 있다. 별의 지혜파는 마치 망해서 사라진 듯 보였으나 실제로는 많은 신자들이 각지에 잠복하고 있으며, 1890년대에는 제임스 모리아티 교수의 협력을 얻어 영국의 요크셔에서 교회가 설립되었고, 미국에서도 1970년대에 캘리포니아주 로스앤젤레스의 남 노르망디에서 나이 신부라 불리는 수수께끼의 흑인 남성이 교단을 재건, 80년대에는 인스머스의 다곤 비밀교단과도 협력관계를 맺었다.

별의 지혜파의 연보

연대	사항
1843년	이노크 보웬 교수, 이집트에서 네프렌 카의 묘소를 발굴 조사하여 「빛나는 트라페조헤드론」을 입수.
1844년	보웬 교수, 프로비던스의 자유의지파 교회를 사들여 별의 지혜파 교회를 설립.
1848년	별의 지혜파의 신자가 100명 가까이에 도달하지만 희생제물로 바쳐진 희생자도 10명이나 된다.
1863년	별의 지혜파의 신자가 200명 가까이로 늘어난다.
1877년	당국의 적발로 인해 별의 지혜파는 해산 위기에 놓이고, 많은 신자들이 마을을 떠난다.
1893년	신문기자인 에드윈 릴리브릿지, 교회에 침입 후 소식이 끊긴다.
1890년대	모리아티 교수의 조력에 의해 영국의 요크셔에 별의 지혜파 교회가 설립된다.
1935년	괴가작가 로버트 H. 블레이크, 교회에 침입, 「빛나는 트라페조헤드론」을 발견. 그 후 폭풍우 치는 밤에 목숨을 잃는다. 블레이크가 죽은 후 앰브로즈 덱스터 의사, 「빛나는 트라페조헤드론」을 바다 깊숙이 빠트린다.
1970년대	로스앤젤레스에서 나이 신부라 불리는 인물이 미국 국내의 별의 지혜파를 재건한다.
1980년대	별의 지혜파와 다곤 비밀교단이 「빛나는 트라페조헤드론」의 회수를 위해 협력관계를 맺는다.

빛나는 트라페조헤드론

유고스 성에서 만들어진 뒤 인류 발생 이전의 다양한 문명에 의해 소지되었다.
바다에 가라앉았다지만 비슷한 종류의 물건이 또 존재한다고 한다.

관련항목

은색 황혼 연금술회(S∴T∴)

The Hermetic Order of Silver Twilight

오래된 신들의 부활과 질서세계 파괴의 부활을 꾀하며 1920년대 세계 각지에서 암약한 비밀결사. 그 잔당들은 지금도 역사의 그림자 속에서 분주히 움직이고 있다.

● 사신 부활을 꾀하는 비밀결사

메사추세츠주 보스턴에서 1920년대에 결성된 배타적인 비밀결사. 1657년에 스코틀랜드의 마녀 앤 샤틀린(Anne Chatelaine)이 창설한 조직을 그 전신으로 삼는다. 일반적으로 세간에서는 프리메이슨과 마찬가지의 우애단체라 여겨지고 있으며, 적지 않은 시의 유력자들이 입회해 있는 것이나 수많은 자선사업에 출자하고 있다는 점 등이 그러한 평판을 뒷받침해 준다. 그 실체는 『옛 지배자』들이나 『외우주의 신』을 신봉하고, 이들을 통해 다양한 질서를 파괴하려는 광신도들의 교단이며, 전술한 명사들을 포함한 일반회원의 존재는 참된 목적을 숨기기 위한 가면에 지나지 않는다.

교단의 지도자는 최고 계급인 『마술사』를 가진 칼 스탠포드.

3세기에 이르는 긴 시간을 살아왔다는 스탠포드는 나치당의 전신인 오컬트 결사 『툴레 협회(Thule Gesellschaft)』나 영국의 마술사 알레이스터 크로울리가 창설한 마술결사 『은색 별』에도 어떠한 형태로 관여했다고 알려져 있다.

은색 황혼 연금술회가 본격적인 형태로 행동에 나선 것은 1925년의 일이다. 당시 그들은 태평양 상에 르뤼에를 부상시키고 위대한 크툴루를 잠에서 깨어나게 하는 것에 절반 이상 성공했다는데, 교단을 추적하던 적대자들의 개입에 의해 이 계획은 최종적으로는 실패한 모양이다. 그뿐 아니라 교단 간부의 대부분이 다시금 가라앉은 르뤼에와 함께 바다에 삼켜져 버려 은색 황혼 연금술회는 사실상 이때 괴멸했다고 여겨진다.

운 좋게 살아남은 잔당은 세계 각지에 흩어져 몸을 숨긴 채 활동을 계속하고 있었다. 그중에서도 남미로 도망친 그룹은 전쟁이 끝난 후 마찬가지로 남미로 도망쳐 온 나치 잔당과 동맹을 맺음으로써 일시적으로 커다란 세력이 되었으나, 1983년에 분파한 『동방황혼기사단(Grandorder of Oriental Twilight, G∴O∴T∴)』과의 격렬한 내부 항쟁에 의해 조직은 차츰 피폐해지고 다시 한 번 쇠퇴할 수밖에 없게 되었다.

은색 황혼 연금술회의 집회소

보스턴 교외에 서 있던 은색 황혼 연금술회의
집회소. 고딕양식도 도입한 후기 빅토리아 왕
조의 건물로. 회원들의 교류나 영적인 의식을
위해 사용되었다. 1925년에 폐쇄.

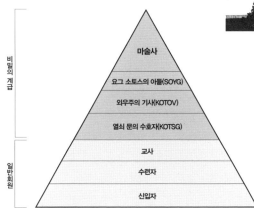

은색 황혼 연금술회의 회원에게
부여되는 7개의 계급 중 하위 3
개의 계급은 결사도. 크툴루 신
화와의 관계도. 아무것도 모르
는 일반회원을 위한 계급이다.

 칼 스탠포드라는 이름

테이블토크 RPG 『크툴루의 부름』용 서플먼트로, 미국 캐오시엄사로부터 1983년에 발매
된 『요그 소토스의 그림자』에 있어 플레이어 측과 적대하는 은색 황혼 연금술회와 그 수
괴인 칼 스탠포드는 1984년 발매된 『니알라토텝의 가면』(캐오시엄), 1988년 발매된 『황
혼의 천사』(하비 재팬) 등 다른 서플먼트에서도 때때로 언급되곤 한다.

『칼 스탠포드』라는 이름은 테이블 토크 RPG 『크툴루의 부름』의 디자이너인 샌디 피터
슨의 본명(칼 스탠포드 피터슨)에서 유래한 것으로, 어거스트 덜레스에게 있어 라반 슈뤼즈
베리 박사나 『세라에노 단장』, R. E. 하워드의 『무명 제례서』 등의 설정과 마찬가지로 캐
오시엄사의 신화 에피소드의 공통된 풍미로 활용되었다.

관련항목
- 위대한 크툴루 → No.003
- 르뤼에 → No.067

끝나지 않는 투쟁

Endless Resistance

인류사회를 위협하는 사신과 그 숭배자들에게 홀연히 맞서 싸우는 사람들. 금단의 지식과 마술을 몸에 두르고 강대한 존재와의 싸움에 도전하는 신을 등진 자들.

● 십자군의 후계자들

탐색자라 불리는 사람들이 있다. 인류사회의 어두운 부분에서 꿈틀거리며 평화롭게 살고 있는 사람들 위로 파멸과 혼돈의 그림자를 던지는 크툴루 신화의 신들과 그 숭배자들이 가져오는 괴이에 대항하여 십자군의 기사처럼 창끝을 치켜든 채 배후에 숨은 계획을 저지하려는 탐색자들은 그 행위가 풍차를 향해 돌격하는 돈키호테와 같은 것이며, 그것이 어리석고 허무한 싸움이란 것을 이해하면서도 여전히 주먹을 내지르는 것을 멈추지 않는 용기와 지혜를 함께 갖춘, 그렇지 않다면 다소 생각이 부족한 사람들의 모임이다.

마음만 먹는다면 세계를 몇 번이고 멸망시키기에 충분한 힘을 가지고, 때가 오면 실제로 그렇게 할 것이 틀림없는 사악한 존재에 대항하기 위해 탐색자들은 때때로 『외우주의 신』이나 『옛 지배자』들 자신의 힘을 이용하는 것도 서슴지 않으며, 봉인된 선사시대의 신화와 전설을 섭렵한 후 고명한 마술사가 쓴 금단의 마술서를 해석함으로써 적에 대한 지식과 본래 적의 무기인 비의, 마술 따위를 익혀 그 힘을 행사하는 것조차 두려워하지 않는다.

그들의 본성은 제각각이다. 토머스 카나카나 닥터 존 사일렌스, 마이클 리, 타이터스 크로우 등과 같은 고스트 헌터 혹은 오컬트 탐정 등으로 불리는 직업적인 전문가들부터 마틴 헤셀리우스 박사나 아브라함 반 헬싱 교수, 라반 슈뤼즈베리 박사 등 학술적인 방향에서 초자연적 존재에 관여하게 되어 이윽고 돌이킬 수 없을 만큼 깊은 영역까지 발을 들여 버린 학자들, 혹은 에드윈 윈스럽이나 FBI 수사관 핀레이와 같이 정부기관으로부터 비밀 지령을 받아 태곳적부터 전해져 내려오는 사악한 존재를 상대하는 자들도 있다. 어떤 이는 우주의 진리에 다가가기 위해, 어떤 이는 숭고한 의무가 명하는 대로, 또 어떤 이는 지위나 명예 따위를 위해 유한한 생애의 전부를 영겁의 탐구에 쏟아 붓고 있는 것이다.

탐색자들

라반 슈뤼즈베리 박사
하스터의 비호를 받아 위대한 크툴
루와 그 권속에 과감하게 도전장을
던진 역전의 노학자.

타이터스 크로우
사신과 그 숭배자들의 무기인 마술
을 다루어 그들에게 대항하는 가공
할 만한 탐색자.

❖ 신에게 주먹을 추켜올리는 자

H. P. 러브크래프트가 쓴 작품 속에서는 주인공들이 설령 아무리 지혜와 용기가 뛰어나더라
도 결국은 하찮고 약한 인간에 지나지 않으며, 괴이 앞에서는 별달리 손쓸 방도도 없이 농락
당한 채 파멸해 갔다. 그러나 어거스트 덜레스를 필두로 그의 후속 작가들 중에서는 사신과
싸우기 위한 송곳니를 인류에게 부여하는 자들이 나타났다.

덜레스의 연작 『영겁의 탐구』에서 활약한 라반 슈뤼즈베리 박사는 젊은 탐색자들을 이끌
고 세계 각지의 크툴루 신자의 거점과 르뤼에에 타격을 입혔다. 덜레스적 신화세계에서 하
나의 도달점을 보여 주었다고도 할 수 있는 『영겁의 탐구』는 인기가 높고, 여러 개의 일본
산 신화작품에도 분명한 영향을 미치고 있다.

타이터스 크로우는 브라이언 럼리가 낳은 영웅이다. 마술의 오의에 정통하고, 그들을 구사
해서 싸우는 모습은 그야말로 새로운 세대의 탐색자의 모습이었다. 일본의 경우 『타이터스
크로우의 사건집』에 단편작품이 정리되어 있는 것 외에 장편 시리즈 쪽도 『타이터스 크로
우 사가』로서 간행이 시작되기도 하였다.

관련항목
● 크툴루 신화 → No.001
● 위대한 크툴루 → No.003
● 타이터스 크로우 → No.109
● 라반 슈뤼즈베리 박사 → No.106

● 에드윈 윈스럽 → No.110

라반 슈뤼즈베리 박사

Dr. Laban Shrewsbury

금단의 지식과 마술에 통달하여 『엘더 사인』과 하스터의 가호 아래 위대한 크툴루와 그 권속, 숭배자들에게 대항하는 불가사의한 노학자(老學者).

● 검은 색안경을 낀 탐색자

라반 슈뤼즈베리 박사는 미스카토닉 대학에서 철학과 교편을 잡았던 적도 있는 고대의 신화와 신앙의 권위자이며, 『네크로노미콘』을 시작으로 하는 금단의 책들부터 『옛 지배자』들이나 『외우주의 신』에 대한 지식을 익힌, 인류사회를 위협하는 크툴루 신자들에 대한 투쟁의 지도자이다.

슈뤼즈베리 박사는 어둠과 같이 어두운 렌즈가 달린 색안경을 항상 착용하고, 쾡하니 구멍이 뚫린 것 같은 공허한 두 눈을 그 밑에 숨기고 있다.

1915년 9월 저녁 즈음, 아캄 서쪽 지구의 좁은 길을 걷고 있을 때 돌연 모습을 감춘 박사는 행방불명이 되었던 20년이나 되는 기간 동안 세라에노의 대도서관에 체재하고 있었다. 그 이전에도 종종 그곳을 방문한 적이 있는 박사는 대도서관에서 발견한 석판의 기록으로부터 오래된 옛 것의 숭배자들을 물리칠 수 있는 『엘더 사인』『고대 신』의 상징인 오망성 형태의 무늬가 새겨진 부적에 대한 이야기 등을 읽어냈다고 한다. 박사가 석판에서 배운 지식은 하스터를 섬기는 비행생물 바이아크헤를 사역하는 술식 등과 함께 『세라에노 단장』에 정리되었고, 그 밖에도 1936년에 발행된 『르뤼에 문서를 기초로 한 후기 원생인의 신화의 모습에 대한 연구』, 간행되지 않은 채 끝났지만 미스카토닉 대학 부속도서관에 초고가 보관되어 있는 『네크로노미콘에 있어서의 크툴루』 등의 저서가 있다.

1935년에 실종되었을 때와 마찬가지로 완전히 예상 밖의 귀환을 한 그는 변호사에 의해 유지되고 있던 메사추세츠주 아캄의 커윈 스트리트 93번지에 위치한 그의 집으로 돌아갔다. 이때 박사는 20년 전과 외견적으로 전혀 변화가 없었는데, 주변으로부터 적지 않은 의심을 사고 있었다.

앤드류 펠란 등 젊은 동지를 얻은 그는 『르뤼에 문서』에 기록되어 있던 크툴루 신자들의 거점을 파괴한 후 미 해군과 공동으로 『포나페 작전』을 입안, 1947년 9월에 태평양 상으로 부상해 있던 르뤼에에 핵 공격을 가하게 되었다.

슈뤼즈베리 박사의 연보

연대	사항
1915년	미스카토닉 대학의 라반 슈뤼즈베리 박사, 아캄의 길거리에서 실종.
1935년	슈뤼즈베리 박사, 세라에노로부터 돌연 귀환한다.
1938년 6월	앤드류 펠란, 슈뤼즈베리 박사에게 고용된다.
1938년 9월	앤드류 펠란, 실종.
1940년	앤드류 펠란, 에이블 킨(Abel Keane)의 협력을 얻어 인스머스의 다곤 비밀교단을 섬멸한다.
1940년~	에이블 킨 실종.
	클레이본 보이드, 대숙부인 아삽 길맨의 죽음의 그림자에 크툴루 교단의 음모가 있었다는 것을 알아낸다.
	클레이본 보이드, 슈뤼즈베리 박사의 지도에 따라 마추픽추에서 호수로 이어지는 르뤼에의 입구를 파괴.
1945년	슈뤼즈베리 박사, 슈리성에서 일어난 사건의 조사를 위해 오키나와를 방문함.
1947년	슈뤼즈베리 박사, 닐란드 코람과 함께 이름 없는 도시에서 알하자드의 망령에게서 르뤼에의 위치에 대한 정보를 얻는다.
1947년	슈뤼즈베리 박사, 호버스 블레인에게 크툴루에 대항하는 싸움에 협력할 것을 요청한다.
1947년 9월~	슈뤼즈베리 박사, 미 해군과 공동으로 르뤼에에 대해 핵공격을 감행.
	에이블 킨, 의문의 죽음을 맞이한다. 슈뤼즈베리 박사, 태평양전쟁 후에 티벳 오지에서 사신에 대항하는 조직을 결성?

슈뤼즈베리 박사의 동지들

라반 슈뤼즈베리 박사

지도 ▷

탐색 중에 조우. 동지가 된다

1930~40년대에 크툴루 교단과 싸움

앤드류 펠란
슈뤼즈베리 박사의 보디가드 겸 비서로 고용된다. 박사와 함께 마추픽추 유적 지하에 있는 문을 파괴했다.

에이블 킨
펠란 실종 후에 그가 하숙하던 방을 빌린 신학생. 호기심과 정의감에 의해 인스머스를 조사하는 펠란에게 협력한다.

클레이본 보이드
크레올(creole) 문화의 연구가. 대숙부 아삽 길맨의 죽음의 원인을 조사하던 중 페루의 크툴루 숭배자들에게 다가간다.

닐란드 코람
괴기소설 작가. 슈뤼즈베리 박사와 함께 이름 없는 도시에 가서 압둘 알하자드의 망령과 조우한다.

호버스 블레인
고고학자. 슈뤼즈베리 박사들로부터 르뤼에의 소재에 관한 조언을 요청 받고 그대로 그들의 동료가 된다. 어머니 쪽의 선조는 인스머스 출신.

아캄에 거주하는 인물
1980년대의 미스카토닉 대학 부속도서관 사서. 백부인 피슬리 박사의 유지를 이어받아 인스머스의 다곤 비밀교단의 비밀을 파헤친다.

관련항목

- 미스카토닉 대학 → No.040
- 「네크로노미콘」 → No.025
- 아캄 → No.039
- 위대한 크툴루→ No.003
- 「세라에노 단장」 → No.035
- 하스터 → No.008
- 세라에노 → No.078
- 「르뤼에 문서」 → No.027
- 르뤼에 → No.067

헨리 아미티지 박사

Dr. Henry Armitage

금단의 기록을 쌓아 둔 상아탑 깊은 곳에서 책들을 지키는 파수꾼 노릇을 하는 늙은 현자는 잊혀진 언어를 구사하여 인류의 적이 되는 사악한 존재에 맞선다.

● 금지된 지식을 지키는 자

1920년대 후기에 미스카토닉 대학 부속도서관의 관장을 맡았던 헨리 아미티지 박사는 미스카토닉 대학 문학석사, 프린스턴 대학 철학박사, 존스 홉킨스 대학 문학박사의 학위를 가진 캠퍼스 유수의 석학으로 알려진 연구가 중 한 사람이다.

1925년에 편지를 통해 의견을 교환하던 윌버 웨이틀리의 던위치에 위치한 집을 방문한 박사는 12세의 나이에 6피트 9인치에 달하는 키를 가졌던 윌버의 기형에 가까운 체구와 그 나이에 걸맞지 않는 언동에 적지 않은 불안감을 품게 되었다.

윌버 웨이틀리에 대한 박사의 의문은 미스카토닉 대학 부속도서관을 방문한 윌버가 라틴어판 『네크로노미콘』과 그가 조부로부터 물려받은 존 디의 영어번역판을 서로 비교하며 읽고, 요그 소토스의 이름을 포함한 주문 내지는 기도문 같은 것을 조사하고 있는 것을 목격하기에 이르자 점점 더 확고한 형태로 짙어졌다.

73세라는 고령의 나이에도 불구하고 윌버와 그가 꾸미고 있는 무엇인가에 대해 자신이 대항하지 않으면 안 되는 게 아닐까, 하는 막연한 사명감을 품게 된 아미티지 박사는 웨이틀리 가에 대해 조사함과 동시에 『네크로노미콘』 등 금단의 책을 펼쳐, 윌버가 열심히 조사하고 있는 사악한 신들에 대한 연구에 착수했다. 얼마 지나지 않아 1928년 8월에 윌버는 미스카토닉 대학 부속도서관에 침입을 시도하다 도서관을 지키는 개에게 물려 죽고 말지만, 아미티지 박사는 그가 남긴 수기를 통해 그의 정체와 목적 그리고 던위치에 숨어 있는 무시무시한 괴물의 존재를 알게 된다.

그 해 9월 15일, 동료인 워렌 라이스 교수, 프란시스 모건 교수 등과 함께 던위치로 간 박사는 센티넬 언덕의 꼭대기로 괴물을 몰아넣고 마법서에 있던 주문의 힘으로 이를 타도했다.

헨리 아미티지 박사 상관도

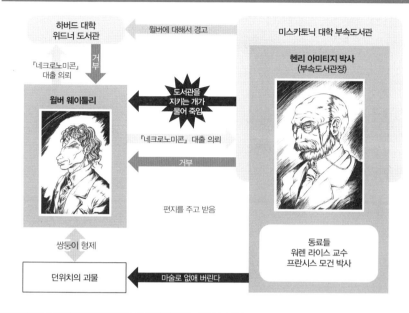

하버드 대학
위드너 도서관

월버에 대해서 경고

미스카토닉 대학 부속도서관

헨리 아미티지 박사
(부속도서관장)

『네크로노미콘』
대출 의뢰

거부

월버 웨이틀리

도서관을
지키는 개가
물어 죽임

『네크로노미콘』 대출 의뢰

거부

편지를 주고 받음

동료들
워렌 라이스 교수
프랜시스 모건 박사

쌍둥이 형제

던위치의 괴물

마술로 없애 버린다

❖ 앨리시아 Y

크툴루 신화는 소설이나 영상작품뿐 아니라 만화의 제재가 되기도 했으며, 미국에서는 앨런 무어의 『젠틀맨 리그(The League of Extraordinary Gentleman)』 등의 만화작품이, 일본에서는 야노 켄타로(矢野 健太郎)의 『사신전설(邪神伝説)』시리즈, 츠키시로 유코(槻城 ゆう子)의 『소환의 만명(召喚の蛮名)』 등 좋은 작품이 발표되어 있다. 여기서 소개하는 고토 주안(後藤 寿庵)의 『앨리시아 Y(アリシアーY)』는 1994년 아카네신샤(茜新社)에서 간행된 본격파 크툴루 신화작품이다. H. P. 러브크래프트의 『던위치의 공포』의 후일담적인 요소를 포함하고 있으며, 같은 작품에서 적수가 된 아미티지 교수와 웨이틀리가 쌍방의 피를 이어받은 앨리시아 Y. 아미티지가 그녀의 곁에 사역마처럼 따라붙는 니알라토텝과 함께 수백 년의 시간을 살아남아 신의 힘을 자신의 것으로 하려는 엘리자베스 왕조의 마술사 존 디 박사―『네크로노미콘』을 영어로 번역했다고 알려진 인물―와 싸우는 이야기이다. 앨리시아 Y의 『Y』가 무엇을 의미하는지에 대해서는 이 책을 여기까지 정독한 독자 제군들이라면 명백히 알 수 있을 것이다.

에드워드 칸비

Edward Carnby

괴기 현상을 전문적으로 다루는 뛰어난 솜씨의 오컬트 탐정. 깊은 인연에 엮인 수많은 괴사건들은 그와 그 주변인들을 암흑과 광기의 세계로 이끈다.

● 암흑 속에 홀로(Alone in the Dark)

로스앤젤레스에 사무소를 개업한 에드워드 칸비는 초자연적 괴사건을 전문적으로 취급하는 고명한 사립탐정이다.

일개 사립탐정이었던 그의, 오컬트 탐정으로서의 최초의 사건은 1924년 가을에 일어났다. 수수께끼의 자살을 하여 『더 미스터리 이그재미너』 신문을 떠들썩하게 장식했던 예술가 제레미 하트우드(Jeremy Hartwood)의 유품 조사를 의뢰 받아 루이지애나의 인적 드문 데르세토(Derceto) 저택으로 향한 그를 기다리고 있었던 것은 아무도 없어야 할 저택의 옥탑방에서 불빛이 새어 나오는 광경이었다.

크툴루의 저주가 깃든 악령의 저택을 둘러싼 사건을 계기로 그는 괴기 현상을 동반한 사건들만을 잇달아 의뢰 받게 되어 원했든 그렇지 않았든 이 분야의 일인자로 인정받기 시작한다.

데르세토 저택의 괴사건으로부터 수개월도 채 지나지 않은 1924년 12월에는 저명한 영화 프로듀서인 조지 손더스의 딸 그레이스(Grace Saunders)가 갱단 헬즈 키친에 의해 유괴당하는 사건이 벌어졌다. 칸비는 이 사건 속에서 전설적인 해적 『애꾸눈 잭(One-Eyed Jack)』의 악령과 대결하여 소녀를 훌륭하게 구출해냈다.

이듬해인 1925년 7월, 또다시 손더스로부터 의뢰를 받아 행방불명된 영화 야외촬영팀의 수색에 나선 그는 한때 인디언의 성지였던 고스트 타운, 대학살의 계곡(Slaughter Gulch)에서 서부 개척시대의 악령과 싸우게 되었다. 충격을 당해 한 번은 목숨을 잃은 칸비였으나 인디언의 부적의 힘으로 다시 살아 있는 인간의 육체를 되찾았다.

참고로, 칸비와의 인연이 결코 얕지 않은 악령 저택 데르세토는 자살한 예술가의 조카인 에밀리 하트우드(Emily Hartwood)가 상속 받았다. 그 후 전매된 저택을 구입한 베이츠 부부에 의해 모텔로 개조되었으나, 그들의 아들인 노먼의 대에서 연쇄엽기살인사건이 발생했다.

에드워드 칸비의 상관도

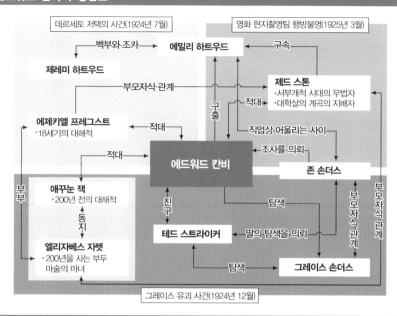

데르세토 저택

사건이 있은 뒤 베이츠라는 이름의 부부에게 매각되어 모텔로 개조된 유령 저택 데르세토. 부부의 아들 노먼의 대에서 처참한 사건이 반복되고 말았다.

관련항목

● 위대한 크툴루→ No.003

타이터스 크로우

Titus Crow

대(對) 사신조직 『윌머스 파운데이션』의 비장의 카드. 마술과 수비술(數秘術)을 구사하여 사신들에게 도전하는 인류의 수호자.

● 오컬트 탐정

1916년 12월 2일, 타이터스 크로우는 영국의 수도 런던에서 태어났다. 부친의 영향으로 유년기부터 고고학이나 고생물학에 흥미를 가졌고, 자라서는 신비학의 연구에도 손을 댄 박학한 학생이었던 타이터스는 제2차 세계대전 중에는 육군성에 근무하면서 독일군의 암호 해독이나 아돌프 히틀러 총통의 오컬트 취향에 대한 조언을 하는 특수한 일을 맡았다.

참고로, 『제임스 본드』 시리즈의 성공에 의해 스파이 소설의 대가로서 세계적으로 알려지게 된 이안 플레밍은 전시에 영국 해군정보부에서 타이터스와 거의 같은 종류의 임무에 종사했다고 하니, 어쩌면 둘 사이에는 면식이 있는지도 모른다.

종전 후 평화가 찾아오면서 육군성을 나온 타이터스는 『현대의 대마술사』, 『요저(妖蛆)의 왕』 등과 같은 별명으로 알려진 늙은 신비학자 줄리안 카스티어즈(Julian Carstairs)의 비서직을 얻는다. 그의 저택 내의 방대한 장서를 정리해 나가는 동안 노인의 목적이 젊은 자신의 육체를 빼앗는 것임을 깨달은 타이터스는 오랜 기간 연구해 온 수비술(數秘術)이나 마술의 지식을 구사해 이 계획에 홀연히 맞서, 사실 300년 이상을 살아온 늙은 대마법사였던 카스티어즈와 성촉절(Groundhog's Day, 우리의 경칩에 해당) 전날 밤에 대결하여 이를 물리쳤다.

이 사건을 계기로 동서양의 마술서를 해석하는 등 신비학의 보다 깊은 영역으로 발을 들이게 된 타이터스는 괴기소설의 집필 등 문필 활동으로 생계를 꾸려나가면서 본래는 적의 무기인 마술이나 수비술을 구사하여 사악한 패거리를 향해 영적인 싸움을 도전하게 되었다.

타이터스는 후에 오래된 맹우인 앙리 롤랑 드 마리니(Henri-Laurent de Marigny)와 함께 인류의 대 사신조직 『윌머스 재단(Wilmarth Foundation)』에 참가, 그 중심 인물로 그들이 크툴루 권속 사신군(Cthulhu Cycle Deities)이라 부르는 존재와의 투쟁을 계속했으나, 1968년 10월 4일 거센 폭풍우가 몰아치는 밤에 행방불명되고 말았다.

타이터스 크로우의 연보

연대	사항
1916년	타이터스 크로우, 런던에서 태어남.
1923년	앙리 롤랑 드 마리니 태어남.
1930년대 후반	앙리 롤랑 드 마리니가 영국으로 건너옴. 크로우와 친교를 맺음.
1933년	크로우, 오래된 옛 것들에 관한 악몽에 시달림.
1939년~1945년	크로우, 육군성에 근무. 암호 해독이나 오컬트 관련한 임무에 관여함.
1945년	크로우, 육군성을 퇴임한 후 『요저의 왕』이라는 별명으로 알려진 흑마술사 줄리앙 카스티어즈에게 고용되어 후에 대결한다. 이후 크로우는 이 싸움을 계기로 사교신자나 테러리스트들과 사투를 벌이게 된다.
1964년	크토니안이 북미대륙에 침입. 윌머스 파운데이션과의 투쟁이 펼쳐짐.
1966년	텍사스의 정신감응 능력자 행크 실버풋이 윌머스 파운데이션에 참가하여 후에 크로우와 함께 싸운다.
1968년 6월	크로우와 마리니, 윌머스 파운데이션에 참가하여 영국지부의 대표자가 된다.
1968년 10월 4일	크로우의 저택, 브라운 관이 폭풍에 의해 붕괴. 크로우 자신도 행방불명된다.
1976년	브라운 관의 터에서 한때 크로우와 싸웠던 사교집단의 잔당이 모여 내부항쟁 끝에 자멸한다.
1980년 3월	앙리 롤랑 드 마리니 실종.

타이터스 크로우의 상관도

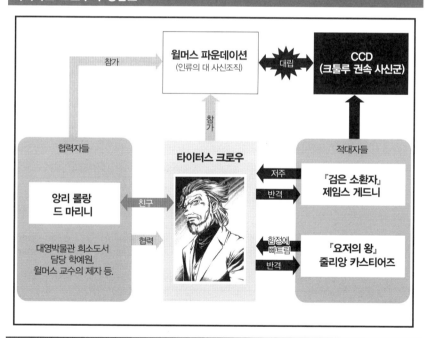

관련항목

● 위대한 크툴루→ No.003

에드윈 윈스럽

Edwin Winthrop

복잡한 사고와 이러저리 꼬인 음모를 좋아하는 대영제국의 비밀첩보원. 오른손을 악수하기 위해 내밀면서 왼손은 외투 속에 숨겨 단검을 갈고 있다.

● 여왕폐하의 특무기관

외교와 전쟁 사이 어딘가에서 암약하며 영국의 구체제를 수호하는 영국 왕실 직속의 특무기관 디오게네스 클럽. 에드윈 윈스럽은 그 비밀첩보기관에 소속된 솜씨 좋은 에이전트이다.

고대 이집트 왕국시대에 추방당한 고양이 여신 바스트의 신관이 도망쳐 온 땅이자, 켈트 신화의 인어 전설에 『해저인』의 모습을 어렴풋이 찾아볼 수 있는 영국 역사의 어두운 곳에서는 까마득한 태고부터 사신 숭배자와의 투쟁이 펼쳐지고 있었으며, 디오게네스 클럽은 영국에 있는 사신 숭배자들의 적대 조직 중 하나이기도 하다.

클럽의 위대한 선배들인 찰스 페닝턴 보울가드의 가르침을 받아 제1차 유럽대전 중 독일군 항공대에 관한 첫 번째 임무를 훌륭하게 완수한 윈스럽은 그 후 수많은 어려운 미션을 수행하여 경험이 풍부한 역전의 에이전트로 성장했다.

일본 제국이 진주만을 기습하여 태평양전쟁이 발발하고 3개월이 경과한 1942년 2월, 윈스럽은 미합중국 정부의 요청을 받아 미국으로 건너간다. 당시 캘리포니아주의 로스앤젤레스에서는 오비드 마쉬 선장의 직계 자손이자 교단 내에서 지도적인 지위를 의미하는 『선장의 따님』의 칭호를 가진 제니스 마쉬를 중심으로 『해저인』의 거점인 다곤 비밀교단이 한창 기세를 키우고 있었다. 윈스럽은 FBI의 핀레이 수사관과 협력하여 이 교단의 조사를 마치고 어린아이의 몸에 오비드 마쉬의 영혼을 정착시키려 했던 제니스 등의 음모를 저지하는 데에 성공한다.

참고로, 제2차 세계대전이 종결된 후 윈스럽은 디오게네스 클럽의 그림자 내각(다크 캐비닛, Dark Cabinet)이라 불리는 최고 지도자 반열에 올라 보울가드의 후계자로서 의장의 자리에 앉았다.

디오게네스 클럽

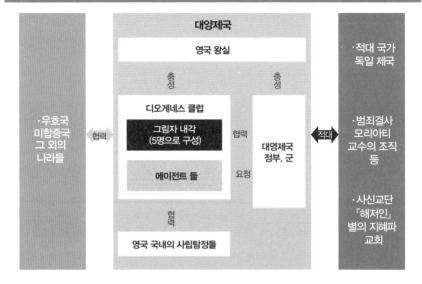

♣ 『드라큘라 기원(Anno Dracula)』

에드윈 윈스럽은 드라큘라 백작이 아브라함 반 헬싱 교수와 그 일당을 물리친 곳에서부터 역사가 나뉘었다. 어둠 속에 숨어 있던 흡혈귀들이 활개치며 활보하는 기이한 사회로 전락한 가공의 세계를 그린 킴 뉴맨의 『드라큘라 기원』 시리즈의 제2탄 『드라큘라 전기(The Bloody Red Baron)』의 주인공이다. 이 이야기 속에서 윈스럽은 거대한 심홍의 박쥐로 변해 연합국의 전투기 조종사들로 피의 축제를 벌이는 독일의 격추왕 만프레트 폰 리히트호펜(Manfred Albrecht Freiherr von Richthofen) 남작과 공중에서 사투를 펼친다. 시리즈를 통해 중요한 역할을 차지하는 가련한 소녀의 겉모습을 가진 흡혈귀의 장로 격에 해당하는 제네비에브 디외도네(Jenevieve Dieudonne)는 뉴맨이 편애하는 캐릭터이며, 그가 잭 요빌의 명의로 저술한 TRPG 『워 해머』의 노벨라이즈 작품 『드라헨펠즈(Drachenfels)』, 『죽지 않는 자 주느비에브』 등의 작품에 그녀를 등장시키고 있다.

그는 뉴맨과 요빌 양쪽의 명의로 여러 편의 크툴루 신화작품을 썼는데, 『대물』이라는 작품 속에는 영국에서 온 『해저인』에 대적하는 이로 윈스럽과 주느비에브 등 2인조가 등장한다. 『드라큘라 기원』의 외전적 작품이라기보다는 평행 세계를 그린 작품이라고 봐야 할 것이다.

관련항목
● 그 밖의 신들→ No.015
● 이집트 → No.055
● 『해저인』 → No.016
● 마쉬 가 → No.096

솔라 폰즈

Solar Pons

챙이 달린 맵시 있는 모자에 인버니스 코트(Inverness Coat)가 트레이드 마크인 명탐정. 셜록 홈즈의 라이벌이자 후계자 중 하나.

● 플레이드 가의 셜록 홈즈

솔라 폰즈는 그의 등장과 맞바꾸듯이 서섹스의 시골로 은퇴한 동종업계의 위대한 선배들과 마찬가지로 고전적인 연역적 추리법을 구사하여 수많은 어려운 사건을 해결한 고명한 사립탐정이다. 1880년 연금술사의 마을 프라하에서 태어난 폰즈는 옥스퍼드 대학을 우수한 성적으로 졸업한 후 제1차 세계대전 중에는 영국군의 정보부에 소속, 어떤 극비 임무에 종사했다고 한다. 종전 후인 1919년, 런던의 플레이드가 7번지 B의 하숙에서 탐정사무소를 개업했을 때 솔라 폰즈는 이미 스코틀랜드 야드 및 영국 정부로부터 높은 평가를 받고 있었다. 폰즈가 흥미 있어 하는 분야는 매우 넓고 그 연구 대상은 최신 과학논문부터 신비학의 분야에까지 이르며, 1905년에는 포나페의 난 마타르 유적에 관한 논문을, 1931년에는 크툴루 교단에 대한 논문을 발표한 바 있다. 그의 조수이자 동시에 그의 사건집의 기록관이기도 한 의사 린든 파커 박사의 보고에 따르면, 폰즈가 압둘 알하자드의 『네크로노미콘』이나 『벌레의 신비』, 『시식귀의 의식』 등 금단의 책들에 대한 풍부한 지식을 가지고 있었던 것은 틀림없는 모양이다.

참고로, 그가 다룬 사건에는 16세기 프랑스의 고명한 점성술사의 수정구가 비춘 미래의 그림에 따라 살인행각을 반복하고 있던 아브라함 웨디건 사건이나, 라이헨바흐의 폭포에서 죽음을 피해 시공을 건너는 방도를 손에 넣어 까마득한 미래에 클럽 샐리즈라는 범죄결사를 조직했다는 제임스 모리아티 교수 사건 등 자연의 법칙에서 다소 일탈한 마술이나 초과학 등의 분야에 속하는 것들도 몇 가지 있었다고 한다.

폰즈는 또한 영국에 있는 사신 숭배에 대한 적대 조직인 디오게네스 클럽을 드나들었으며, 당시 이 기관에 소속해 있던 찰스 보울가드나 에드윈 윈스럽과도 면식이 있었을 것으로 추측된다.

솔라 폰즈의 연보

연대	사항
1880년	솔라 폰즈, 프라하에서 영국 영사관원 아세나스 폰즈의 차남으로 태어남.
1899년	옥스포드 대학을 최우수 성적으로 졸업.
1905년	폰즈, 포나페의 난 마타르 유적에 관한 논문을 발표.
1914~1918년	제1차 세계대전 중, 영국 정보부의 일원으로 극비 임무를 담당함.
1919년	폰즈, 플레이드가에 탐정사무소를 개업. 같은 해 린든 파커 박사와 공동생활을 시작함.
1920년대	폰즈, 노스트라다무스의 수정구와 관련된 연쇄살인사건을 해결.
1921년	폰즈, 심령탐정 토머스 캐너키와 교류.
1023년 9월	폰즈, 후 만추와 그의 범죄결사 시 판과 대결.
1925년 6월	폰즈, 스웨덴보르그의 서명을 둘러싼 사건 속에서 알레이스터 크로울리에 관여함.
1926년 10월	폰즈, 「공작의 눈」을 둘러싼 사건을 해결.
1930년 10월	폰즈, 희소서적의 경매 리스트에서 「네크로노미콘」, 「벌레의 신비」 등의 책 이름을 발견함.
1931년	폰즈, 크툴루 교단에 관한 논문을 발표.
1932년 초여름	폰즈, 셜록 홈즈를 방문하여 그를 돕는다.
1938년 여름	폰즈, 오리엔트 급행열차 안에서 사이먼 템플러와 에르큘 포와로와 조우한다.
1939년	제2차 세계대전 발발. 폰즈, 영국 정보부로 돌아가 다시 극비 임무를 담당.

❖ 솔라 폰즈의 사건집

아서 코난 도일의 『셜록 홈즈』 시리즈는 크툴루 신화보다도 까마득히 많은 수의 추종자를 낳은 작품이다. 이 탐정소설은 전 세계의 작가들에게 영향을 미치고, 수많은 패러디와 모방 작품을 탄생시켰다.

어거스트 덜레스도 그 모방자들 중 한 사람이다. 홈즈 이야기에 흠뻑 빠져 있던 그는 경애하는 도일에게 속편을 희망하는 편지를 써서 보냈는데, 위대한 작가로부터 도착한 정중한 답변에는 속편을 쓸 생각이 없다는 의지가 분명히 담겨 있었다. 이에 덜레스는 스스로 홈즈의 이야기를 쓰기로 했다.

속편을 읽고 싶다는 일념으로 쓰인 만큼 그가 창조한 솔라 폰즈와 그 파트너 파커는 홈즈와 왓슨을 그대로 옮겨 놓은 모습이며, 이름을 바꿀 필요조차 없지 않나 싶을 정도이다. 그러나 덜레스의 깊은 애정이 느껴졌는지 그의 작품은 엘러리 퀸을 필두로 셜로키언 등에게 매우 높은 평가를 받고, 덜레스가 죽은 후에도 속편작가에 이름을 올릴 정도가 되었다.

색인

참고 문헌

『러브크래프트 전집(ラヴクラフト全集)』全7卷, H.P.ラヴクラフト, 東京創元社

『정본 러브크래프트 전집(定本 ラヴクラフト全集)』 全11卷, H.P.ラヴクラフト, 国書刊行会

『러브크래프트 전집(ラヴクラフト全集)』全4卷, H.P.ラヴクラフト, 創土社

『암흑의 비의(暗黒の秘儀)』H.P.ラヴクラフト, 朝日ソノラマ

『일르뉴의 거인(イルーニュの巨人)』C.A.スミス, 東京創元社

『마계왕국(魔界王国)』C.A.スミス, 朝日ソノラマ

『검은 비석(黒の碑)』R.E.ハワード, 東京創元社

『아캄 계획(アーカム計画)』ロバート・ブロック, 東京創元社

『암흑계의 악령(暗黒界の悪霊)』ロバート・ブロック, 朝日ソノラマ

『검은 소환자(黒の召喚者)』ブライアン・ラムレイ, 国書刊行会

『타이터스 크로우의 사건집(タイタス・クロウの事件簿)』ブライアン・ラムレイ, 東京創元社

『현자의 돌(賢者の石)』コリン・ウィルソン, 東京創元社

『로이거의 부활(ロイガーの復活)』コリン・ウィルソン, 早川書房

『크 리틀 리틀 신화집 (ク・リトル・リトル 神話集)』H.P.ラヴクラフト, 国書刊行会

『크 리틀 리틀 신화대계(ク・リトル・リトル神話大系)』全11卷, 国書刊行会

『크툴루(クトゥルー)』全13卷, 大瀧啓裕・編, 清心社

『러브크래프트의 유산(ラヴクラフトの遺産)』R.E.ワインバーグ/M.H.グリーンバーグ編, 東京創元社

『인스머스 연대기(インスマス年代記)』上・下, スティヴァン・ジョーンズ編, 学習研究社

『이상향 샴발라(理想郷シャンバラ)』田中真知, 学習研究社

『비신(秘神)』朝松健・編, アスペクト

『비신계 현대편, 역사편(秘神界 現代編・歴史編)』朝松健・編, 東京創元社

『드라큘라 기원(ドラキュラ紀元)』キム・ニューマン, 東京創元社

『드라큘라 전기(ドラキュラ戦記)』キム・ニューマン, 東京創元社

『드라큘라 붕어(ドラキュラ崩御)』キム・ニューマン, 東京創元社

『블랙우드 걸작선(ブラックウッド傑作選)』A.ブラックウッド, 東京創元社

『우주전쟁(宇宙戦争)』H.G.ウェルズ, 東京創元社

『셜록 홈즈의 우주전쟁(シャーロック・ホームズの宇宙戦争)』M.W/W.ウェルマン, 東京創元社

『해저 이만리(海底二万里)』ジュール・ヴェルヌ, 東京創元社

『얼음의 스핑크스(氷のスフィンクス)』 ジュール・ヴェルヌ, 集英社文庫

『포우 전집(ポオ全集)』全2卷, エドガー・アラン・ポオ, 東京創元社

『화성의 프린세스(火星のプリンセス)』E.R.バローズ, 東京創元社

『통고르와 마도사의 왕(ゾンガーと魔道師の王)』リン・カータ, 東京創元社

『잃어버린 황금도시(失われた黄金の都市)』マイクル・クライトン, 早川書房

『암흑대륙의 괴이(暗黒大陸の怪異)』ジェイムズ・ブリッシュ, 東京創元社

『라플라스의 악마(ラプラスも悪魔)』山本弘, 角川書店

『라ヴクラフト恐怖の宇宙史』H.P.ラヴクラフト/コリン・ウィルソン, 角川書店

『솔라 폰즈의 사건부(ソーラー・ボンズの 事件簿)』オーガスト・ダーレス, 東京創元社

"The Memoirs of Solar Pons" August Derleth, Mycroft&Moran

『셜록 홈즈 대 오컬트 괴인(シャーロック・ホームズ対オカルト怪人)』ランダル・コリンズ, 河出書房新書

『앨리시아 Y(アリシア・Y)』後藤寿庵, 茜新社

『소환의 만명(召喚の蛮名)』槻城ゆう子, エンターブレイン

『사신전설 시리즈(邪神伝説シリーズ)』全5卷, 矢野健太郎, 学習研究社

『젠틀맨 리그(リーグ・オブ・エクストラオーディナリー・ジェントルメン)』アラン・ムーア, JIVE

『젠틀맨 리그 속편(続リーグ・オブ・エクストラオーディナリー・ジェントルメン)』アラン・ムーア, JIVE

『배Hi텐션(拝Hiテンション)』平野耕太, ビブロス

『한밤중의 감옥(真夜中の檻)』平井呈一, 東京創元社

『인외마경(人外魔境)』小栗虫太郎, 角川書店

『마도서 네크로노미콘(魔道書ネクロノミコン)』ジョージ・ヘイ編, 学習研究社

『암흑의 사신세계 크툴루 신화대전(暗黒の邪神世界クトゥルー神話大全)』学習研究社

『신정 크툴루 신화사전(新訂クトゥルー神話事典)』東雅夫, 学習研究社

『괴물세계 펄프 매거진 공포의 그림쟁이들(怪物世界パルプマガジン恐怖の絵師たち)』ピータ・ヘイニング編, 国書刊行会

『세계문학에서 보는 가공지명 대사전(世界文学による架空地名大事典)』

アルベルト・マンゲェル&ジアンニ・グアダルービ編, 講談社

『셜록 홈즈 가스등에 떠오른 그 생애(シャーロック・ホームズ ガス灯に浮かぶ園生涯)』
W.S.ベアリング・グールド, 河出書房新書

『셜록 홈즈 대전(シャーロック・ホームズ大全)』アーサー・コナン・ドイル, 講談社

『90년도 宇津帆島全誌』遊演体

『크툴루 핸드북(クトゥルフ・ハンドブック)』山本弘, ホビージャパン

『크툴루 신화 도설(クトゥルフ神話図説)』サンディ・ピーターセン, ホビージャパン

『크툴루 월드 투어(クトゥルフ・ワールドツアー)』ホビージャパン

『흑의 단장 Complete Works(黒の断章 Complete Works)』高橋書店

『스즈사키 탐정사무소 시리즈 Es의 방정식, 흑의 단장 원화집
(涼崎探偵事務所シリーズ Esの方程式、黒の断章 原画集)』ぶんか社

『얼론 인 더 다크 공식 가이드북(アローン・イン・ザー・ダーク公式ガイドブック)』鎌田三平, 小学館

『얼론 인 더 다크2 공식 가이드북(アローン・イン・ザー・ダーク公式ガイドブック)』北山崇, 小学館

『얼론 인 더 다크3 공식 가이드북(アローン・イン・ザー・ダーク公式ガイドブック)』鎌田三平, 小学館

『란포가 선정한 베스트 호러(乱歩の選んだベスト・ホラー)』森英俊/ 野村宏平·編, 筑摩書房

『잃어버린 무 대륙(失われたムー大陸)』J.チャーチワード, 大陸書房

『환상의 레무리아 대륙(幻のレムリア大陸)』ルイス・スペンス, 大陸書房

『살렘의 마술(セイレムの魔術)』チャドウィック・ハンセン, 工作社

"THE MEMOIRS OF SOLAR PONS" August Derleth, PINNACLE BOOKS

"ENCYCLOPEDIA CTHULHIANA" DANIEL HARM, Chaosium

잡지
『유레카(ユリイカ)』1984年 10月号, 青土社

『환상과 괴기(幻想と怪奇)』4号, 歳月社

『환상문학 6호 러브크래프트 증후군(幻想文学6号 ラヴクラフト症候群)』幻想文学出版局

『별책 환상문학 크툴루 구락부(別冊幻想文学クトゥル倶楽部)』幻想文学出版局

『별책 환상문학 러브크래프트 신드롬(別冊幻想文学ラヴクラフト・シンドローム)』幻想文学出版局

『SF 매거진(S・Fマガジン)』1972年 9月 臨時増刊号, 早川書房

『미스터리 매거진(ミステリマガジン)』2003年 8月号, 早川書房

『별책 기상천외 NO.13 SF MYSTERY 대전집(別冊奇想天外 NO.13 SF MYSTERY 大全集)』奇想天外社

『보석(宝石)』1949年 3月号, 岩合書房

게임
『암흑교단의 음모(暗黒教団の陰謀)』大瀧啓裕, 東京創元社

『크툴루의 부름 개정판(クトゥルフの呼び声 改訂版)』ホビージャパン

『웬디고의 도전(ウェンディゴの挑戦)』ホビージャパン

『요그 소토스의 그림자(ヨグ・ソトースの影)』ホビージャパン

『유고스로부터의 침략(ユゴスよりの侵略)』ホビージャパン

『크툴루 바이 가스라이트(クトゥルフ・バイ・ガスライト)』ホビージャパン

『황혼의 천사(黄昏の天使)』ホビージャパン

『니알라토텝의 가면(ニャルラトテップの仮面)』ホビージャパン

『아캄의 모든 것(アーカムのすべて)』ホビージャパン

『콜 오브 크툴루 d20(コール・オブ・クトゥルフ d20)』モンテ・クック/ジョン・タインズ, 新紀元社

『H. P. 러브크래프트 아캄(H. P. ラヴクラフト アーカム)』キース・ハーバー, 新紀元社

『콜 오브 크툴루(コール・オブ・クトゥルフ)』サンディ・ピーターセン/リン・ウィリス, エンターブレイン

"CALL of CTHULHU COLLECTIBLECARD GAME" Fantasy Fight Games

『Alone In the Dark』アローマイクロテックス

『Alone In the Dark 2』アローマイクロテックス

『Alone In the Dark 3』エーエムティーサヴァン

『흑의 단장(黒の断章)』アボガドパワーズ

『Es의 방정식(Esの方程式)』アボガドパワーズ

『참마대성 데몬베인(斬魔大聖デモンベイン)』ニトロプラス

"MISKATONIC U. Graduate Kit" Chaosium

"H. P. Lovecraft's DUNWICH" Keith Herber, Chaosium

"H. P. Lovecraft's DREAMLANDS" CHRIS WILLIAMS/SANDY PETERSEN, Chaosium

"RAMSEY CAMPBELL'S GOATSWOOD" Scott David Aniolwski/Gary Sumpter, Chaosium

AK Trivia Book No. 2

도해 크툴루 신화

개정판 1쇄 인쇄 2024년 4월 10일
개정판 1쇄 발행 2024년 4월 15일

저자 : 모리세 료
게스트 기고 : 다케오카 히라쿠(하스터, 『황색 옷을 입은 왕』외), 다치하라 토야(야토우라)
디자인/DTP : 이즈미 요시아키(크로노 스케이프), 구로가와 다카시,
　　　　　　　노구치 유스케(CROWARTS), 펜슬 하우스
본문 일러스트 : 고세 니나루(엘스웨어), 사토오 미도리(T'ienLung), 스파크 우타마로,
　　　　　　　이츠키 카나메, 하야미 라센진, 요시이 토오루
Special Thanks : 아사마츠 켄, 야시로 켄(엘스웨어)
번역 : 이창협

펴낸이 : 이동섭
편집 : 이민규
교정 : 이동헌
표지 일러스트 : 안현준
디자인 : 조세연
영업·마케팅 : 송정환, 조정훈, 김려홍
e-BOOK : 홍인표, 최정수, 서찬웅, 김은혜, 정희철, 김유빈
관리 : 이윤미

㈜에이케이커뮤니케이션즈
등록 1996년 7월 9일(제302-1996-00026호)
주소 : 08513 서울특별시 금천구 디지털로 178, 1805호
TEL : 02-702-7963~5 FAX : 0303-3440-2024
http://www.amusementkorea.co.kr

ISBN 979-11-274-7402-7 03840

図解　クトゥルフ神話
ZUKAI CTHULHU SHINWA
By Leou Molice (Chronoscape Co.,Ltd.)
Copyright ⓒ 2005 Leou Molice/Hiraku Takeoka/Touya Tachihara
Illustrations ⓒ 2005 Midori Satoh / Spark Utamaro / Kaname Itsuki / Rasenjin Hayami
　　　　　　　　　Tohru Yoshii / Ninaru Kohse
All rights reserved
Originally published in Japan by Shinkigensha, Tokyo.

Korean translation copyright ⓒ 2010 by AK Communications. Inc
Korean Translation rights arranged by Shinkigensha